U0118049

雅众
elegance

智性阅读
诗意创造

迁徙的花园
奥登诗 101 首

The Migrating Gardens
101 Poems of W. H. Auden

[英] W.H. 奥登　著

西蒙　水琴　译

中信出版集团 | 北京

目　录

译者导读

奥登（W. H. Auden）无疑是一代诗宗，身前修名卓荦，身后华章传咏。

奥登是现代诗中的孙行者，不拘一格，变化多端，在不同体裁和风格之间往来穿越。他可以是顽童、学究、先知、歌手、记者、斗士、间谍、戏子等等，有时是魔术师，有时是无产者，有时是推销员，有时是科学家，有时甚至像外星人。他的诗是风格的博物馆，技巧的马戏团，有传统歌谣的简单与现代主义的复杂。

爱、性、政治、道德、文明和宗教作为主题贯穿他一生诗作，其中有泪与笑、冰与火、海与镜、鲜花与炸弹、地质与历史、死亡与永恒，以及中国与神话。这是奥登，名满天下、世不二出的奥登，不可能的奥登。奥登一生受到各种欲图以人废言的攻击，说他是共产党、法西斯、同性恋、叛国者、伤感自由派、宗教反动派等。毁誉伴身，奥登过世后却仿佛已经是不废江河万古流的奥登了。

继 2000 年"庞德对史蒂文斯再探讨"（Pound *vs.* Stevens Revisited）圆桌会议后，2013 年美国现代语言学会（MLA）又组织"史蒂文斯，奥登，或两者：谁的时代？"（Stevens, Auden, or Both: Whose Age?）专题讨论，引发更多争论，让死后的奥登更加生活了。

生平

奥登全名威斯坦·休·奥登（Wystan Hugh Auden），但首名和中名几乎总是用首字母缩写。他1907年生于英国历史名城约克（York），次年随父母迁徙而长于工业重镇伯明翰（Birmingham）。父亲是医生，母亲是护士，奥登家里的氛围不仅理甚于文，而且有虔信的宗教——英国天主教——气息。奥登一姓亦作奥顿（Audun），见于冰岛古代英雄传说中。奥登因为家庭渊源自觉祖上是北欧维京（Viking）海盗，从小便对冰岛深情地着迷，爱屋及乌于同属日耳曼系的德国文化。

奥登自己回忆说他早年心理早熟，生理后进，眼睛近视，体育极差，而且邋遢，敏感，怯懦，不诚实，多忧愁，毫无群体观，典型的小高眉和难缠儿童。[1]奥登小学上圣艾德蒙（St. Edmund's），中学上格莱舍姆（Gresham's），始终都是私立学校。奥登先是喜欢上地质和冶金，想做个矿业工程师，后来又移情生物，好读精神分析著作。十五岁时奥登兴趣由理转文，开始写诗，立志要以诗为业。

1925年奥登进入牛津大学基督堂（Christ Church）

1　See Stan Smith, *W. H. Auden* (Plymouth: Northcote House, 1997), p. 11.

学院，很快在校内因诗作和谈吐而声名鹊起，成为学生中的小圈子文学领袖。奥登考察英国文艺界，觉得那是个空舞台，在等待某人，当然是他自己。奥登幻想占据舞台中心，再由群星环绕：伊舍伍德（Christopher Isherwood）会成为小说家，梅德利（Robert Medley）会成为画家，戴-刘易斯（Cecil Day-Lewis）、麦克尼斯（Louis MacNeice）和司本德（Stephen Spender）则会以诗崭露头角。[1] 果不其然，英国文坛 20 世纪 30 年代出现奥登群（Auden Group），亦称奥登一代（Auden Generation），别称麦克斯泡恩戴群（McSpaunday Group），又称塔架派（Pylon School）。他们几乎都是牛津大学学生，还包括小说家厄普沃德（Edward Upward）和沃纳（Rex Warner）。

中学写诗时，奥登学华兹华斯（William Wordsworth）等十九世纪浪漫诗人。据奥登在牛津的一位老师回忆，有一天见面时奥登说他把自己写的诗全撕了，因为全都是仿照华兹华斯，一无是处。奥登说他现在在读艾略特，明白自己要怎么写诗了，然后朗诵了他新写的两首诗。老师听后一头雾水，奥登解释说"懂"（understand）一首诗并非逻辑过程，而是将从潜意识而来的一系列相关意象感受为一个统一体。[2] 作为诗人，奥登说自己的第

1　James Fenton, *The Strength of Poetry* (Oxford: Oxford University Press, 2003), p. 209.

2　See Neville Coghill, "Sweeney Agonistes (An anecdote or two)" in *T. S. Eliot: A Symposium*, ed. Tambimuttu and Richard Mach (London: Frank and Cass, 1965), p. 82.

一个师傅是哈代（Thomas Hardy），庆幸自己的选择。[1]哈代是小说家，也是诗人，其诗刻意刈除花哨及雍容的陈旧辞藻，好用颖异词汇，有些属方言，有些系自创，有些是科技新词。题材上哈代的诗如其小说，许多首读来像是情节的总结。

1928 年三等荣誉（third-class honours）——平庸而已——毕业时，奥登父母资助他到海外自由游学一年，他选择去柏林，当时欧洲最颓废或者说对同性恋最宽容的城市。次年奥登回国，在苏格兰西海岸松野学堂（Larchfield Academy）任教，依然经常造访德国，与伊舍伍德同住。奥登有空就喜欢往柏林跑，因为英国当时对断袖一族远没有如今这么宽容。从奥登之前的王尔德（Oscar Wilde）身败名裂，之后的图灵（Alan Turing）不得好死的命运，便可以想见英国当年严苛保守的社会风气。另一方面，奥登虽偶尔显露双性恋表现，但终究还是以同性恋为主。

毕业那年，奥登自印第一部个人诗集。两年后，内容不同的个人集《诗》（Poems，1930）获艾略特首肯而得以出版。《演说家们》（The Orators，1932）和《看，陌生人！》（Look Stranger!，1936）又先后面世，奠定了他在同代诗人中的地位。奥登不仅写诗，也写剧本，有所取法于布莱希特（Bertolt Brecht）。20 世纪 30 年代，伦敦群体剧院（Group Theatre）上演了他的音乐剧

1　See Alan Bennett, Introduction, *Six Poets, Hardy to Larkin: An Anthology* (New Haven: Yale University Press, 2014), p. xi.

《死亡之舞》（*The Dance of Death*，1933），以及与伊舍伍德合写的《皮肤下的狗》（*The Dog beneath the Skin*，1935）、《攀登F6》（*The Ascent of F6*，1936）和《在边疆》（*On the Frontier*，1938）。

1935年奥登为总邮局电影单位（GPO Film Unit）效力时，结识作曲家布里顿（Benjamin Britten），两人交好而多有合作，如歌剧《保罗·班扬》（*Paul Bunyan*，1941）便是他们一人作曲，一人作词。同年他与艾丽卡·曼（Erika Mann）结婚，帮助托马斯·曼（Thomas Mann）的同性恋女儿拿到英国护照而逃离纳粹德国。1936年，奥登和麦克尼斯访问冰岛，合写《冰岛来信》（*Letters from Iceland*，1937）。1937年，奥登前往西班牙为共和政府助战，写下名诗《西班牙》（*Spain*）。1938年奥登和伊舍伍德经香港来到中国，继而发表《战地行纪》（*Journey to a War*，1939），其中包括奥登十四行组诗《在战争时期》（*In Time of War*）。

1939年年初，正逢欧洲战争乌云密布，奥登在伊舍伍德陪同下离欧赴美。伊夫林·沃（Evelyn Waugh）谴责道："一听到空袭警报，这伙人就逃散了。"[1] 这是说奥登群是懦夫，鸟散如惊弓之鸟。奥登赴美不归，最可能的原因是与取道美国时在纽约偶遇而一见钟情的犹太青年卡尔曼（Chester Kallman）团聚。有一种解释说"二战"中狄兰·托马斯（Dylan Thomas）不愿做"宣传家

1　Quoted in David Caplan, *American Poetry: A Very Short Introduction* (New York: Columbia University Press, 2022), p. 71.

诗人"（propagandist poet），而奥登远走美国是因为做英国的"战时诗人"（wartime bard）必定意味不可忍受的虚伪。[1] 奥登自己说不愿再在英国待下去，是因为要阻止自己再写像《1939 年 9 月 1 日》那样不诚实的诗。[2]

无论如何，奥登定居纽约，1946 年归化为美国公民。1947 年至 1957 年间，奥登在意大利伊斯基亚（Ischia）岛度夏；从 1959 年到逝世，他在奥地利基希施泰滕（Kirchstetten）镇避暑。奥登觉得美国像是多国而非一国，故而自视为纽约人而非美国人，然而对奥登来说纽约以其多样性恰好是美国的缩影。奥登是纽约人，也是美国人。奥登在纽约的公寓几乎成了文艺青年朝拜的圣地，他们可以来此喝下午茶或鸡尾酒，在奥登收藏的古典音乐唱片背景乐声中论诗，或聆听奥登海阔天空的"桌谈"（table talk），可能还会碰上其他各路名流。女诗人普拉斯（Sylvia Plath）日志记她上大学期间奥登来校演讲，笔墨间漫画出头大唇丑爱笑、活生生一个舌灿莲花的天才顽童，用一根洁白的新烟比画，手里拿着盒火柴，用沙哑的声音大谈艺术和人生，完全就是个神。[3]纽约人奥登自己经常像《巡回演讲》一诗描述的作家那

---

1 See letter to Christopher Ricks dated May 6, 1962, *Selected Letters of William Empson*, ed. John Haffenden (Oxford: Oxford University Press, 2006), p. 334.

2 See W. H. Auden, *The Complete Works of W. H. Auden: Poems*, vol. 1: *1927–1939*, ed. Edward Mendelson (Princeton: Princeton University Press, 2002), p. 780.

3 See Sylvia Plath, *The Journals of Sylvia Plath* (New York: Ballantine, 1982), p. 76.

样，到处演讲。

1940 年左右，奥登觉今是而昨非，公开重新皈依天主教；然而他信仰的是一种高度依赖其个人见解的非主流天主教。此后奥登对于自己的诗强调宗教的感召，淡化政治的角色。[1] 此时奥登写的诗剧中合唱团拷问道："噢，存是的花园（garden of Being）在哪里？"[2]《另一时候》（*Another Time*，1940）和《双重人》（*The Double Man*，1941）之后，奥登的诗开始越来越明显地具有基督教意味，以致他以今范昔，修改旧作数百首，仿佛他从来就是不渝的信徒。《暂时：圣诞节清唱剧》（*For the Time Being: A Christmas Oratorio*，1944）收录《海与镜》（*The Sea and the Mirror*），献给他虔信天主教的已故母亲。

1948 年，《焦虑时代：巴洛克牧歌》（*The Age of Anxiety: A Baroque Eclogue*，1947）获普利策奖（Pulitzer Prize）；1956 年，《阿喀琉斯之盾》（*The Shield of Achilles*，1955）获全国图书奖（National Book Award）。奥登晚期诗作还有《第九时》（*Nones*，1951）、《向克利俄致敬》（*Homage to Clio*，1960）、《房子内外》（*About the House*，1965）、《无墙之城》（*City Without Walls*，1969）、《致教子信》（*Epistle to a Godson*，1972）和《谢谢你，雾》（*Thank You, Fog*，1974）。奥登早期诗作中

1　See Arthur Kirsch, *Auden and Christianity* (New Haven: Yale University Press, 2005).

2　W. H. Auden, *For the Time Being: A Christmas Oratorio*, ed. Alan Jacobs (1944; Princeton: Princeton University Press, 2013), p. 9.

有马克思主义的印记，也有弗洛伊德方法的踪影；晚期诗作中则政治思想淡去，人道主义隆兴，最终以基督教为依归。

奥登出版过演说集《激荡之洪》（*The Enchafèd Flood*，1950）、批评集《染匠之手》（*The Dyer's Hand*，1962）、备忘集《确定的世界》（*A Certain World*，1970）和序跋集《前言与后记》（*Forewords and Afterwords*，1973）。奥登与卡尔曼合作，为数部歌剧写过歌词，包括为斯特拉文斯基（Igor Stravinsky）基于霍加斯（William Hogarth）组画而作的《浪子的进步》（*The Rake's Progress*，1951）。

1946 年至 1958 年间，奥登长期担任耶鲁青年诗人丛书（Yale Series of Younger Poets）审裁，以他个人的判断力甄选获奖者予以出版，对 20 世纪中叶美国诗歌趣味产生近乎一言九鼎的影响。奥登的权威自然也引发不满和反叛，如垮掉派（Beat Generation）金斯堡（Allen Ginsberg）便跑到意大利，和喝得醉醺醺的奥登争吵后宣告："诗界需要一场全面革命。"[1] 奥尔森（Charles Olson）和克里利（Robert Creeley）自视为庞德和威廉斯的开放形式诗学（open-form poetics）传承者，将奥登看作艾略特继承人，把英国那种感性和形式主义引入

1　"The republic of poetry needs a full-scale revolution." Quoted in Aidan Wasley, *The Age of Auden: Postwar Poetry and the American Scene* (Princeton: Princeton University Press, 2011), p. 178.

美国诗主流只是多事。[1] 1956 年奥登被推选为牛津诗歌教授（Professor of Poetry）；1962 年成为母校基督堂荣誉同道（honorary fellow）。

1973 年秋，奥登在维也纳作一次诗朗诵，回到旅馆后夜里溘逝。

背景与传统

20 世纪 30 年代的奥登是现象级人物，首屈一指的诗人。"奥登效应"（Auden effect）表现之一是不少年轻人以随身带一本奥登诗集为时尚，像是信物或护身符。

奥登这一时期的诗文蕴含激情和激愤及忧患意识，像是从高空俯视西方文明和资本主义，以弗洛伊德主义和马克思主义眼光哀其病态，怒其不公。他那些俚语却如咒语的诗句将种种不是浓缩化，清晰化，兴象发思，以理动情，为英美年轻知识分子——他们是愤怒的年轻人（Angry Young Men）之前愤怒的年轻人——所激赏，以致他几乎成了叛逆偶像，精神图腾。以诗而言，他比艾略特（T. S. Eliot）和叶芝（W. B. Yeats）更贴近社会及政治现实。有些人抬举他，宛如把他当作屠龙的少年，像大卫（David）杀歌利亚（Goliath）那样取代诗坛霸主艾略特。奥登一代以奥登冠名，其意义远远超

1　See Aidan Wasley, "Auden and the American Literary World," in *W. H. Auden in Context*, ed. Tony Sharpe (New York: Cambridge University Press, 2013), pp. 122-123.

越一个文学群体。

奥登一代诗人也被称为三十年代诗人（Thirties Poets）。当时经济不景气，失业率攀升，阶级矛盾加剧，法西斯主义崛起。不平于种种不平，这群才气与意气勃发的年少书生思想"左倾"，成了知行合一的社会主义者。他们以霍普金斯（Gerard Manley Hopkins）、艾略特及叶芝为楷模，诗作多以社会及政治问题为主题。这是大萧条（Great Depression）十年，也是粉红十年（Pink Decade），社会主义、共产主义、无政府主义、辛迪加主义（syndicalism）、托洛茨基主义（Trotskyism）等"左倾"乌托邦主义（Utopianism）思想盛行的十年，文学政治化而左翼文学领一代风骚而风光鼎盛的十年，同时也是在政治激情与憧憬和文学追求与实验中，从现代主义走向后现代主义的十年。后现代主义是什么，如果不是"左倾"激进主义的孑遗与突变？

从19世纪下半叶以来的演变看，英国诗坛在维多利亚时代晚期古典主义（late-Victorian classicism）之后，出现世纪末先锋主义（*fin-de-siècle* avant-gardism），其后出现爱德华时代现实主义（Edwardian realism），和乔治时代晚期浪漫主义（Georgian late-Romanticism）；进入20世纪10年代，现代主义（Modernism）纵汲横引，有容乃大，浩浩汤汤成为国际性巨流；作为反动的反动，20世纪30年代奥登一代反浪漫主义（Anti-Romanticism）兴起。20世纪30年代的英国诗坛不仅有以奥登为领袖的反浪漫主义，而且有以狄兰·托马斯（Dylan Thomas）为代表的新浪漫主义（Neo-Romanticism）。托马斯的个性诗（poetry of personality）不仅具有浪漫传统的自然景物、炽烈抒情和神秘直觉，而且展现出玄学派机智和象征派技巧。

20世纪40年代初，基斯（Sidney Keyes）说包括他在内的牛津学生诗人都是浪漫者，不认同"奥登派诗人"（Audenian school of poets）。[1] 20世纪40年代的新启示（New Apocalypse）诗人自认为浪漫一代，取代奥登一代。20世纪50年代运动派诗人（Movement poets）反对新浪漫主义和高现代主义（High Modernism），转向哈代式（Hardyesque）风格。20世纪60年代的新诗（New Poetry）反叛运动派那种郊区绅士风度，从冷峻和整饬转向现代主义式创新以应对生活的残酷与荒诞。百年之间，英国诗坛像是通俗与前卫之间的钟摆，在平易与艰涩之间来回摆动，此起而彼伏，否极而泰来。

乔治时代诗——以布鲁克（Rupert Brooke）、豪斯曼（A. E. Housman）、德拉迈尔（Walter de la Mare）、梅斯菲尔德（John Masefield）、戴维斯（W. H. Davies）、贝勒克（Hilaire Belloc）等为代表——写作于20世纪初到"一战"爆发之间，形式和内容都很传统，经常以英国乡野为题，颂扬其静谧与妩媚及和谐与温婉。这种诗与"一战"期间欧文（Wilfred Owen）和萨松（Siegfried Sassoon）等充满血腥与杀戮的战争诗仿佛秩

1　See A. Trevor Tolley, *The Poetry of the Forties* (Manchester: Manchester University Press, 1985), p. 239.

序与失序或美梦与噩梦之分，更迥异于庞德和艾略特开创的现代主义诗。现代主义诗由庞德和艾略特引领，当时被称作"美国巴纳斯山"（American Montparnasse），视为对英国本土文学的威胁。

奥登一代以"左倾"激进主义异军突起，对立于庞德和艾略特的右倾保守主义。诗和语言又有了社会角色，找到了政治目的，隐含于比如说奥登的《美术馆》：

> 关于苦难，古代大师们
>
> 从来没错过：他们透彻地理解
>
> 苦难在人类的位置；它如何发生
>
> 当别人在吃东西，打开窗户，或独自沉闷地行走。

《美术馆》写于奥登离开抗战初期的中国不久，令人想起"愤怒造诗人"（*ira facit poetam*），然而这种愤怒却不形于色，只道是寻常地掩饰在清淡而峭切的俚语（irony）中。世界对于苦难听而不闻，视若无睹，就像伯鲁盖尔（Pieter Bruegel）那幅名画中一样：一个男孩——伊卡洛斯（Icarus）——从天上落入水中，仿佛只是游泳时的跳水，与溺亡或苦难无关，至少与自己无关，故而犁夫不为所动，太阳照耀如常，而那艘华丽的轮船在从容的恝然中继续驶向既定的目的地。

弗洛伊德（Sigmund Freud）学说在 20 世纪 30 年代的空气中，照奥登的说法成了意见的气候。奥登关心社会和政治，同样关注心理和欲望。《纪念西格蒙德·弗洛伊德》：

> 一个理性的声音沉寂了：在墓地
>
> 冲动家族哀悼他们挚爱的一位。
>
> 悲伤的厄洛斯，城市的建造者，
>
> 还有无序的阿佛洛狄忒，正在哭泣。

　　弗洛伊德以理性拥抱非理性，为人们揭开一个并非可有可无的前所未见的世界。从词源说，文明（civilization）与拉丁语城市（civitas）——群体秩序的象征——相关："城市的建造者"即文明的缔造者。冲动——欲力（libido），但丁笔下转动太阳和星辰之力——亦阳亦阴，能立能破，作为厄洛斯（Eros）和阿佛洛狄忒（Aphrodite）——对应尼采（Friedrich Nietzsche）所作阿波罗（Apollon）与迪奥尼索斯（Dionysos）二分——悖论式地构成"家族"。诗同时需要厄洛斯和阿佛洛狄忒，传统与自由，克制和创新。

　　奥登自觉以哈代和艾略特为师，置身传统主义与现代主义之间。奥登从中学时所读诗人便极为广泛，几乎是见诗就读。[1] 奥登转益多师，正如奥登自传诗云："他的守护天使 / 一直告诉他 / 下一步读什么，读谁。"[2] 缪尔（Edwin Muir）说奥登所受的影响甚至比庞德还多，这

1　See W. H. Auden, *Juvenilia: Poems 1922-28*, ed. Katherine Bucknell (London: Faber and Faber, 1994).

2　W. H. Auden, "Profile," *Collected Poems*, ed. Edward Mendelson (New York: Random, 1976), p. 582.

些影响不只来自诗人，而且还包括报纸、音乐厅、侦探小说、历险故事、学生刊物、流行杂志、私密笑话、童子军手册等等。[1]奥登涉猎极广，除文学、艺术、历史等之外，科学、哲学、神学、人类学、民族学、社会学、神话学、心理学等无所不读，潜移默化在其诗中。

奥登说每个欧洲诗人都直觉地将自己视为"教士"（clerk），在不间断的历史延续中有自己的位置；而每个美国诗人都多少觉得当代诗的责任已经落到自己肩膀上，自己一个人构成了文学贵族阶层。[2]奥登首先是欧洲人，不仅有对社会现实的敏感，也有对自己身处的文学传统的意识。奥登自己挑选过适宜评判他的诗的先祖及前辈，让但丁——他因理性的爱（*amor rationalis*）而能将喜欢的人送进地狱——居首席，两旁分别是布莱克（William Blake）和兰波（Arthur Rimbaud）：

> 德莱顿在那里带着微笑端坐，
> 中间风格的大师，将阴沟语言
> 变为音乐的自觉的嘉图卢斯，
> 黑色的丁尼森，他的所有才能
> 只为表达出一种清晰的绝望，
> 衣履光洁，二元论的波德莱尔，

---

[1]　See Peter Edgerly Firchow, *W. H. Auden: Contexts for Poetry* (Newark: University of Delaware Press, 2002), p. 23.

[2]　See W. H. Auden, "Larkin's Choice," *The Complete Works of W. H. Auden: Prose*, vol. 6: 1969-1973, ed. Edward Mendelson (Princeton, NJ: Princeton University Press, 2015), p. 599.

形形色色的城市、港口和娼妓

及慵惰、瓦斯灯和悔恨的诗人，

哈代，他的多赛特曾给过一个

孤僻的英格兰少年许多快乐，

还有里尔克，受物体保佑的他，

那位茕孑而寂寞的圣诞老人。[1]

　　奥登的诗艺是他读过的诗人——当然不止诗人——有所取舍的化合，其来源颇为繁芜，包括贺拉斯（Horace）、斯凯尔顿（John Skelton）、朗兰德（William Langland）、歌德（J. W. von Goethe）、彭斯（Robert Burns）、罗宾森（E. A. Robinson）、莱丁（Laura Riding）、格雷复斯（Robert Graves）、佩斯（Saint—John Perse）、弗罗斯特（Robert Frost）等等。奥登甚至读过威利（Arthur Waley）英译汉诗，称之为"诗的全新世界"（entirely new world of poetry）。[2] 说里尔克（R. M. Rilke）受物体保佑，奥登自己从他那儿学会将物体用为人的品质的投射。

　　奥登有秃鹰的眼界，雄狮的心胸，饕餮的胃口，杂食而能消化。"作者是演员，书本是剧院。"[3] 这是戴上

1　"New Year Letter," in *The Collected Poetry of W. H. Auden* (New York: Random House, 1945), p. 271.

2　See W. H. Auden, "Making, Knowing and Judging," *The Dyer's Hand and Other Essays* (1948; New York: Random House, 1962), p. 43.

3　"Authors are actors, books are theaters." Wallace Stevens, "Adagia," *Opus Posthumous*, ed. Milton J. Bates (New York: Vintage Books, 1990), p. 184.

面具的角色扮演，自我隐于非我，现实化为艺术，体现非个性诗学（poetics of impersonality）。济慈（John Keats）称诗人为"变色龙诗人"（camelion Poet），没有"身份"（identity）或"本性"（nature）。[1]奥登经常就像是变色龙，可以因其阅读而变得像古英语吟游者（gleeman）、复辟时期宫廷诗人、奥古斯都时代新古典主义者（Augustan neoclassicist），或者像狄金森（Emily Dickinson）、拜伦（G. G. N. Byron）、阿诺德（Matthew Arnold）、爱德华·托马斯（Edward Thomas）、威廉斯（W. C. Williams），等等。奥登有一种济慈所谓否定能力（negative capability），对所读诗人能入乎其内，出乎其外，化用其所效仿。

大二那年夏天，奥登第一次读到《荒原》，立即将艾略特的诗歌革命与当时的社会动荡联系起来，并说他出生那年英国的世界观还是"丁尼森式"（Tennysonian），而他上大学那年英国的品性已是"荒原"了。[2]伊舍伍德说奥登早期诗作是"荒原游戏"（Waste Land Game），效法艾略特。[3]奥登在20世纪30年代的英国文坛不仅赫然是新锐一代的代言人，而且俨然是艾略特现代主义衣钵的传承人。艾略特有"罗素尔广场

1　See John Keats, letter to Richard Woodhouse, dated Oct. 27, 1818, in *Selected Letters of John Keats*, ed. Grant F. Scott (1958; Cambridge, MA: Harvard University, 2005), p. 195.

2　See Stan Smith, "Remembering Bryden's bill: Modernism from Eliot to Auden," *Critical Survey* 6 (1994), p. 312.

3　See Christopher Isherwood, *Lions and Shadows* (London: Methuen, 1953), p. 191.

教皇"（Pope of Russell Square）诨名，作为费伯与费伯（Faber & Faber）出版社董事对出版或不出版什么诗人的作品具有生杀予夺的大权。艾略特是诗界趣味判官，通过午餐和下午茶等形式常与文艺青年聚会，对提掖奥登群不吝心力，包括在他主编的文学刊物《标准》（*The Criterion*）里发表他们的作品。

奥登是承前者，也是启后者。仅从"奥登病毒"（Auden virus）一语看，他在至少特定诗人群中有风靡的影响力。依安丁（David Antin）颇有影响的现代主义诗二分，一系从艾略特和奥登延续到泰特（Allen Tate）和逃逸派诗人（Fugitive poets）等，另一系从庞德和威廉斯演化出奥尔森（Charles Olson）和黑山派诗人（Black Mountain poets）等。[1] 由此看来，前一系的传人依然奉行现代主义，而后一系的传人已然践行后现代主义。这种划分有失公允，忽略了不群不党却后继有人的史蒂文斯。

布鲁姆（Harold Bloom）宣扬正典（canon），注重正典性（canonicity）甚于正典化（canonization）。他臆测当代美国诗人中最有可能进入正典的是阿什伯利（John Ashbery）和梅瑞尔（James Merrill），而两者俱为史蒂文斯的传人。[2] 然而他们却常被视为奥登的传人，

1　David Antin, "Modernism and Postmodernism: Approaching the Present in American Poetry," *boundary 2: a journal of postmodern literature* 1 (1972), pp. 98-133.

2　See Harold Bloom, *The Western Canon: The Books and School of the Ages* (New York: Riverhead Books, 1994), pp. 487-488.

尤其是梅瑞尔。阿什伯利谈其诗背后的诗，对他有过影响的多位诗人，自承其中最早及最重要的是奥登（W. H. Auden）。[1] 布鲁姆不买其账，认为这种影响焦虑中顾左右而言他不过是自欺欺人地不愿直面真相：史蒂文斯是其诗父，惠特曼系其最大祖先，史蒂文斯中的惠特曼脉络见于其诗。[2] 他认为阿什伯利得史蒂文斯衣钵与真传，系其子嗣中最合法的一位。[3] 虽然如此，阿什伯利本人关于奥登的话绝非向壁虚构。

从传统看，奥登传承有自，继往开来。

诗艺

奥登说："魔鬼确实是诗之父，因为诗可以定义为混合感受的清晰表达。"[4] 撒旦（Satan）是缪斯：这已经是混合感受的清晰表达了。奥登又将魔鬼称为"谎言之父"（father of lies），将诗视为"白巫术"（White

1　See John Ashbery, *Other Traditions: The Charles Eliot Norton Lectures* (Cambridge, MA: Harvard University Press, 2000), p. 5.

2　"Even as his poetic father is Stevens, Ashbery's largest ancestor is Whitman, and it is the Whitmanian strain in Stevens that found Ashbery." Harold Bloom, Introduction, *John Ashbery*, ed. *idem* (New York: Chelsea House, 1985), p. 7.

3　See Harold Bloom, *The Anxiety of Influence: A Theory of Poetry*, 2nd ed. (New York: Oxford University Press, 1997), p. 143. See also *idem*, "John Ashbery: The Charity of the Hard Moments," *Figures of Capable Imagination* (New York: Seabury Press, 1976), pp. 169-208.

4　"The Devil indeed is the father of Poetry, for poetry might be defined as the clear expression of mixed feelings." Quoted in Anthony Hecht, *The Hidden Law: The Poetry of W. H. Auden* (Cambridge, MA: Harvard University Press, 1993), p. 227.

Magic），宣传视为"黑巫术"（Black Magic）。[1] 虽然诗和宣传——至少有美学感染力的宣传——都有其魔魅，但诗期待的是开放的自由的回应，而宣传强求的是限定的重复的回声。奥登欣赏莱恩（Homer Lane），部分原因是莱恩主张在教育中给学生更多自由，而有自由才有自我，不会沦为"集体人"（Collective Man）或《无名公民》中那种出于模范的标准公民。

《在战争时期》十六："我们可以看到上千张面孔 / 因一个谎言而兴奋。"瓦格纳式整体艺术（Wagnerian *Gesamtkunstwerk*）体现政治的美学化（aestheticization of politics），引发全民狂热，奥登深不以为然。诗和诗人决不可撒谎：这是奥登一生恪守的诗歌信念，故而他断不愿做宣传家而滥用或亵渎艺术。《1939年9月1日》："我唯一有的只是一个声音 / 拆穿那折叠的谎言。"奥登的诗歌信念是诗的义理化（ethicization of poetry），关乎真。奥登反对直接传达，认为这是将自己的意志强加于人，类似法西斯政治。[2] 奥登诗最显著的特征是佯语性（ironicity）和非个性（impersonality），两者皆与间接性相关。

奥登以佯语为诗的语言，祖述古老的哲学传统。佯语（irony）出自希腊语佯装（εἰρωνεία），汉语中历来几乎总是译为"反讽"，造成对西方文学及文化莫大的

---

1 See W. H. Auden, "Words and the Word," *Secondary Worlds: The T. S. Eliot Memorial Lectures* (London: Faber and Faber, 1968), pp. 126-129.

2 See John G. Blair, *Poetic Art of W. H. Auden* (Princeton: Princeton University Press, 2015), p. 107.

误解及不小的障碍。古希腊喜剧中佯装者（εἴρων）是低调者，与高调的吹牛者（ἀλαζών）相对。佯装者自谦自贬，似乎不把自己那么当回事，却比自吹自擂的吹牛者更有智慧、抱负与境界。佯语者是游戏者，不以佯语为真，但以之为道——通往真之道。苏格拉底佯语（Socratic irony）不直接说，听者必须自己思考才能知道意义：这是教育之道，哲学之道。克尔凯郭尔（Søren Kierkegaard）赞赏苏格拉底佯语，因为它是主体性生成之所在：唯有自己思考才有作为主体的自我。[1]佯语者所言构成悖论，既公开又隐秘。《老子》五十六章："知者不言，言者不知。"这是道家智慧，同时是佯语者的智慧，不为而为的充满喜剧精神的哲学行为。使得奥登复归基督教的是存在主义鼻祖克尔凯郭尔（Søren Kierkegaard）；至于对佯语的共同倚重，他们不约而同。

吴兴华说奥登："他最爱用简略的写法，把一切不必要的冠词，形容词，联结词，甚至于代名词完全省去；因此他的诗都是起首就闯入正题，使普通的读者完全摸不着头脑。再加上他的句子大多没有主词，所以更显得格外的难懂。"[2]大多没有主语言之过甚，但奥登的诗有时像电报语（telegraphese），又偏好省略和颠倒以及名词用为动词，不时有语法两可性（grammatical ambiguity），时而扭曲乃至违背语法常规倒是事实。奥

---

1 See Søren Kierkegaard, *The Concept of Irony, with Constant Reference to Socrates*, tr. Lee M. Capel (London: Collins, 1966).

2 吴兴华，《读奥登〈再来一次〉》，上海《西洋文学》第 6 期，1941 年 2 月。

020

登喜欢将有些抽象名词第一个字母大写，造成拟人化效果。奥登有词癖（logophilia），虽然有些诗只用日常词语，但大多数时候从俚语、古语、外语到方言、行话、春点等无所不用。奥登诗的难懂是现代主义诗的难懂，加上他对象征、神话、典故以及生僻词汇的运用。

袁可嘉说："奥登及若干其他现代诗人喜欢采取现代飞行员置身高空的观点，应用电影技术中水银灯光集中照射的方法，使脚底的事物在突然扩大和缩小里清晰呈现，给人极特殊有效的感觉。"[1]奥登诗的这一特点首先出自哈代，奥登自己说他最看重哈代的"鹰视"（hawk's vision），从极高处审视生活的方式。[2]袁可嘉探讨新诗戏剧化，认为可借鉴奥登：

他的习惯的方法是通过心理的了解把诗作的对象搬上纸面，利用诗人的机智、聪明及运用文字的特殊才能把他们写得栩栩如生，而诗人对处理对象的同情、厌恶、仇恨、讽刺都只从语气及比喻得着部分表现，而从不坦然裸露。……此处我们着眼心理隐微的探索：里尔克代表沉潜的、深厚的、静止的雕像美，奥登则是活泼的、广泛的、机动的流体美的最好样本。前者有深度，后者有广度。[3]

这是统一的感性（unified sensibility），现代主义的

1　袁可嘉，《新诗现代化底再分析——技术诸平面的透视》，天津《大公报·星期文艺》第32期，1947年5月18日。

2　See Rachel Wetzsteon, *Influential Ghosts: A Study of Auden's Sources* (New York: Routledge, 2007), p. 4.

3　袁可嘉，《新诗戏剧化》，上海《诗创造》第12期，1948年6月。

标志性特征，很大程度上源于玄学派诗。诗的戏剧化意味诗人可以戏剧面具（dramatic persona）将观点戏剧化，让诗成为超个人的非个性表演。20世纪30年代早期便有论者指出奥登诗有内心独白的倾向，其机智和用喻与玄学派诗相类，甚至有不少过分智化的"克利夫兰语"（Clevelandisms）。[1] "他的晦涩有一个古代的对偶，即所谓'玄学派诗'（Metaphysical Poetry）。"[2] 这说的是燕卜荪，不那么直接地同样适用于奥登。

王佐良说中国宋代诗人其实早就擅长玄学派诗人——艾略特的先驱——运用的曲喻，只不过他们在将不同质观念强行结合时所用的暴力不太暴力。[3] 钱钟书指出玄学派诗人曲喻见于唐诗及更早的中国诗文，出于"奇情幻想"。[4] 奥登式一词不仅指诗歌语言的现代化，而且与玄学派诗风不无关系，因而批评论著中可见奥登式曲喻（Audenesque conceit）、奥登式譬喻（Audenesque analogy）、奥登式转喻（Audensque trope）、奥登式传喻（Audenesque metaphor）等。曲喻是机智（wit）与遐思（fancy）的巴洛克（Baroque）体现，奥登师法艾略特，同样擅长运用。

奥登的诗常将传统技巧及主题与现代意象和元素相

1　See John Hayward, untitled review, in *Criterion* 7 (1932), pp. 131-134.

2　杨周翰，《现代的"玄学诗人"燕卜荪》，桂林《明日文艺》第2期，1943年11月。

3　见王佐良，"se Modernists and Their Metamorphoses"，《论新开端：文学与翻译研究》（北京：外语教学与研究出版社，1991），页70。

4　见钱钟书，《谈艺录》（北京：中华书局，1984），页22。

结合，推陈出新而别有张力。《傍晚，我出去散步》以现代市井为场景，既有"我会爱你，亲爱的，我会爱你 / 直到中国和非洲相遇，/ 直到河水飞越高山 / 街上满是唱歌的鲑鱼"这样的歌词，类似汉乐府《饶歌》："山无陵，江水为竭，冬雷震震，夏雨雪，天地合，乃敢与君绝！"这样的誓言，还有与这样的信誓旦旦格格不入的阴郁的描述，仿佛出自卡夫卡（Franz Kafka）：

在噩梦的洞穴里

正义赤身裸体，

时间在阴影里窥视

你想亲吻时它就咳嗽。

亲吻与亲热并不能征服时间，时间一直在窥视。这首诗中有借用多首英美民谣的语汇，最终却并非一味赞美的情诗。通过都市时钟的讨论，它直面爱的不完美，告诉人们尽管爱充满各种失落与不如意，爱——没有那些不可能的浪漫幻觉的爱——依然是生命中不可错过的恩典。

《阿喀琉斯之盾》一诗想象海洋女神忒提斯（Thetis）在火神赫菲斯托斯（Hephaestus）为她儿子阿喀琉斯——希腊史诗中的大英雄——锻造并雕饰盾牌的过程中在上面看到的人物和场景。阿喀琉斯之盾本是个人英雄主义的象征，然而此诗揭示的却是战争的空虚与荒诞。盾牌上但见"一片毫无特征的平原"：

然而，一片虚空中，聚集站立着

难以理喻的那么一众，

一百万只眼睛，一百万只靴子排列整齐，

面无表情，等待一声命令。

万众一人，这一众只是一个群体，不见任何个体。然后，犹如透过喇叭或无线电，"看不见面孔，空中传来一个声音 / 以统计数据，枯燥而平静的语调 / 证明某个事业是正义的"。然后，尘土飞扬，这一众赳赳武夫在"信念的逻辑"的驱使下一队队开拔离去，不见任何花环饰牛，洒酒祭神的宗教仪式。没设祭坛，只是有个地方被带刺的铁丝网围住……这是一个人已不人的世界，充满毁灭和死亡；忒提斯见其所见，最后惊恐地跑开。奥登以短长交替的诗节——这一点学自哈代——造成有意义和无意义世界的对比，仿佛乔伊斯式史诗平行（Joycean epic parallel）。《阿喀琉斯之盾》在反战之外又别有深意，即非个性语言造就无人性行为，不妨视为语言批判的奥维尔式耶利米埃哀歌（Orwellian jeremiad）。

《罗马的衰落》是奥登中期向晚期过渡的作品，写于"二战"之后不久，正如艾略特《荒原》（*The Waste Land*，1922）写于"一战"之后不久。《罗马的衰落》说有个厌恶工作的小职员"在一张粉红色的正式表格上"书写，而非像罗马人那样用尖笔（stylus）在蜡板上刻写，显然年代错乱。不过让现代显身于古代不过是为了暗示历史不断重复：这首诗不只关乎罗马，而是关于包括大英帝国在内的历史中的伟大文明的衰落，仿佛它们到头来都只落得一场空：

> 而在别处，辽阔宽广
> 成群的驯鹿穿越
> 绵延数英里的金色苔藓，
> 动作迅疾，没有一点声响。

此时视角从地上陡然到了空中，在空间的寂寥中看到了时间的冷酷，煞似观古今四海于须臾，而个体和社会可等而视之，仿佛皆微不足道，抗拒不了时间的扼杀，无法超越兴衰的轮回。

奥登晚期的诗常以情欲（Eros）与理性（Logos），肉体与精神为主题，默认并歌颂人的双重性。即便是轻体诗（light verse）也蕴严肃于嬉戏，含离经于正经。当然，特定的群体甚至可能在其中找到同志美学（gay aesthetic）。精神寓于肉体，通过建筑等表达其塑造并赋予世界秩序的意愿及力量。从照片看，奥登在这一时期颇有些沧桑智者的形象，但诗作并不相应地沉郁，反而笔调轻松，宛若闲谈却蕴含遐想，仿佛哲人的独白。奥登《石灰岩颂》说诗人：

> 因他真诚的习惯而受到钦羡，称太阳

为太阳，称心灵为谜语，

　　这些坚实的雕像让他不安，雕像明显地怀疑他反神话的神话。

　　这样的诗句影射史蒂文斯，若是放到其诗里也不会有违和感：晚期奥登竟然有些像史蒂文斯？称太阳为太阳——而不称为比如说斐玻斯（Phoebus）——则世界无神话，然而世界不可能没有神话，正如语言不可能没有传喻：太阳已经是传喻和神话。石灰岩被雕刻，塑造，化自然为艺术：地貌在地中海岸的托斯卡尼（Tuscany）魔术般变为花园、喷泉、殿宇及城市，因而雕像以心灵对物质的转化怀疑"反神话的神话"（antimythological myth）。对奥登而言，人与世界不可分：语言总是赋予一切现象意义，故而一切风景已经是道德化风景（*paysage moralisé*），对意义的追寻只能如此寄寓："但当我尝试想象无瑕的爱情／或来世的生活，我听到的是地下溪流／那絮语，我看到的是一片石灰岩风景。"

　　奥登说语言投"影"（shadow）于"真"（truth），但有人却以大地之父自居，以被流放者的眼光看世界，决断无言、离散而不确定的大地庶物的婚配。[1] 奥登指的是史蒂文斯式诗人，门德尔森说对这种以心灵发现的为自恋己任的艺术家而言，个人及社会关系的"义理词

1　See W. H Auden, "Kairos and Logos," *Collected Poems*, ed. Edward Mendelson (London: Faber and Faber, 1976), p. 240.

汇"（ethical vocabulary）毫无意义。[1] 奥登晚期有些诗作以史蒂文斯为原型，写想象中作为马拉美传人的晚期浪漫诗人。[2] 奥登对史蒂文斯的态度并不暧昧，而是鲜明地在情不自禁的高度敬意中怀有不可遏制的强烈敌意。奥登觉得史蒂文斯沉溺于心灵的谜语中，政治上有所亏，语言上不诚实。[3] 这是一偏之见：作为诗人，他们两个有如拉斐尔（Raphael）壁画《雅典学院》（*Scuola di Atene*）中的柏拉图和亚里士多德，一个指向天，一个指向地。

如果说史蒂文斯对想象力的揄扬，对奥登笃信的诗歌义理及社会责任构成挑衅，那么这不过是他们的浪漫主义路数不同，一定意义上只是华兹华斯式浪漫者看不惯马拉美式浪漫者。强调想象的史蒂文斯浪漫，强调实在的史蒂文斯反浪漫。[4] 用奥登的莎士比亚说，这是阿里尔式史蒂文斯（Arielian Stevens）与卡利班式史蒂文斯（Calibanian Stevens）之分，关乎浪漫崇高（the Romantic sublime）。诗是实在的成分，正如在奥登看来卡利班只有假借阿里尔的语言才能说。

1　See Edward Mendelson, *Later Auden* (New York: Farrar, Straus and Giroux, 1999), p. 169.

2　See Edward Mendelson, *Early Auden, Later Auden: A Critical Biography* (Princeton: Princeton University Press, 2017), p. 490.

3　Cf. Liesl M. Olson, "Stevens and Auden: Antimythological Meetings," *Wallace Stevens Journal* 27 (2003), pp. 255-261.

4　See George Lensing, "The Romantic and Anti-Romantic in the Poetry of Wallace Stevens," in *The Cambridge History of American Poetry*, ed. Alfred Bendixen and Stephen Burt (New York: Cambridge University Press, 2015), pp. 650-669.

《海与镜》是长篇杰作，不像奥登其他的长诗大多结构松散，似乎那些组成诗篇有所加或有所减并无伤大雅。半戏剧（semi-drama）及其类戏剧人物（quasi-dramatic characters）激发了奥登某些最佳诗作，这其中以《海与镜》为代表。[1]《海与镜》人物出自莎士比亚（William Shakespeare）《暴风雨》（*The Tempest*），自称对此莎剧的评论，但其实关注的是浪漫主义美学。普罗斯佩罗（Prospero）是奥登真正的英雄，因为他放弃巫术而追求"真之道"（the way of truth）。[2]《海与镜》被称为的最绚烂的"橱柜剧"（closet drama），视为奥登炫技的舞台。[3]《海与镜》将《暴风雨》改写为艺术家的创造性想象的冲突戏剧，其三部分既相对独立，又混成一体，分别关注艺术家、艺术品和艺术欣赏者。

奥登喜欢用异言（allegory），将抽象的具体化，显现其对诗歌传统的了解与理解，转用与转化。《焦虑时代：巴洛克牧歌》运用异言，出于古代牧歌传统，让"二战"期间四个陌生人——依荣格（C. G. Jung）心理学分别代表思想、情欲、直觉和感受——相遇于纽约夜晚的一个酒吧，将现代人对灵魂的追寻戏剧化。

奥登第一部剧作《双边酬报：字谜游戏》（*Paid on*

1　See John G. Blair, *Poetic Art of W. H. Auden* (Princeton: Princeton University Press, 2015), p. 107.

2　See Lucy S. McDiarmid and John McDiarmid, "Artifice and Self-Consciousness in Auden's *The Sea and the Mirror*," Contemporary Literature 16 (1975), pp. 353-377.

3　See Lucy McDiarmid, *Auden's Apologies for Poetry* (Princeton: Princeton University Press, 1990), p. 115.

Both Sides: A Charade，1930）结合悲剧与闹剧，包含剧中剧，已显示出后来的混合风格特征。奥登前半生是英国诗人，后半生是美国诗人，后期有些诗作明显有两种文化融合的痕迹。比如说《难民蓝调》以布鲁士（blues）为基调，却用英式英语和拼写，有些不伦不类却似乎是有意为之，烘托难民的处境。体裁及语言的混合容易看出移植与嫁接的结果，诗艺的化合则微妙得多。以技术而论，贾雷尔（Randall Jarrell）认为奥登是斯温伯恩（A. C. Swinburne）以来最有成就的诗人。[1] 这虽是一家之言，但足见奥登诗艺杂而不失其纯的精湛。

奥登常以小见大，以偏概全，以虚线代实线，以侧面代全面，用一个细节唤起一个事实，一个瞬间唤起一个事件，不辩而辩地寓观点和论点于一系列目不暇接、跨度广阔的事物，化静为动，远近交替地将画面的光影串联为意识流般的蒙太奇式放映。这是以少胜多，合听觉与视觉，由空间而时间，由诗句而及读者，以似乎的客观诉诸可能的主观的艺术。奥登的诗中又富于并列及对比的张力，如奥登的诗中可见凝练与张扬，暧昧与机智，深奥与鄙俚，诡异与迂腐，老成与童稚，辩证与决断，引用与理趣，讽刺与宣传，嫉妒与冷漠，含蓄与爆发，直言与春点，机械与自然，细节与鸟瞰，摩登与古朴，戏剧与婉转，淹博与嬉仿，残酷与龌龊，乃至速度

1　See *Randall Jarrell on W. H. Auden*, ed. Stephen Burt and Hannah BrooksMotl (New York: Columbia University Press, 2005), p. 21.

与激情。

奥登多年常读《牛津英语大词典》(*OED*)，在牛津读书期间交谈中用的不少词同伴就听得云里雾里。后来他购置了两套这部多卷本巨编，纽约公寓和奥地利夏日别墅各放一套，甚至习惯在两地晚餐时往座位上摆那么一卷，仿佛他还是够不到餐桌的孩子。奥登笔记本中辑录了不少这种特意撷拾来的词，而冷僻的词典词(dictionary word)始终是奥登诗措辞的一个特征。《牛津英语大词典》补编有个"编词圈"(lexicographic loop)现象：很多词项用例中奥登是唯一晚近使用过那个词的人，而那些词他本来就采撷自这部大词典。[1] 小小一本《新华字典》中的汉字很少有国人能认全，不难想象皇皇巨典中那种墨角(inkhorn)中的墨角对英语读者的挑战。

主义之争

奥登是现代主义者，抑或反现代主义者？

这似乎是个简单的问题，却好像并没有简单的答案。现代主义是对浪漫主义的反动，奥登的诗又是对现代主义的反动？

门德尔森(Edward Mendelson)说最容易误解奥登

1　See Charlotte Brewer, "When I feel inclined to read poetry I take down my Dictionary': Poets and Dictionaries, Dictionaries and Poets," in *Poetry & the Dictionary*, ed. Andrew Blades and Piers Pennington (Liverpool: Liverpool University Press, 2020), pp. 39-40.

的途径就是把他解读为现代主义传人，因为奥登不像现代主义理论那样将诗与世界截然分开。[1] 现代主义怀疑语言，怀疑其交流的可能性，而奥登信任语言，看重诗对听众的效果。奥登不像庞德、艾略特和叶芝那样喜欢运用面具，以致其诗有自白和抒情倾向，甚至不时有说教特征。奥登诗学中诗与听众不可分，正如诗与世界不可分。

现代主义强调的非个性、客观性和超然性其实是古典主义价值，诗不再是浪漫主义主张的强烈情感的自然外溢，一变而为新批评标榜的"文像"（verbal icon），诗人作为艺匠的形象当然也就不再是"一人对众人说"（a man speaking to men）。[2] 奥登不只是观察世界、聆听社会的诗人，而且是对众人说的诗人，在这个意义上依然是浪漫诗人。

现代主义难道不是从反浪漫主义起家？确实，现代主义常被视为对浪漫主义的反动，崇尚智性、客体性及意象精确性和形式空间性，显得刚而不柔，道而不径，诗学激进而价值保守，有古典主义的克制而无浪漫主义的放任。虽然如此，这是一个视距的问题：近观则现代主义是浪漫主义的雠冤，远看则浪漫主义是现代主义的

1　See Edward Mendelson, "Auden's Revision of Modernism," in *W. H. Auden*, ed. Harold Bloom (New York: Chelsea House, 1986), pp. 112, 117-118.

2　See Sanford Schwartz, *The Matrix of Modernism: Pound, Eliot, and Early Twentieth-Century Thought* (Princeton: Princeton University Press, 1985), p. 71.

鼻祖。换言之，现代主义对浪漫主义而言似仇实亲，不觉中暗通款曲，既是叛逆，又是延续。

奥登说：

> 坡和波德莱尔是现代诗之父，因为他们是生于现代——也就是说，在传统和继承的封闭社会蜕变为时尚和选择的开放社会之后——而最早（布莱克可能除外）意识到这是怎样的决定性变化的诗人。[1]

奥登自己的诗表面上看条顿化（Teutonicizing）多于高卢化（Gallicizing），亦即德国化超过法国化。现代主义诗的语言往往似乎语法不再，韵律失常，节奏紊乱，逻辑缺失，传达社会断裂而价值沦丧的世界中的疏离感和异化感，凸显语言自身的危机：它智甚于情，抽象而洗练，强烈而自觉，不再指向外在世界，反而指向诗本身。20世纪30年代长期被视为反现代主义的十年，奥登从社会主义现实主义（Socialist Realism）以教父身份养育出的混合政治与艺术的一代，[2]那么奥登是否反现代主义？

奥德诗的传人拉金（Philip Larkin）认为爵士到帕克（Charlie Parker）已不再是爵士，面目全非以致无法

1　W. H. Auden, Introduction, in Charles Baudelaire, *Intimate Journals*, tr. Christopher Isherwood (London: Methuen, 1947), p. xix.

2　See Keith Williams and Steven Matthews, Introduction, *Rewriting the Thirties: Modernism and After*, ed. *idem* (London: Addison Wesley Longman, 1997), p. 1.

辨认为爵士，甚至放帕克唱片婴儿都会哭。拉金鉴于类似事例说：

> 亨利·摩尔和詹姆斯·乔伊斯（从天才堕落到荒谬的教科书案例）可说同样如此。不，我不喜欢这类东西并非因为它们新，而是因为它们是不负责的技巧利用，背离我们所知的人类生活。这是我对现代主义的本质批评，无论是帕克、庞德还是毕加索所为：它既不帮助我们享受，也不帮助我们忍受。[1]

从摩尔（Henry Moore）和乔伊斯（James Joyce）到帕克、庞德和毕加索，这是对从雕塑、小说到音乐、诗歌和绘画的现代主义艺术的一言以蔽之的全面性否定。运动派的反现代主义特征被总结为拒绝精英主义和极右思想，捍卫本土传统，但最关键的是反对现代主义对诗人与听众之间的联系的割裂。[2] 这种联系古老而密切，在现代主义以前未曾断裂。艺术与生活绝非无关，拉金的根本性责难基于江森（Samuel Johnson）对其间关系的观点。

奥登称济慈（John Keats）从没说过"美即真，真

1 Philip Larkin, *All What Jazz: A Record Diary, 1961-1971* (New York: Farrar, Straus & Giroux, 1985), p. 27.

2 See Blake Morrison, "'Still Going on, All of It': The Movement in the 1950s and the Movement Today," in *The Movement Reconsidered: Essays on Larkin, Amis, Gunn, Davie, and Their Contemporaries*, ed. Zachary Leader (Oxford: Oxford University Press, 2009), p. 20.

即美"（*Beauty is Truth, Truth Beauty*），说这句话的是济慈吟咏的希腊瓮。奥登进而说：

> 艺术出自我们对美和真的渴望，以及对两者并不相同的认知。可以说每一首诗都显示出阿里尔与普罗斯佩罗之间的竞争的某种痕迹；在每一首好诗中他们的关系多少融洽，但从来并非毫无紧张。希腊瓮道出阿里尔的立场；普罗斯佩罗的立场同样简明地由江森博士道出：写作的唯一目的是让读者能更好地享受生活或更好地忍受生活。[1]

人们要诗美，要语言的尘世天堂，纯粹游戏的永恒世界，从中得到快乐，因为它与人们的历史存在及其不可解决的问题和无以逃避的苦难恰成对照。人们同时又要诗真，要诗提供某种关于生活的启示与揭示，使人们免于自我魅惑与欺骗；若要给人们带来真，诗人便不可能不把问题、痛苦、混乱和丑陋引入诗。每一首诗中都有阿里尔和普罗斯佩罗某种程度的协作，但他们各自角色的重要性因诗而异，故而通常可以说一首诗，甚至一个诗人的全部作品是"阿里尔主导"（Ariel-dominated）或"普罗斯佩罗主导"（Prospero-dominated）。[2] 阿里尔和普罗斯佩罗既争锋又携手，我行

1　W. H. Auden, "Robert Frost," *The Dyer's Hand and Other Essays* (1948; New York: Random House, 1962), pp. 337-338.

2　See *ibid.*, p. 338.

我素又相辅相成。美与真是诗的要素，构成诗的基本张力，虽然在一首诗中或一个诗人身上会此消彼长而一主一从。

奥登不认为诗人必须在政治与艺术之间做非此即彼的极端选择，因为缪斯并不喜欢在"鼓动宣传和马拉美"（agit-prop and Mallarmé）之间被迫做选择。[1]

奥登说：

> 诗人想象的理想听众由跟他上床的美人，邀他晚餐并告诉他国家机密的强人，以及他的同行诗人组成。他得到的实际听众由近视眼教书人，在自助餐厅就餐的青春痘年轻人，以及他的同行诗人组成。这意味其实他是为他的同行诗人写作。[2]

不得已而求其次，诗人为同行写作。这是笑谈，不认真多于认真。奥登认为艺术家与普通人的隔阂并非因为前者非同寻常，他们之间缺乏交流证明所有人之间都缺乏交流，而艺术品只不过揭开了这种缺失。[3] 关于到底为何及为谁写作，奥登又说：

1　See W. H. Auden, "Of Poetry in Troubled Greece," *New York Times Book Review* (Apr. 2, 1950), p. 5.

2　W. H. Auden, "Squares and Oblings," in *Poets at Work*, ed. Charles Abbott (New York: Harcourt, Brace and Co., 1948), p. 176.

3　See W. H. Auden, "Criticism in a Mass Society," *Prose*, ed. Edward Mendelson (London: Faber and Faber, 2002), vol. 2, p. 93.

艺术，如果它不始于那里，至少

无论美学喜不喜欢这个想法，

终于我们款待朋友们的企图；

而我们首要的问题是意识到

现代艺术家有些怎样的朋友。[1]

　　奥登在此肯定诗要给予友人快乐，而他心目中的友人——无论生活中相识或不相识——跟他相似，会懂得他谈论什么，暗示什么，影射什么，讥讽什么，会心领神会而不会像局外人那样不知所云。无论在外人看来如何晦涩，他的诗对自己以及对朋友绝不会没有意义。奥登又说"谜"（riddle）是诗的基本元素，而"晦涩"（obscurity）则是美学缺陷。[2] 奥登的诗经常像在与朋友交谈那样口语化，娓娓道来却不总是一听就懂，有时确实感觉若非个中人，不解其中妙。

　　奥登的诗出于人与世界的相遇，正如浪漫主义诗。浪漫主义者强调自己的观点或看法的个人性及独特性，以此确立自己的诗的价值，故而关注自我的表现是一切的一切。奥登的诗追求传达，关注听众的传达，故而言说方式的变化既是将个人感受化为非个性艺术的方法，也是面向不同听众说话的方式。奥登的听众可以因诗而异，并非一成不变，但他自知并非每个人都是或可以是

1　W. H. Auden, "Letter to Lord Byron," *Letters from Iceland* (New York: Random House, 1937), p. 103.

2　See W. H. Auden, "A Contemporary Epic," *Encounter* 2 (1954), p. 68.

自己的每一首诗的听众。他的听众不一而足，有些诗面向普罗大众，有些诗面向文艺小众，有些诗面向其他群体。如果可能，奥登有意面向愿意倾听的尽可能广阔的听众。

1940年，奥登在七姊妹（Seven Sisters）女子文理学院之一的史密斯学院（Smith College）作毕业演讲，以浪漫一词指所有那些拒绝自由的悖论性及辩证性的人，认为浪漫者昧于自由与必然的关联而陷入非此即彼的极端思维。[1] 大海是危殆与险恶之所，但浪漫者却执意要航海——或穿越沙漠——以彰显自己的自由及自由对必然的克服。[2] 由此看来，"叫我以实玛利"（Call me Ishmael）——迈尔维尔（Herman Melville）《大白鲸》（*Moby-Dick*; *or*, *The Whale*，1851）著名的开头语——适用于每个浪漫者。法西斯主义作为政治浪漫主义否定自由，显示对自由的绝对肯定与否定不过是浪漫主义的一体两面。

奥登的作品并不怀念失去的确定性，反而充满乐观，故而被视为近于后现代主义。[3] 奥登追求非个性化，显得现代主义；另外，他又力求向人传达，显得浪漫主义。

1　See W. H. Auden, "Romantic or Free? The Commencement Address, June 17, 1940," *Smith Alumnae Quarterly* 31 (1940), pp. 353-358.

2　See W. H. Auden, *The Enchafèd Flood or the Romantic Iconography of the Sea* (New York: Random House, 1950).

3　See Rainer Emig, *W. H. Auden: Towards a Postmodern Poetics* (London: Palgrave Macmillan, 2000).

中国缘及移译

奥登与中国有缘，机缘巧合地成了中国现代主义诗的催化者。

抗战初期，英国诗人兼批评家燕卜荪（William Empson）先后任教于长沙临时大学和西南联大，讲授的现代诗人中以艾略特和奥登对其学生影响最大。燕卜荪《秋在南岳》描述当时的教学情形："合适的那些珀伽索斯 / 你们的心灵愿意去梳理。/ 让文本异文得到讨论；/ 我们教学，随一首诗的生长。"[1] 珀伽索斯（Pegasus）是希腊神话中的带翼飞马，足迹过处让诗的圣山上的灵感源泉（Hippocrene）涌出。"文本异文"（textual variants）应该是指因战火而迁徙途中图书匮缺，因而包括他在内的联大教师只能靠诗中所谓"灵魂记忆"（soul remembering）传授而徒生——用个燕卜荪术语——文本两可（textual ambiguities）。

此前的中国新诗中象征主义勃发而浪漫主义独大，燕卜荪带来的客观性和理智性现代主义新风通过其亲炙弟子扩散，蝴蝶效应般从西南一隅促成中国诗坛20世纪三四十年代交替之际，从浪漫主义向现代主义转变的风潮。燕卜荪来华之前，奥登的诗已有零星汉译，而奥登对中国诗发生实质性影响是通过燕卜荪在联大授课。王佐良回忆道："当时在昆明有几个中国青年诗

1　William Empson, "Autumn on Nan-Yueh," *Collected Poems* (London: Hogarth, 1984), p. 73.

人，如穆旦和杜运燮，呼吸着同样的战争的气氛，实践着同样的诗歌革新，完全为奥登所倾倒了，以至于学他译他。"[1] 王佐良说当年的联大诗人激赏艾略特和奥登，对后者更是偏爱有加："原因是他的诗歌更好懂，他的那些掺和了大学才气和当代敏感的警句更容易欣赏。"[2] 他们大概是觉得艾略特望之俨然，而奥登即之也温；唯其如此，联大青年才俊对奥登可谓读得亲切，用得剔透。

燕卜荪说他在联大教学效果好是因为学生水平高，而且那是中国吸收欧洲文明成就的伟大时代的最后岁月。一个受过良好教育的中国人在欧洲就是受过最好教育的人，中国同事之间常混杂好几种语言交流。至于联大学生中盛传他凭记忆打出《奥赛罗》（Othello）或其他莎剧，其实当时有好心人借给了他一部1850年版《莎士比亚全集》，里面的衬页有蒲柏（Alexander Pope）和斯威夫特（Jonathan Swift）亲笔签名。[3] 虽然如此，燕卜荪博学而记忆力惊人却是不争的事实。联大学子敬仰燕卜荪，觉得他潇洒而新鲜，甚至传奇而神异，上课极富感染力。[4]

九叶诗人中有五位出自联大，即穆旦、郑敏、杜运

1 　王佐良，《英国诗史》（南京：译林出版社，1997），页453。

2 　王佐良，《穆旦：由来与归宿》，《一个民族已经起来》，杜运燮、袁可嘉、周与良编（南京：江苏人民出版社，1987），页2。

3 　See John Haffenden, *William Empson*, vol. 1: *Among the Mandarins* (London: Oxford University Press, 2005), p. 463.

4 　见赵瑞蕻，《怀念英国现代派诗人燕卜荪先生》，《离乱弦歌忆旧游：从西南联大到金色的晚秋》（上海：文汇出版社，2000），页24，27。

燮、袁可嘉和唐祈。"九叶诗派是一个受影响于西方二十世纪以庞德、艾略特、叶芝、瓦雷里、里尔克为代表的现代主义诗歌的流派。奥登在第二次世界大战中继承发展这种诗风,用来抒写动乱的世界。九叶诗人对奥登尤其有直接的借鉴与亲切的关系。"[1]"'九叶'诗人里,穆旦、郑敏、运燮、可嘉,受奥登、易卜生影响最大,丰富了现实生活里的词汇与哲理性的隐喻、象征,增强了诗的知性与感性,却又造成了一些诗的隐晦。"[2] 1939 年年初,奥登离开英国,移居美国;同年秋,燕卜荪离开中国,回到英国。人虽走了,他引介的现代诗及现代主义诗学却在联大人中传布。[3] 西方诸多巨匠中,奥登显然是对民国中晚期涌现的中国现代主义诗影响最大的诗人。

王佐良说燕卜荪:

> 他用他在《晦涩的七个类型》里分析马韦尔(Andrew Marvell)的"玄学派诗"的同样精细和深入的方法来为我们分析叶芝和艾略特等人的现代诗。回想起来,这门课是十分完整、内容充实的,把从霍布金斯起一直到奥登和狄兰·托马斯止的重要现代派人物都包括在内了,而后两人在当时

---

1 蓝棣之,《前言》,《九叶派诗选》,蓝棣之编(北京:人民文学出版社,2011),页 28。

2 唐湜,《一叶谈诗》(南宁:广西教育出版社,2000),页 312。

3 "他在联大课堂内外介绍的英国现代诗给联大学生留下深远的影响,包括我这样没有机会亲聆他授课的学生。英国现代诗人成为我们当时经常谈论的话题。"杜运燮,《海城路上的求索》(北京:中国文学出版社,1998),页 272。

（1938—1939）就是最新的诗人。……我们对于英国现代派诗和现代派诗人所推崇的17世纪英国诗剧和玄学派诗等等有了新的认识。[1]

　　周珏良回忆中燕卜荪讲授的大致就是这些诗人，又特别提到穆旦在"文革"刚结束时就着手汉译奥登。[2] 燕卜荪在书信中提出在其同辈及晚辈中，真正的英国诗人只有两个：狄兰·托马斯和奥登。[3] 燕卜荪又说自己非常钦佩奥登，将他和狄兰·托马斯称为"天才诗人"（poets of genius）。[4] 王佐良说联大青年诗人跟燕卜荪读艾略特、奥登和狄兰·托马斯，眼界为之洞开，于是有了"当代的敏感"与中国现实的结合，成就"四十年代昆明现代派的一大特色"。[5] 燕卜荪曾戏仿（parody）奥登的民谣叙事和悲天悯人。[6] 戏仿是特殊的恭维，在讪笑中显示出尊重。燕卜荪思想"左倾"，又是新批评奠基人之一瑞恰慈（I. A. Richards）弟子，对奥登必定有同情的激赏。

1　王佐良，《怀燕卜荪先生》，载《语言之间的恩怨》，刘洪涛、谢江南编（天津：天津人民出版社，1998），页107。

2　见周珏良，《序言》，查良铮，《英国现代诗选》，载《穆旦译文集》，卷4（北京：人民文学出版社，2005），页331—332。

3　See letter to David Holbrook dated Mar. 23, 1962, *Selected Letters of William Empson*, ed. John Haffenden (Oxford: Oxford University Press, 2006), p. 328.

4　See John Haffenden, *William Empson*, vol. 1: *Among the Mandarins* (Oxford: Oxford University Press, 2005), p. 405.

5　见王佐良，《谈穆旦的诗》，《中楼集》（沈阳：辽宁教育出版社，1995），页183—184。

6　William Empson, "Just a Smack at Auden," *Collected Poems of William Empson* (New York: Harcourt Brace, 1949), pp. 64-65.

20世纪80年代——诗的年代——我们在北京上大学,读诗,写诗,译诗,受教于巫宁坤先生。如今想起来,那是桃李春风、化雨如酒的梦幻青葱岁月(salad days)了。巫老师在联大时就写诗,平时提到最多的中国诗人是穆旦;而从其私淑奥登的诗风看,奥登是穆旦最为推崇的现代主义诗人。巫老师和穆旦在联大冬青文艺社时就相识,后来在芝加哥大学有段时间又与穆旦夫妇同住一所公寓,过从甚密。20世纪50年代初回国任教燕京大学前,巫老师特意到东部去拜访当时在斯沃兹莫学院(Swarthmore College)执教的奥登,可见其在联大人心目中的地位。

那些年巫老师邀请过不少中外人士到校讲授,包括联大校友,九叶诗人中的郑敏女士和袁可嘉先生。郑敏用英语讲,谈到过奥登诗的非抒情性和历史意识;袁可嘉用汉语讲,提到奥登时将他置于广阔的现代主义背景中谈。听巫老师说,在联大就学期间除了跑空袭警报外,还常往两位师长住处跑,一个是沈从文,一个是卞之琳。卞之琳不仅译奥登诗,自己写诗也对奥登有所借鉴。[1]奥登是英语诗体多面手,几乎没有他没尝试过的诗体,晚年甚至还转译并仿写过日本俳句和短歌。

希尼(Seamus Heaney)悼布罗茨基(Joseph Brodsky)诗仿奥登悼叶芝诗:"约瑟夫,对,那节拍你熟。/威斯坦·奥登格律音步/应和它前进,没重音/有重音,

---

1 见卞之琳,《自序》,《雕虫纪历:1930—1958》(北京:人民文学出版社,1984),页16。

让威廉·叶芝安寝。"[1] 卞之琳译奥登十四行诗，自觉以"顿"或"音组"对应英诗音步。[2] 奥登的诗运用丰富的诗体，如《海与镜》不同人物用不同诗体或文体说或唱：普罗斯佩罗用音节体（syllabics）、安东尼奥（Antonio）用意大利三行体（terza rima）；米兰达（Miranda）用十九行诗（villanelle）；费迪南德（Ferdinand）用十四行诗（sonnet）；水手们用叙事民谣（ballad）；塞巴斯蒂安（Sebastian）用六节诗（sestina）；卡利班（Caliban）用亨利·詹姆斯（Henry James）那样复杂的散文。汉译英语格律诗绝非押韵那么简单，何况韵在英语中就有多种。

奥登说因为巴别之咒（Curse of Babel），诗是最具地方性的艺术，故而有赖于韵的意义不可译。[3] 他自己并不强求，而且又注意到阴韵（feminine rhyme）——至少两个音节的韵——在意大利语中是最常见的韵，在德语中也常见，但在英语中不仅罕见，而且听起来滑稽，故而在译为英语时不如不用韵。[4] 我们译奥登诗的过程中，有时在原文有韵时用韵，但不以韵害义，有损原诗的表达。

本书译自门德尔森编 1979 年新版《奥登诗选》。[5] 门

1　"Joseph, yes, you know the beat./ Wystan Auden's metric feet/ Marched to it, unstressed and stressed,/ Laying William Yeats to rest." Seamus Heaney, "Audenesque, in memory of Joseph Brodsky," *The Iowa Review* 26 (1996), p. 31.

2　卞之琳，《重新介绍奥登的四首诗》，《卞之琳文集》，下卷，江弱水、青乔编（合肥：安徽教育出版社，2002），页 571—576。

3　See W. H. Auden, "Writing," *The Dyer's Hand and Other Essays* (1948; New York: Random House, 1962), p. 23.

4　See "Homage to Igor Stravinsky," *ibid.*, p. 488.

5　W. H. Auden, *Selected Poems*, New Edition, ed. Edward Mendelson (New York: Random House, 1979).

德尔森编选的都是奥登原作，一仍其旧，未采用奥登后来修改的版本。通常，诗人或作家或许会"悔其少作"而做修改，旨在将原作改得更好，但奥登的修改出于政治和宗教动机，经常改得面目全非，为追求所谓诚实反而变得不诚实，与原作相去太远。《奥登诗选》原书收录奥登代表诗作100首，我们全部译出，另外收录了电影《四个婚礼和一个葬礼》（*Four Weddings and a Funeral*，1994）中出现的《葬礼蓝调》（*Funeral Blues*），加起来共101首。

结语

奥登说诗的定义有多种，最简单的依然最好："可记忆的言语"（memorable speech）。[1]

奥登以美为经，以真为纬，其诗是这个定义的体现，如《但我不能》：

> 风吹过来，一定来自某地，
>
> 树叶枯萎，一定有其缘由；
>
> 时间只会说：我早就告诉过你。

最后一行是诗中一唱三叹的叠句（refrain）：不管发生什么，惊喜或悲剧，时间能给的只有这个答案。一切尽在时间中，而时间的这个答案给了等于没给：缘由

1　See W. H. Auden, Introduction, *The Poet's Tongue: An Anthology*, ed. W. H. Auden and John Garrett (London: George Bell & Sons, 1935), p. v.

依然得由人寻觅，以诗赋予意义。

《纪念 W.B. 叶芝》以反浪漫姿态说诗并未使得什么发生，转而又说诗是发生的方式。诗是语言性仪式，有治疗的功效，给精神的荒原带来艺术的甘泉，让人面对存在的苦难，赞美生命的欣悦：

> 在心灵的沙漠里
> 让疗愈之泉涌起，
> 在他日子的监狱中
> 教导自由人如何赞颂。

这最后两行镌刻在伦敦西敏寺（Westminster Abbey）诗人角落（Poets' Corner）奥登纪念石上，肯定他将人世的严酷的真化为诗的灵动的美，一如叶芝。奥登会觉得亦如化腐朽为神奇的波德莱尔，以及波德莱尔的不祧之祖但丁？

"合上你的奥登，打开你的史蒂文斯，"布鲁姆（Harold Bloom）如是说。[1] 两位大师之间二选一是诗的狭隘化，世界的贫困化，选此不必舍彼：

打开你的奥登，走进迁徙的花园。

水琴　西蒙

2023.5.28

---

1 "Close thy Auden, open thy Stevens." Harold Bloom, "W. H. Auden," *Poets and Poems* (Philadelphia: Chelsea House, 2005), p. 339.

1

谁站着，在分水岭十字口的左边，

在窸窣的草丛间，在潮湿的路上，

在他下面，是拆除的冲洗楼层，

断续的有轨电车道伸向树林，

一个业已昏睡的行业，

稀松地活着。快散架的水泵

在凯什维尔抽水；十年了

它一直淹没在矿井中，直到现在，

无奈地完成后续工作，

更远处，这里那里，很多人死去

躺在贫瘠的土壤下，有些场景取自

最近的冬天；有两个人

徒手清理损坏的竖井，他们死死抓住绞盘

狂风几乎把他们撕扯下来；还有一个人

暴风雨中死去，丘陵无法通行，

不是在他村子里，而是如同槁木

摸索着穿过废弃已久的巷道

在他最后的山谷里沉入土地。

回家吧，陌生人，为你年轻的血脉感到骄傲，

陌生人，再次转身，沮丧而烦躁：

这片土地被切断，不再相通，

不再是谁的附属品，

漫无目的地在他处而非此处寻找面孔。

你的车灯也许会照亮卧室的墙壁，

但不会惊醒沉睡者；你也许会听见风声

从无知的大海被驱赶而来

撞伤在窗玻璃上，在榆树皮上

那里的汁液顺畅地涌起，那是春天；

但这很少发生。靠近你，比草还高，

耳朵在决定前竖起，察觉到了危险。

　　　　　　　　　　　1927 年 8 月

2

最初那回，你皱着眉

走下陌生的山谷

因为太阳，因为迷路

你当然留了下来：今天

我蹲在羊圈后面，听见

一只鸟倏然飞过，

迎着暴风雨鸣叫，还发现

年轮的弧线已圆满，

耗尽的爱重新开始，

没有逆转，无休无止。

我们将会看见，将会经过，正如已经看见

瓦片上的燕子，春之绿

稚嫩的颤抖，一辆孤零零的卡车

开过，秋天

最后一班。而现在

扰动淳朴的额头，

整个夜晚都充满了念想。

你的信来了，如你说话的语气，

说了很多，而你却没露面。

没有亲密的话语，没有麻木的指尖，

如果爱，经常得到

不公正的回应，意味着欺骗。

我，与季节相宜

动而不同，或随不同的爱而动，

不过分质疑点头之意，

乡村神祇的石头般的微笑

它从未如此缄默，

总是担心言过其意。

1927 年 12 月

3

他明白，对于这个新区来说
关键在于控制通道，但谁会得手呢？
他，一个训练有素的间谍，掉进了陷阱，
因为一个冒牌的向导，被老把戏所迷惑。

格林哈兹是个建水坝的好地方
很容易得到电力，如果他们把铁轨
多铺设几站，再靠近些。但他们忽略了他的电报。
没建桥梁，麻烦随之而来。

对于在沙漠里待了几个星期的人
街头音乐似乎很亲切。被黑暗中
流淌的河水唤醒，他常常
为了梦中的伴侣
而责备夜晚。他们当然会开枪，
轻易地让从未结合过的人分离。

1928 年 1 月

4

今天更高了，我们记得相似的傍晚，
一起在无风的果园里散步
小溪流过砂砾，远离冰川。

还是在沙发遮住格栅的房间里，
雨停后，低头看河
看见他转向窗户，听我们最后讲完
佛格森上尉的故事。

眼瞧着，优秀的手如何变得平庸。
他凝视了太久，在塔里变成瞎子，
他卖掉所有的庄园去打仗，突破，却动摇了。

夜幕降临，雪花纷飞，死者号叫
在岬角下他们多风的住处
因为对手提的问题过于简单
在荒凉的路上。

而现在很快乐，虽然彼此并没有更亲近，
我们看见沿着山谷的农场都亮起了灯；
在下面的磨坊棚里，锤子停止了敲打

男人们回家了。

黎明时分的噪音
会给一些人带来自由，但不是这种和平
没有鸟能反驳：飞逝，而对此刻
已得到的满足，爱或忍受，已经足够。

1929 年 3 月

5

看呐，看他每天若无其事地停住，
灵巧地搭上外套，随后
走过去上车，乞丐嫉妒。

"这个免费"，许多人说，但说错了。
他不是那个归来的征服者，
更不是到达极点的环球航行者。

但是在惊悚的刀尖边缘游走
他教会自己平衡的伎俩
侧面搭讪，挺直身躯。

歌声，血液多样的变动
会淹没铁木的警告，
会消除被埋没者的惰性：

白天，从一户人家跑到另一户
通往内心安宁最漫长的路，
怀着爱的忠诚，怀着爱的软弱。

1929 年 3 月

6

你会置若罔闻吗
他们在海岸上说的话？
审视他们的姿势
在他们富丽的房子里；

长着鹳腿抵达天堂的人、
强行触摸的人、
敏感逗乐的人
以及蒙面令人惊奇的人？

但没有佩戴恶棍徽章
也没有躺在树篱后面，
腋窝里藏着阴谋炸弹
秘密守望；

没有携带护身符
预防细菌或突发的痛楚，
不需要混凝土掩体
也没有陶瓷过滤器。

你会把死亡推到任何地方？

坐在他那残疾轮椅上，
没有片刻的温情
只是作为他的随从？

被一个不成熟的头脑
视为好友，
充当孩子们的笑柄
才让死亡开心：

他的轶事泄露出
他最喜欢的颜色是蓝色，
远处钟声的颜色，
男孩儿的工装裤。

他关于贫瘠土地的传说
惊扰缝纫的手；
很少人能躲过
离别时的难受：

接受反对殉难的女士
递过来的垫子，
却为自行车手的比赛
欢呼喝彩。

永远不要做手势

不要害怕混乱或区域，
和士兵的妻子一起敬礼
当旗帜翻飞；

记住，关于这件事
没有公认的天赋；
没有收入，没有奖励，
没有应许之地。

但见勇气被遣送回家
以耻辱密封，
用融化的金属
和冰冷的胜利角力。

保持中立的和平
和一份寻常的羞耻
是一种荣誉
留待后人辨认。

1929 年 9 月

7

先生，不是任何人的敌人，宽恕天下
除了想要负面反转的人，慷慨恩赐吧：
送给我们力量与光明，至高无上的一触
治愈难以忍受的神经瘙痒，
断奶的耗竭，说谎者的扁桃体炎，
还有体内发生的童贞的畸变。
严厉禁止排练出的反应，
逐渐纠正懦夫的立场病：
及时用光束把那些撤退者罩住，
一旦被发现，他们会掉头，虽然倒行很伟大；
公布住在城里的每一位治疗师
或是车道尽头的乡间房子；
平整死者之屋；看着亮闪闪的
建筑的新风格，心灵的更嬗。

1929 年 10 月

8

一

那天是复活节，我在公园里散步
听到青蛙在池塘里喘气，
我望着壮观的云团
在辽阔苍天无忧移动——
这样的季节，情人们和作家们发现
随着事物的更改而更改的言语，
强调新的名字，胳膊上
一只新鲜的手充满新鲜的活力。
正想着这些，我随后
遇见孤独的人坐在长椅上哭泣，
他低着头，嘴巴扭曲
像雏鸡一样无助且丑陋。

于是我回想起所有那些人，
他们的死是季节开始的必要条件，
他们此刻悲伤，只能回望
圣诞节的亲昵，冬日的对话
消隐在沉默中，留下他们泪流满面。
我想起最近的一些事情：

以前憎恶的一位教师死于癌症，
一位朋友分析他自己的失败，
整个冬天，时不时听听
在不同的时间，在不同的房间。
但总有其他人的成功来做比较，
例如，我的朋友库尔特·格鲁特的幸福，
还有格哈特·迈耶毫无恐惧
来自大海的人，他是真正的强者。

然后坐公交车回家，公共场所
倒在地上的自行车像一堆尸体：
没有笑语咯咯作响的阀门凸显，
也没有姿态撩起的衣角惊扰
坐定的寂静：直到一场突如其来的阵雨
心甘情愿地落入草坪，结束了一天，
做出选择，似乎是不可避免的错误。

1929 年 4 月

二

我以为，生活就是不停地思考，
思考改变，改变生活，
我感觉，如亲眼所见——

在城市里，靠着海港的栏杆

观望下面的一群鸭子

卧着，整理羽毛，在桥墩上打盹

或在闪烁的溪流上挺起身子划水，

随意叼起漂流的稻草。

它们发现阳光足够奢侈，

影子不懂异乡人的离愁

也不会因成长的挫折而烦恼。

夜晚的此刻充满焦虑，

街上开枪，堆满路障。

很晚回家的路上，我听一个朋友

兴奋地谈论最后的战争，

无产阶级反对警察——

有人射穿了十九岁女孩的膝盖，

他们把那家伙扔下水泥楼梯——

一直说到我很生气，我嘴上却说很开心。

时间流逝，在黑森 [1]，在古藤斯堡 [2]，

山顶和黄昏把我围合，

浩瀚世界的渺小观察者。

烟雾从田野里的工厂升起，

烈火的记忆：四面八方都能听到

1　黑森（Hessen），德国中部州名。

2　古藤斯堡（Gutensberg），德国西部镇名。

孤独的云雀那消失的音乐：
村里广场上，传来男人们的声音
唱诵赞美诗，古老的习俗。
而我站在高处，沉思着说道：

"最初的婴儿，暖洋洋在母亲体内，
出生前，和母亲还是一体，
时光流逝，现在已是他人，
如今心里有对他人的知识，
独自在寒风中哭泣，没有朋友。
成年后，可以从脸上看出
白天黑夜的所思所想
是对他人的警觉和恐惧，
孤身一人，没有朋友。

"他说'我们必须原谅并忘记'，
忘记诉说，并不原谅
他的生活中不肯原谅；
身体提醒他去爱，
提醒但不再进一步参与，
在租来的房间敷衍感情，
并不参与，毫无爱心
却热爱死亡。也许在死亡中看到，
面对死亡那爱的愿望，
如同某人从非洲回到妻子身边，

而他祖传的财产在威尔士。"

然而，有时人们看着火车头
那严峻的美，会连声赞叹，
手势完整，眼神清澈；
在我身上，夜晚纯然一体，
田野和远方是我内心的宁静，
盈满我心，无法忘记
那些鸭子的冷漠，那个朋友的歇斯底里，
不抱希望，只要原谅，
爱我的生命，不像别人，
不像鸟的生命，不像孩子的生命，
"不行，"我说，"我现在既不是孩子，也不是鸟。"

1929 年 5 月

三

乘务员，核对时间。
册子上印的没错，看来晚点了
随后我从火车上顺电线看出去，
电线和柱子严厉的训斥松懈下来，
八月，我来到一间小屋。

孤独，恐惧的灵魂

回到绵羊和干草的生活

已不再是他的：每时每刻

他渐行渐远，而且必须远离，

当孩子离开母亲，离开家

迈出蹒跚的步履，满心焦虑，

找到家时才会快乐，那里，

待在那里不用交税。

所以，没有安全感，他爱着

却没有安全感，给予他的比期望的要少，

他不知道要及时播种，才会

在奇妙的果实里华丽地展现，

或者那不过是往日的丰功伟绩，

堕落的遗迹，而现在

仅以传染病的形式存在

或是对醉酒的恶意讽刺；

它的结局被草草掩盖，但早已为

疯子和病人更敏锐的感觉所认知。

沿着自我的轨道前行，

他爱那些他希望会持久的，却已消逝，

开始了艰难的哀悼工作，

当异乡移民来到陌生的国度，

通过错误的发音，

通过异族通婚，打造了一个新的种族，

一种新的语言，灵魂才最终

得以断奶，体会到独立的喜悦。

被松鹤的狂笑吓了一跳，

我离开了树林，脚下嘎吱作响，

根茎间的空气有如在水下；

我将离开夏天，目睹秋日来临，

更清晰地凝望天上的星星，

看冻僵的秃鹫从堰上跌落

被冲进大海，远离秋天，

看见冬天，大地和我们的冬天，

预想死亡，我们也许会在死亡时发现

并非对新境遇束手无策。

1929 年 8 月

四

是时候消灭错误了。

人们把椅子从花园里搬进来，

夏天的谈话止于蛮荒的海岸

暴风雨之前，客人们和鸟群都离开了：

在疗养院里，他们笑得越来越少，

疗愈越来越不确定；那个大叫的疯子
现在陷入了更可怕的安静。

落叶知道，孩子们也知道
他们在冒烟的碱堆上
或是在洪水淹没的足球场边玩耍——
这是龙的日子，吞噬者的日子：
命令传递给敌人已有些时日，
伴随地下霉菌的繁殖，
伴随不断的低语和随意的提问，
在他躲避的房子里纠缠那些中毒的人，
摧毁肉体的绽放，
审查心灵的游戏，强制
保持一致，与正统的骨骼，
与有组织的恐惧，有关节的骷髅。

我乐意与你同行，接触，
或等待，如同确信善的存在，
我们知道，我们知道爱
需要的不仅仅是令人羡慕的结合，
不仅仅是突如其来的自信的告别，
踩在锋利草叶上的脚跟，
倒伏树根的自信，需要死亡，
谷物的死亡，我们的死亡，
老帮派的死亡；把他们留在

阴暗的山谷，没有朋友，
到了春天，即将被遗忘的老帮派，
冷酷的婊子，骑术师，
僵硬地埋在地下；清澈的湖水深处
漂亮的新郎，懒洋洋地躺着。

1929 年 10 月

9

既然你今天就要开始
让我们考虑下你要做哪些事。
你是那个需要依靠的人，
最好不要单身。
在大厅里笑意盈盈，一脸羞赧
或者光着膝盖爬上火山，
学会灵活运用手腕，扭伤后
在你爱人的怀里放松，像一块儿石头
记得你能告白的一切，
炉火边的绵长絮语；
但快乐是我的，情到深处，
而非你的，你最聪明的发明是新款皮衣；
而我最好的蜥蜴，要数年才能繁殖，
无法控制血液的温度。
要达到你的脸庞所要的形状，
对许多人来说是快乐，对某些人是绝望，
我变换了范围，生活的年代
受到气候、战争、或年轻人信仰的束缚，
我修正了劣质煤类型的理论，
改变了欲望，以及服饰的历史。

你们城里人现在称流亡者是傻瓜

每年最后一片叶子落下时，他们给家里写一封信，

想想吧——罗马人在他们的时代有一种语言，

用它下令开路，但它不得不消亡：

你们的文化只能被遗忘，

因为地名起源于最受欢迎的郡——

为小说所做的速记，有些人常被称为杰克，

在信中给私人笑话做些注解，

设备在没除草的车道上锈迹斑斑，

美德仍然在地方铁路上宣传；

你的信念无助于任何人飞翔，

还引起楼下的变态反响。

甚至绝望也不是你自己的，

你的安全观念迅即遭到了普遍攻击：

那种饥饿感，心中体会的痛苦，

因为善良浪费于外围的错误，

你关上家门，掉头

走到旷野中祈祷，

意味着我想离开，继续走下去，

选择另一种形式，也许是你的儿子：

尽管他拒绝你，早晚有一天，

会加入对立的团队，

我对待他的方式不会有什么不同——他会被放倒，

被发现哭泣，签字确认，被迫回答，被砍头。

不要幻想你可以退出；

到达边境之前，你就会被抓住；

其他人已经尝试过，还会继续尝试

完成他们并未开始之事：

他们的命运必然总是和你一般，

承受他们所惧怕的损失，是的，

持有一种立场，错了很多年。

1929 年 11 月

10

在我们这个时代，关注这件事

正如鹰或戴头盔的飞行员所看到的：

云层突然裂开——看那儿

花坛边上烟蒂在暗燃，

今年的第一场花园聚会。

往前走，欣赏山峦的景色

透过运动酒店的平板玻璃窗；

加入那里人数不多的几组，

危险的、轻松的、穿皮草的、穿制服的

围坐在预定的餐桌旁，

高效的乐队调整着情绪

转向别的地方，农夫和他们的狗

坐在厨房里，在狂风暴雨的沼泽地。

很久以前，超级对抗者

比北方古老的巨鲸还要强悍，

为生命的限制缺陷感到惋惜，

在康沃尔，在门蒂普，在奔宁荒原[1]，

你对出身高贵的矿主们的评论，

1　康沃尔（Cornwall）县和门蒂普（Mendip）区位于英格兰西南部，
奔宁荒原（Pennine Moor）位于英格兰北部。

他们发现没有答案，这让他们想死
——躺在坟墓里，可以免受伤害。
你每天都和你的仰慕者聊天
在淤积的港口，被废弃的工程，
在窒息的果园，沉默的梳子
那里的狗受惊，鸟中枪。
命令病人立刻进攻：
访问港口，打断
酒吧里悠闲的谈话，
一石之远，在阳光普照的水域附近，
招呼你选中的人出来。传唤
那些英俊但有病的年轻人，那些女人
你在乡村教区孤独的代理人；
调动土壤中潜藏的
强大力量，让农夫变得残忍，
在感染的鼻窦里，在白鼬的眼睛里。
那么，准备好，启动你的流言吧，温和
但可怕地竭力引发厌恨
扩散放大，将会成为
极地的危险，惊人的警报，
驱散人群，如同撕碎的纸、
抹布和器皿，卷入突飙的狂风
被无限神经质的恐惧所控制。

金融家，离开你的小房间

钱赚到了，还没花出去，

你不再需要打字员和随从；

你和其他人的游戏都已结束，

他们穿着拖鞋，在大学方庭或大教堂内院的

草坪上踱步，思考

谁是天生的护士，谁该穿短裤

和别人上床，玩英式墙手球。

追寻幸福的人，一路追随

你那曲折的简单愿望，

比你预计的要晚；临近那一天

迥异于那个遥远的下午，

在沙沙的衣裙声和跺脚声中

他们把奖品颁给了那些毁掉的男孩们。

而你不可能离开，不，

尽管你一小时之内就收拾好行李出发，

沿着主干道上哼着曲子逃走：

那个日子是你的；神游症的猎物，

不规则的呼吸，交替支配

经过忧心忡忡的迁徙岁月，

在狂躁的爆发中，瞬间崩溃

或是永远陷入一种经典的疲劳。

1930 年 3 月

11

这月色之美

没有历史，

完整而初始；

如若后来的美

产生什么特征，

它曾有过爱人

如今另有一段恋情。

就像一场梦

留住那缕光阴，

而白日

这美会消逝；

一寸寸的时间，

心思改变

在幽灵出没之地

渴望，迷失。

但这从不是

幽灵的努力，

终结这美

也没让幽灵惬意；

直到它离开，

爱也不会靠近

这里的甜蜜，

他深深地凝望

没有一丝悲伤。

1930 年 4 月

12

提出困难的问题很简单：

在会上提问，

以熟悉的目光简单一瞥

要去向哪里

又如何做到：

提出困难的问题很简单，

意志困惑时简单的行为。

但是答案

很难，而且很难记住：

在台阶上，或是在海岸上，

那些耳朵在倾听

会议中的言语，

那些眼睛在看

帮忙的手势，

从来不确定

他们从处理这些事情中

学到了什么。

忘记了去听或去看

让遗忘变得容易；

只记住记忆的方法，

只以另一种方式记忆，

只有奇怪的刺激的谎言，

害怕

记住鱼所忽略的，

鸟是如何逃脱的，羊是否顺从。

直到失去记忆，

鸟、鱼、羊都鬼影幢幢，

而幽灵必须再做一次

让它们痛苦的事情。

懦弱哭出声

为了多风的天空，

而水为了寒冷，

顺从为了主人。

记忆能否恢复

台阶和海岸，

面孔，开会的地点；

鸟会活下去吗，

鱼会潜水吗，

羊会以羊的方式

顺从吗？

爱会记住吗

问题和答案，

爱是否会挽回

那黑暗、丰富、温暖的一切？

1930 年 8 月？

13

厄运如此幽暗，比任何海沟更深。

春日，厄运会降临哪个男人，

渴望白昼的花朵出现，

雪崩，白雪滑落岩石表面，

他要离家出走，云朵般温柔的手牵不住，

他不会被女人束缚；

男人一去不回，

绕过守护者，穿过树林，

陌生人走向陌生的人群，越过尚未干涸的海，

鱼的房子，窒息的水，

孤寂，零落如闲聊，

坑坑洼洼的小溪边

一块追逐石头的鸟，不安的鸟。

头向前倾，在傍晚疲惫不堪，

梦见家，

在窗口挥手，满心欢迎

同一张被单下妻子的亲吻；

醒来时看见

他不知道名字的鸟群。沿着过道

传来新人再次做爱的声音。

把他从敌意的捕获中拯救，

躲开角落里突然跃起的老虎；

保护他的房子，

他焦躁不安的房子，日子数着过

免受雷电的侵袭，

免受污点般逐渐蔓延的毁灭，

将数字从模糊转换为确定，

带来欢愉，带来他的归期，

幸运伴随着临近的白昼，倾斜的黎明。

1930 年 8 月

14

你在想什么，我的小鸽子，我的小兔子；

思想像羽毛般生长，生命的尽头；

是做爱，还是数钱，

还是抢劫珠宝，做窃贼的打算？

睁开你的眼睛，我最亲爱的小磨蹭；

用你的手捕捉逃跑的我；

完成探索熟悉之物的动作；

站在温暖的白日边缘。

我的大蛇，随风腾起；

让鸟群沉默，让天空变暗；

用恐惧改变我，活在瞬间；

击中我心，留我在那里。

1930 年 11 月

15

"哦，你要去哪里？"读者对骑马者说，
"那山谷是致命的，火炉在那里燃烧，
那边的垃圾散发出令人发狂的味道，
那个缺口是大个子回归的坟墓。"

"哦，你能想象吗？"害怕者对旅行者说，
"黄昏会耽误你赶往山口的路，
你勤奋的目光发现了不足
从花岗岩到草地，感知你的脚步？"

"哦，那是什么鸟，"恐怖对听者说，
"扭曲树林里的形体，你是否看见？
在你身后，那个身影轻快闪现，
那是骇人的疾病，你皮肤上的斑点？"

"离开这座房子"——骑马者对读者说
"你的永远不会"——旅行者对害怕者说
"他们在找你"——听者对恐怖说
他把他们留在那里，他把他们留在那里。

选自《演说家们》，1931 年 10 月

16

（给我的学生）

虽然知道我们的军衔，并时刻警惕待命，

用双筒望远镜观察草叶的移动，以防伏击，

手枪上了膛，暗号牢记于心；

　　　　　最年轻的鼓手

知道所有和平时期的故事，就像最年长的士兵，

　　　　具备前沿意识，

那些高大的白神，从敞开的船只上岸，

他们熟稔铜的加工，指定我们的节日，

在这些岛屿被淹没之前，那时风平浪静，

　　　　鬃狮常见，

每座花园都有一口许愿井开放；

　　　　那时的爱来得容易。

我们所有人都非常确定，但不是从记录上看的，

那个没刮胡子的特工回到营地，也不是听他说的；

从沙漠中挖出的石柱，只记录了

　　　　一座城市的洗劫。

那个抱着身子的特工瘫倒在我们脚下，

　　　　"对不起！他们抓住了我！"

是的，他们曾经住在这里，但现在不了，
是的，他们还活着，但不在这里；
熄灯后，躺着睡不着的新兵可能会开口：
　　　"谁告诉你这些的？"
帐篷里的谈话停顿了会儿，直到一位老兵答道：
　　　"睡吧，孩子！"

他转过身，闭上眼睛，过了一会儿
看见太阳在午夜照亮玉米地和牧场，
我们的希望……有人捅捅他，摸索着靴子，
　　　换岗时间到了：
孩子，这场争端发生在你出生之前，侵略者
　　　你一个都不认识。

你童年的意识片段，都是关于我们的世界，
五点钟你跳了起来，俨然是只花园里的老虎，
晚上，你妈妈教你为爸爸祈祷
　　　他在远方战斗，
有天早上你从马上摔下来，你哥哥嘲笑你：
　　　"就像个妞！"

你要以他们的名字为榜样，问问题没用，
你的课程很全面，急救、射击、战术、
突袭和白刃战的技巧；
　　　你在训练吗？

你照顾好自己了吗？你确定能通过

　　　耐力测试吗？

现在，我们要到大教堂前的广场上游行，

主教为我们祝福后，我们跟着唱诗班男孩们鱼贯而入，

与酒红肤色的征服者一起，站在用绳子隔开的长椅上，

　　　声嘶力竭地喊道：

"他们像野兔一样奔跑；我们把他们像木柴一样劈开；

　　　他们在与神争战。"

在几英里外的石灰岩大裂缝里

同一时刻，他们聚集，把马匹拴在旁边；

一个稻草人预言者从巨石里出来，预言了我们的判断，

　　　他们的压迫者号叫；

痛苦的赞美诗被狂风从岩石上刮下来：

　　　"他们能繁盛到何时？"

我们所做的一切皆源于恐惧，

那个饱经战争洗礼的上尉，正在对他们讲话，

"心灵和头脑要更敏锐，情绪要更高涨

　　　因为我们的力量正在减弱。"

这引起他们高呼："我们将战斗到底！直到我们倒在

　　　我们所爱的主身旁。"

愤怒已学会游击战的所有技巧，

假死，夜袭，佯装撤退；
羡慕他们才华横溢的小册子作者，把谎话讲得
　　　　像丈夫般真实，
专业演员和语言学者，自豪于
　　　　他欺骗哨兵的能力。

暴食，独居，比我们还严肃，
贪婪巨大而简单，懒惰以她的耐力坚守阵地
与他们一起出名，而欲望
　　　　化身熟练的工兵，
在隧道里对着导火索喃喃自语："若能在这里见到爱人，
　　　　我会抱着他死去。"

那些面孔已经在那里很久了
我们一直警惕着，虽然在家里常常想象，
看到一个背影，或听到门口有人说话，
　　　　我们最终找到了他们；
搂着他们的脖子，看着他们的眼睛，
　　　　发现我们运气不好。

当然，他们当中的一些人我们似乎见过：
为什么，那个美好的夏夜，骑着自行车过去
再没回来的女孩，她就在那儿；我们还注意到那个银行家
　　　　担惊受怕了好几个星期；
直到有一天早上，他没来，他的房间空无一人，

拎着箱子走了。

他们谈论边境上发生的事，我们从未被告知，

通往皮克特人[1]矮塔的隐秘之路

他们日夜防护，永远不会透露，因为他们的口令是

　　　　"告密者必死"：

他们很勇敢，尽管我们的报纸

　　　　提及他们的勇敢时用了引号。

但要小心；回到我们的阵线，那里不安全，

不再发放护照；该区域已封闭；

登山者汇合点的候车室里没有火炉，

　　　　这一整年

发电厂都没开工；在建了一半的涵洞下面

　　　　寒风呼啸。

你以为，你曾听说过圣诞夜

在一个安静区域，他们在天际线散步，

交换香烟，俩人都学会了如何表达"我爱你"

　　　　用彼此的语言，

你就可以随便某个傍晚，溜达过去，抽根烟聊聊？

　　　　你试试看。

1　皮克特人（Picts），指数世纪前，先于苏格兰人居住于福斯河以北的皮克塔维亚，也就是加勒多尼亚（现今的苏格兰）的先住民。

你正在设计的步枪瞄准镜；准备好了吗？

你拖了我们的后腿；办公室里的人越来越不耐烦；

方形弹药库是在老地方建造的，

　　　　需要更严格把守；

如果看到那里有游手好闲的人，你可以不加警告就开枪

　　　　我们必须阻止泄密。

今晚所有的休假都取消了；我们必须说再见。

我们立即登上火车去北方；明早我们就会见到

我们注定要进攻的海岬；冰雪堆满了潮汐线：

　　　　虽然彩旗发出信号

"别太晚进屋；砍些泥炭生火，"

　　　　我们要在那里过夜。

　　　　　　　　选自《演说家们》，1931 年 11 月

17

哦爱，对无思无虑的天堂的兴趣，

让人类的心跳一天比一天简单；

在圈子里，名字和形象相会，

用这样的渴望来激励他们，这样就能使他的思想

活灵活现，宛如欧椋鸟的低语

在欢乐中升起，越过不知不觉编织的世界；

在我们的小礁石上展示你的力量，

这座堡垒坐落在大西洋峭壁的边缘，

这只鼹鼠，在整个欧洲和挤满流亡者大海之间；

让我们像牛顿一样，在花园里看着

苹果落向英格兰，意识到

他和她之间永恒的纽带。

现在，长久以来满足我们意志的梦想，

我是说，把死者统一为辉煌的帝国，

在它的滋养下，兰开夏郡[1]苔藓泛滥，

---

1 兰开夏郡（Lancashire），英格兰西北部郡名。

烟囱林立，格拉摩根郡 [1] 隐藏着一个生命
就像手套状山谷里的潮汐石池一样凄凉，
正在退回到她母亲的阴影里；

让熔炉在不堪的空气中喘息，
登巴顿 [2] 面对飘浮的垃圾目瞪口呆，饥肠辘辘；
风喜爱的罗利 [3] 上空没有铁锤挥舞，

这土堆就像一个小型高尔夫球场，那些
创造了这些可理解的危险奇迹之人的坟墓；
深情的人，他们的荣誉感却很粗糙。

他们像猎鹰一样高瞻远瞩，俯视另一个未来；
他们肚子里的种子怀有敌意，害怕他们的骄傲，
如今高高大大，拖着影子，袖手等待。

在酒吧，在隔栅养鸡场，在灯塔，
站在这穷困狭窄的土地上，
女士们和先生们分开，太孤独了，

想想有节制的世界开始了多少年，

1　格拉摩根郡（Glamorgan），英国一旧郡名。
2　登巴顿（Dumbarton），苏格兰地名。
3　罗利（Rowley），英国约克郡（Yorkshire）一个村名。

石头和水贫瘠的精神联姻。

然而，噢，在这绝望叹息的时刻

他们在内陆考虑自己的想法，不过是观望这些岛屿，

切斯特[1]的孩子们望着莫埃尔·法莫[2]

要以她无树之冠的晴朗或隐蔽，来决定野餐，

某个可能的梦，长期蜷缩在菊石的沉睡中

正在舒展，准备把军事沉默、外科医生的痛苦观念

置于我们的谈话和善意之上；

从未来进入实际的历史，

驭马者梅林[3]，和他的领主们

巨石阵对于他们只是个想法，过了石柱[4]

他们的船头向北，荡入未曾挑战的海洋，

将不动摇的龙骨驶过黑夜和星光掩映的黎明

朝向我们心灵的处女锚泊地。

1932 年 5 月

1　切斯特（Chester），英国城市名。

2　莫埃尔·法莫（Moel Famau），威尔士弗林特郡（Flintshire）山名，威尔士语中意为母亲山。

3　荷马史诗中常以驭马者（Ἱππόδαμος）称武士，奥登在此以之称亚瑟王（King Arthur）传奇中的巫师梅林（Merlin）。

4　石柱即海酷力斯之柱（Pillars of Hercules），指直布罗陀海峡入口两岸耸立的海岬。

18

啊，那是什么声音，震耳欲聋
　　在山谷里咚咚，咚咚？
那是猩红的士兵，亲爱的，
　　　来的是士兵。

啊，那是什么，我看到耀眼的强光
　　明亮地越过远方，远方？
那只是太阳在他们武器上的闪光，亲爱的，
　　　他们步履轻扬。

啊，他们用那些装备干什么呢？
　　他们今早在干什么，干什么？
只不过是通常的演习，亲爱的，
　　　或许是一次警示。

啊，他们为什么从道路上下来；
　　为什么突然转身，转身？
也许是命令有变，亲爱的；
　　　你为什么要跪下来？

啊，他们没停下来等医生治疗吗；

他们没勒住马缰，马缰？
为什么，他们谁也没有受伤，亲爱的，
　　这些军人谁也没受伤。

啊，他们要的是白发苍苍的牧师吗；
　　是牧师，对吗，对吗？
不，他们正在经过他的家门，亲爱的，
　　并没有登门。

啊，那一定是住在附近的农民；
　　一定是农民如此狡猾，狡猾？
他们已经走过农场了，亲爱的，
　　现在他们在飞奔。

啊。你要去哪儿？跟我待在这里！
　　你许给我的诺言，难道是欺骗，欺骗？
不是的，我答应过爱你，亲爱的，
　　但我必须离开。

啊，锁被砸开，门也被撞碎，
　　啊，他们转身朝大门走来，走来；
他们的脚步重重地踏在地面，
　　他们的眼里燃着火焰。

　　　　　　　　　　1932 年 10 月

19

听说收成在山谷里腐烂，
在街道尽头望见荒山，
水面上突然出现的圆角，
知道被派往海岛的他们遭遇了海难，
我们向这些饥肠辘辘的城市缔造者致敬，
他们的荣誉是我们悲哀的写照。

在他们的悲伤中看不到相似之处，
把他们带到了绝望山谷的边缘；
梦见傍晚漫步在博学的城市，
他们在山上勒紧狂暴的马匹，
那些田野如船，对沦落岛上的避难者，
那些渴望水的人来说就是绿色的幻象。

他们在河边盖房，夜里
河水流过窗口抚慰他们的悲伤；
每个人都在自己的小床上构想岛屿
那里每一天都在山谷里跳舞，
一年四季，山上林木开花，
远离城市，爱是天真的。

天又亮了，他们还在城里；

没有什么神奇的生物从水里冒出来，

山里还有金银财宝，

饥饿是更直接的悲哀；

虽然有些手舞足蹈的朝圣者

对山谷里闷闷不乐的村民描述岛屿。

"诸神，"他们承诺道，"从岛上来拜访我们，

他们昂首阔步、迷人地穿过城市；

现在是时候了，离开你们悲惨的山谷

和他们一起渡过石灰绿色的海水；

坐在他们白色的船舷，忘记你们的悲伤，

大山的阴影笼罩着你们的生活。"

那么多怀疑之人，死在了山里，

爬上峭壁只为了看一眼岛屿；

那么多恐惧之人，带着他们的悲伤

抵达不幸福的城市，悲伤让他们留在那里；

那么多人，粗心大意，一头扎进水里淹死了；

那么多人，凄凉悲惨，不愿离开他们的山谷。

悲哀；悲哀会融化吗？啊，水

喷涌、冲刷、染绿这里的山峦和峡谷，

我们重建我们的城市，而不是梦想岛屿。

1933 年 5 月

20

（致乔菲·霍伊兰德¹）

我躺在外面草坪的床上，
织女星在头顶闪亮，

  无风，六月的晚上；
绿色的森林已完成
白天的活动；我的脚

  伸向升起的月亮。

多幸运，此时此地
被选为我的工作场合；

  夏天性感的气息，
沐浴的时光，赤裸的手臂，
悠闲地驾车驶过一片农田，

  对新来的人很友善。

与同事们平和相处
每一个宁静的黄昏，我坐着，

  陶醉如花。
打开的灯光透过树叶的遮隐
发出鸽子般的恳请，

---

1 乔菲·霍伊兰德（Geoffrey Hoyland），奥登曾任教的英国预科
中学（The Downs Malvern）校长，教育改革者。

它的逻辑，它的力量。

尽管日后，我们分手了
也许还会记得这些傍晚
　恐惧不会在意流逝的时间；
狮子悲伤地从树荫里跑出来
把鼻子搁在我们的膝盖，
　死神放下它的书籍。

还有啊，我心知我喜欢
凝视的双眼，每一天
　都对我回眸；
当鸟儿和冉冉升起的太阳
唤醒我，我都想
　和没离开的他交流。

现在，南北东西
那些我爱的人躺下休息；
　月亮望着他们每一位：
高谈阔论者和治疗师，
怪人和沉默的行人，
　矮胖子和高个子。

她爬到欧洲的天空；
教堂和发电站相仿

固定在大地上：
她凝望着画廊里
那些美妙的画面，
　　孤儿般茫然 。

她关注于重力，
无意留心这里；
　　我们饥肠辘辘，不能动弹，
在我们感觉安全的花园
抬起头，叹息一声
　　忍受爱情的暴政：

温雅些，不必费心知晓
波兰在哪里拉开她的东方弓，
　　何种暴力已经发生；
也不要过问，哪项可疑的法令许给我们
英国房屋里的自由，
　　阳光下的野餐。

墙上蔓草丛生
遮住外面聚集的人群，
　　他们愈加饥饿的眼神
掩饰他们的不幸，
我们形而上的忧虑，
　　我们对十个人的善意。

现在，没有我们前进的道路，

但已有迹象显示出

　　并非我们自己的意图，

我们的兴奋所能构想的

其实都可以达成，

　　但我们置若罔闻。

出于天性和训练

我们爱过，几乎耗尽了力气：

　　尽管我们乐意给予

牛津学院，大本钟，

以及威肯沼泽[1]里所有的鸟雀，

　　是它自己不想活下去。

很快穿过我们内容的堤坝

汹涌的洪水漫天要价，

　　高过树尖，

把突然的死亡悬在我们眼前

河流梦长，隐藏起

　　大海的疆域和精力。

而当海水退却

1　威肯沼泽（Wicken Fen），英国剑桥郡（Cambridgeshire）附近的
自然保护区。

首先穿透黑泥的小麦

　　冒出羞涩的绿茎；

搁浅的怪物躺倒，喘着粗气，

铆接的声音惊吓

　　它们不敏锐的螺纹耳朵：

无需借口，我们害怕失去

我们的隐私，

　　但它属于那种力量；

透过孩子不管不顾快乐的叫嚷

响起父母被盖过的声音

　　在并不悲伤的歌里。

警报解除后，

一切出乎意料，但愿能缓解

　　紧张民族的脉搏；

原谅镜子里的凶手，

坚韧而耐心，超乎

　　动作敏捷的母虎。

1933 年 6 月

21

一先令的传记，将告诉你所有事实：
父亲如何打他，他如何逃避，
他年轻时如何斗争，如何我行我素
让他成为那个时代最伟大的人物：
他如何战斗，钓鱼，狩猎，通宵拼命，
尽管眩晕，依然攀登新山峰；给海洋命名：
最近一些研究人员甚至提及
爱情让他痛哭流涕，就像我和你。

虽有种种荣誉，他还是为一个人叹息
让批评人士震惊的是，他住在家里；
熟练地东修修，西弄弄
别的什么都不做；吹吹口哨；安静不动
或者在花园周围溜达；文笔精彩
回复几封长信，但一封也没留下来。

1934 年？

22

我们狩猎的祖先，讲过这个故事
　　关于悲伤的生灵，
同情它们已形成的特征里
　　那些缺陷和不足；
从狮子毫不宽容的目光中，
看见猎物垂死的眼神，
为个人荣耀而疯狂的爱，
　　智性的礼物会带来
自由的欲望和权力，
　　神的正义。

有人受益于这种优良传统
　　预言了结局，
猜到爱情的天性
　　适合复杂的内疚方式？
人的韧带可以调整
他那南方的姿势，
按照我们的想法思考
　　把这作为他成熟的目标，
忍饥挨饿，非法务工，
　　隐姓埋名？

1934 年 5 月？

23

轻轻松松，亲爱的，你摇晃，轻松摇晃你的脑袋

轻轻松松，仿佛一页页翻看相册，带我浏览

白天的印象，欢愉的夜晚，

经过高大的公寓和树林；

欧洲十六片天空阴沉

　　　多瑙河泛滥。

看着，爱着，我们的行为消逝

石头、钢铁和抛光的玻璃；

幸运地爱上新建的三色堇铁路，

他的容貌生养自贫瘠的农场，

在这个不幸的城市，警察密布

　　　幸运的是他的床。

他来自这片有着可怕格言的土地

让世界像比阿特丽克斯·波特[1]的世界一样无辜；

穿过破产的国家，他们在那里修路

沿着无边无际的平原，他的意图

和收藏家一样，追逐

1　比阿特丽克斯·波特（Beatrix Potter，1866—1943），英国作家，创作了彼得兔（Peter Rabbit）系列儿童读物。

他的百合和绿色植物。

他轻易地在你的脸上发觉

寂静之池，优雅之塔，

把照相机变成许愿玫瑰；

只要一瞥就可以在空中激动起来，

马群，喷泉，边鼓，长号

　　　还有舞蹈，舞蹈。

被我们时代的音乐召唤，

这样的画面来到观众面前

虚荣既不能驱逐也不能保佑：

饥饿和爱，变化无穷

成群的残疾人观看鸟类的飞行

　　　以及独行的杀手。

一万名绝望的士兵行进

身高五英尺，六英尺，七英尺：

希特勒和墨索里尼摆出献媚姿势

丘吉尔向选民问候致意

范·德·卢贝[1]大笑，罗斯福站在麦克风前，

　　　而我们初次见面。

1　范·德·卢贝（Marinus van der Lubbe，1909—1934），荷兰共
产党人，因参与德国国会纵火案而被纳粹当局逮捕、定罪并处决。

但是爱，除非经我们提议，

不会在他的支配下耍把戏；

他没有自己的意见，演出

我们认为有价值的节目，

而且他的公共精神

　　　必须通过我们的私人事物起作用。

当我们还不完整时，它肯定会变成这样

有些奖项我们永远不会去拼抢；

一个选择被幼稚的疾病杀死，

暖房植物丛中滚烫的泪水，

僵硬的承诺，在花园里破碎，

　　　还有身材修长的阿姨。

每天都从田野里滋生出的贪欲

我们不能培育；

计划越来越少，越来越明晰，

生活的设计，仇恨的草图，

我有趣的涂鸦初期

　　　画像就有你。

如今，你站在我面前，这样的骨肉

鬼魂也想据为己有。

它们是你的选择吗？哦，别听她的

当仇恨能为她带来即时的乐趣，

荣耀会用她迷人的垃圾

　　将你的宝物换取。

松树的影子划过你的前额，

我也不听，犹豫地站着，

我希望什么都没听见：

爱的声音欢快而清越——

"成为鲁比，成为希特勒，但要成为我美好的

　　日日夜夜。"

腐化的力量，超过

美丽宁静的自然进程的力量：

父亲们和孩子们都转向他们：

还有所有渴望毁灭他们的人，

傲慢和自悔之人，等待

　　看过的指令。

懒惰缠绕着你的眼睛，仿佛害虫？

啊，你是否也像其他人那样，悄悄地不引人注意，

你是否会加入迷失者的嘲讽圈子，

丧失了美好的兴趣而堕落，

背叛者的脸，最具诱惑

　　而痛苦就是所有？

风摇着树；群山幽暗；

虽然我们不听，但心在絮语：
"你的选择是上帝的赐予
学习的语言，爱的语言，
歪歪扭扭地移动，像有钱人，或癌症
　　或者像鸽子一样坦诚。"

1934 年 11 月

24

夏天驻留：在闪闪发亮的湖面上

躺着欧洲和岛屿；很多河流

水面皱巴巴的，仿佛农夫的手掌。

马匹正在吃草，在它们肚子底下

在柱子和桥梁的远端

浓密的影子逐渐缩小；万物静止。

此刻，平静的荷兰海如此清浅

沉没的圣保罗大教堂，再不会露出金十字架

把我们和挪威隔开的深海，一片静谧。

我们会先带你去看一个英国村庄：由你

      选择它的位置

听从你心的指引，无论你最渴望去看的是哪里；

     你都会爱上那里：

不管是往北去苏格兰峡谷，还是贝灵汉姆 [1]，

     黑色公羊在那里挑战喘息的引擎：

或者往西去威尔士行军区；去听轻快的演讲

     去看魔术师的面孔：

---

1   贝灵汉姆（Bellingham），位于英国诺森伯兰郡（Northumberland）
的一个村庄。

无论哪里，在你的童年或初恋的地方

英国村庄矗立于迷人的风景中：

被悬崖围绕的教区；或者是短角牛

　　　　和地图般的菲利斯兰牛进食的草地，

在特伦特交叉口，索尔河流动；

　　　　流出绿色的莱斯特郡[1]，丰盈的河水涨起来。

徒步旅行者，办公室苍白的面孔晒出水泡，

越野冠军，你手里拿着软木瓶塞，

当你吃完

　　　　三明治，盐，苹果，

当你在破败的农场

　　　　苦苦哀求一杯牛奶，

你看到了什么？

我看到谷仓倒塌，栅栏破裂，

牧场没人耕种，长满荒草，而不是小麦。

那些大房子还在，但只一半有人居住，

炮房布满灰尘，马厩的钟停止摆动。

有些已变成了预备学校，那里的饮食

　　　　由经验丰富的女舍监把控，

另一些房子变成了高尔夫球俱乐部。

那些晚上在客栈里唱歌的人们已经离开了；他们

1　莱斯特郡（Leicestershire），英国爱尔兰东部的一个郡。

在另一个国家看到了希望，
他们的孩子已进入郊区服务业；

　　　　成为打字员，人体模特，工厂操作员；

　　　　他们渴望一种不同的生活节奏。
而他们的位置被另一群人取代了，那些人

　　　　对于大自然，有自己的观点，
沿着主干道，引进了观光车和酒吧；
都铎式咖啡馆，为游客们
提供盛在布列塔尼餐具里的肉汤和面包
皮革制品是副业：加油站
用粗糙的水泵供应汽油。
那些人把自己想象成狐狸，或是想要一套

　　　　特制舀汤餐具的人，
在合适的地方建起别墅，
密闭，照明，精心加热；
还有那些永远不会结婚的紧张之人
在旧世界的小屋里靠分红生活
养一只动物做朋友，或依赖回忆度日。

人们被自己的生活改变；但还不够快。
他今天所关注的，昨天还没有发生。
在青鸟和布里斯托轰炸机袭来的时刻，

　　　　他的想法，还停留在前轮大后轮小的

　　　　自行车时代：
他在中午没发现真相，夜里就睡不着觉。

现在请让开：戏剧就要开始
在我们谈到的那个村庄；名叫普莱桑·安博：
在这里，腐败也散发出独特而强烈的味道
邪恶的生命潜伏在它的时代之外。

今晚，普莱桑的年轻人
　　　在床上翻来覆去
他们的枕头让不安的脑袋
　　　不舒适。
决定他们命运的抽签
　　　明天开始，
一个人必须离开
　　　去面对危险和悲伤。

是我吗？是我吗？会是……我吗？

看看你的内心，你会发现：
　　　答案就在那里。
虽然内心就像聪明的
　　　魔术师或舞者
经常把你套入
　　　奇怪的诡计
而偷渡者的动机
　　　发现得太晚。

他会做什么，谁的心
　　　选择离开？

他会不再平和
　　　心肠变硬，
嫉妒家里的花园
　　　笨重的鸟群。
他必须踏上空虚
　　　自私的旅程
在不必要的风险
　　　和无尽的安全之间。

他会安然无恙
　　　回到他自己的地方吗？

云朵和狮子
　　　危险地站在他面前
以及敌意的梦境。
　　　噢，让他向我们致敬
以免他感到羞愧
　　　在危机时刻，
在腐蚀的山谷里
　　　玷污他的光辉。

你是谁，你的演讲

　　　听起来太过遥远？

你是小镇，我们是时钟。

我们是岩石之门的两位

　　　　　　守卫者，

在你的左边，在你的右边

在白天，在黑夜，

　　　　　我们守望着你。

更明智的做法，是不去问发生了什么

我指的是那些不服从我们命令的人；

　　　　　　对于他们

我们是漩涡，我们是暗礁，

我们是正式的噩梦，是悲伤

　　　　　是不幸的玫瑰。

爬上吊车，学习水手们的话语

当船只满载鸟群

　　　　　从岛屿驶来。

讲讲你钓鱼的故事，别人老婆的故事：

狭窄生活展示的瞬间

　　　　在灯火通明的客栈。

但不要以为我们不知道

也不要以为你小心翼翼隐藏的东西
　　　　　不会被一眼瞥见。
什么也没做，什么也没说，
但不要错误地认为我们已经死了：
　　　　　我不应该跳舞。

那样的话，担心你会跌倒。
越过花园的墙头，我们一直在观望你
　　　　　好几个时辰。
天空晦暗如污点，
有些东西要落下来，好像是雨
　　　　　不会是花瓣。

当绿色的田野像盖子一样脱落
揭露出还远不如隐藏的东西：
　　　　　令人不快。
看你身后，没有一点声音
树林出现，围住四周
　　　　　在死寂的新月下。

螺栓在槽里滑动，
窗外是黑色的
　　　　　搬运工的厢式货车。
此刻，突然闪现出
戴墨镜的女人，驼背的外科医生

以及剪刀人。

这种情况随时可能发生
所以说话或做事
　　　　要小心。
要干净整洁，给锁上油，
修剪花园，给钟表上发条，
　　　　记住这两件事情。

　　　　选自《皮肤下的狗》，1932—1934年？

25

此刻，在夜晚的爱抚下

地球和她所有的海洋都在下滑，

中国海角

从她的指尖滑进白昼

南北美洲倾斜

海岸朝她的阴影线移动。

此刻，衣衫褴褛的流浪汉

爬进弯曲的洞里睡眠：

正义和非正义，最坏的和最好的，

休息时改换位置：

笨拙的恋人躺在田野里

那里生长着倨傲的美：

而辉煌和骄傲

裸体站在众人面前

输了的赌徒翻盘

乞丐设宴：

愿睡眠的治愈力量

在这些时辰延伸到我们的朋友身上。

没有被敌对势力追击，

牵引马达，牛或马

或令人作呕的女妖；

安静地直到清晨破晓

让他躺着，然后轻轻苏醒。

选自《皮肤下的狗》，1935 年？

26

噢，大门将推开，镶金边的邀请函
与罗科克勋爵和阿斯玛伯爵共进晚餐，坐在铂金长椅上，
翻跟头，烟花，烤肉，还有啧啧接吻的声响——
      六个瘸子，对着沉默的雕像叫嚷，
      六个乞讨的瘸子。

嘉宝和埃及艳后的智慧误入歧途，
和我一起去羽毛的海里钓鱼嬉戏
当公鸡扯着脖子啼鸣，我们还意犹未尽——
      六个瘸子，对着沉默的雕像叫嚷，
      六个乞讨的瘸子。

站在翠绿的草地上，周围是伸长脖子的黄色面孔，
靠着栗树，黑貂，阿拉伯马，
我用魔法水晶预测他们的位置——
      六个瘸子，对着沉默的雕像叫嚷，
      六个乞讨的瘸子。

这个广场将变成甲板，这些鸽子如帆在桅杆
像小猪仔一样追随美味的微风
到阴凉清爽的岛屿，那里的瓜果大得惊人——

六个瘸子，对着沉默的雕像叫嚷，
六个乞讨的瘸子。

这些商店将变成花床上的郁金香，
花朵中探出，商人邪恶的秃脑壳，
我用拐棍把他往死里揍——
六个瘸子，对着沉默的雕像叫嚷，
六个乞讨的瘸子。

在天堂底部挖个洞，彼得和保罗
每个自鸣得意的圣人都惊讶不已，像降落伞一样飘落，
每一个独腿乞丐，唯一的腿也没了——
六个瘸子，对着沉默的雕像叫嚷，
六个乞讨的瘸子。

1935 年春？

27

看，陌生人，此刻在这个岛上
你满心欢喜地发现那跳跃的光线，
在这里站稳，
别作声，
穿过耳朵的通道
大海摇摆的声音
像河流一样徘徊。

就在这一小片田野的尽头停下
这里的白垩墙倒在泡沫上，高高的壁架
抵挡着
潮水的拍打，
墙板在波浪的吮吸后晃动，
海鸥在陡峭的一侧
停留片刻。

就像漂浮的种子，远处的船只
因紧急而自愿的差事各奔东西；
而全景
确实可能会进入记忆
并移动，仿佛此刻的这些云朵，

飘过海港的镜子

整个夏天，都在海面漫步。

1935 年 11 月

28

此刻，落叶飘零，
护士的鲜花不会持久；
去墓地的护士们都走了，
婴儿车继续前行。

左邻右舍窃窃私语，
让我们远离真正的欢愉；
活跃的双手必须孤独地冻在
分开的膝盖。

我们身后，沿着铁轨枕木
跟来数百个死者，
他们举起僵硬的手臂，指责
以错误的爱之态度。

在光秃秃的树林里挨饿
巨魔奔跑着，咒骂它们的食物；
夜莺闭口不言，
天使也不露面。

寒冷，无望，前方

山抬起可爱的头，

白色的瀑布能够祝福

那些忍受着最后痛苦的旅行者。

1936 年 3 月

29

亲爱的，虽然夜色已逝，
这个梦至今仍萦绕在心头
我们被带进一个房间
高大而空旷
仿佛铁路终点站，
黑暗中挤满了
床铺，我们躺在一张床上
在远处的角落里。

我们的低语没有唤醒时钟，
我们接吻，我很高兴
你所做的一切，
毫不介意那些人
他们成对坐在每张床上
带着敌意的目光，
手臂搂着彼此的脖子，
呆滞而感伤。

噢，但我是什么的受害者
是内疚的蠕虫
还是恶毒的怀疑；

那时的你，毫不掩饰，
做了我从未想过的事，
承认了另一段恋情；
而我是如此
顺从，无趣地走了出去？

1936 年 3 月

30
赌场

只有手还活着；被轮盘吸引，
移动，像鹿拼命向小溪跋涉
　　穿过沙漠的尘土和灌木丛，或轻轻地
　　仿佛向日葵随光线转动。

夜晚传来发烧的孩子们的哭声，
洞穴里狮子的渴望，强盗的爱，
　　把它们都收集起来，留到晚上，
　　大房间里满是他们的祈祷。

最后一场孤独的盛宴，不请自来，
他们成群结队，在不相信的仪式中结合在一起；
　　所有的星星，都是从数字中重新创造出来的，
　　陶醉的，世界的，悲伤的。

没有河水在完整的生命中流淌，
离他们的幽会很近；群山把他们分开，那只鸟
　　深藏在夏天的绿色和潮湿中，
　　对他们的工作歌唱。

而这里，没有裸体的仙女来到最年轻的牧羊人面前，

喷泉荒废，月桂不再生长；

　　迷宫是安全的，但没有尽头，

　　阿里阿德涅[1]的线，断了。

他们的命运深深地刻在这些手上："幸运之人

很少，可能没有一个被爱过；

　　在这一代，神一样的人

　　永远不会出生。"

1936 年 4 月

1　阿里阿德涅（Ariadne），希腊神话中，阿里阿德涅给了忒修斯（Theseus）一个线团，助其逃出弥诺陶洛斯（Minotaur）的迷宫。忒修斯进入迷宫时将线团解开，杀死弥诺陶洛斯后循线逃出。

31
葬礼蓝调

让所有时钟停摆，把电话挂掉，
用一根多汁的骨头，让狗别叫，
让钢琴沉寂，伴着沉闷的鼓点
抬出灵柩，让人们前来吊唁。

让飞机在头顶盘旋，哀戚，
在天空草书他已逝去的消息。
用绉纱蝴蝶结把信鸽的白颈环绕，
让交警们戴上黑色棉手套。

他曾是我的北，我的南，我的东与西，
我的工作周，我的星期天休憩，
我的正午，我的子夜，我的话，我的歌，
我以为爱会永久：我错了。

现在不要星星了，把它们一颗颗熄灭，
把月亮收起，把太阳拆卸，
把海洋倾尽，把森林横扫；
人世间，再也不会有这般美好。

1936 年 4 月

32
冰岛之旅

旅行者希望："让我远离任何医生"，
港口因大海而得名；

> 没有城市，腐蚀，悲伤；
> 北方对所有人意味着："拒绝！"

辽阔的平原永远是捕猎冷鱼之地。
四处都是；轻盈的鸟儿闪烁炫耀；

> 在责骂的旗帜下
> 热爱岛屿的人终于可以

微弱地看到，有限的希望；他靠近
冰川的闪光，贫瘠而稚嫩的层峦叠嶂，

> 在这个世界不正常的日子，
> 一条河流扇形珊瑚般的沙子。

那就让这里的好公民去寻找自然奇迹吧：
马蹄形峡谷，蒸汽从岩石裂缝喷出

> 岩石嶙峋，瀑布冲刷
> 岩石，鸟群在岩石间盘旋。

研习散文和礼仪的学生，要参观这些地方：

一座教堂，有位主教在那里被装进袋子，
一个伟大历史学家的浴室，一块岩石
　　有个亡命徒曾在那儿惧怕黑暗。

记得被马甩出去的那个人在劫难逃，他哭着说：
"山坡很美，我不会去"；
老妇人告白："我最爱他，
在他眼里我却最差，"

因为欧洲缺席。这里只是个岛屿，因此
并不真实。岛上死者忠诚的感情
可能会被收买，收买者的梦境
指责他们，怀有恶意地活着，而苍白之人

狂吻过度，在沙漠里反而感觉纯洁。
他们能吗？世界存在，还有现在，以及谎言，
跨越激流的窄桥，
峭壁下的小农场

让一个省区嫉妒的自然环境；
柔弱的忠贞誓言，在石堆旁许下；
当地人骑在马背上
在湖边的跑马道上

他的血液一寸寸弯曲而偷偷流动，

提出你所有的疑问:"敬意在哪里？何时
正义会得到伸张？噢,谁反对我？
为何我总是孤独一人？"

那就把世界连带它乞丐的影子呈现给世界；
让西装闪亮耀眼,商务部长疯癫；
让小屋被赐予爵士乐,还有美人
固定的世界性微笑。

我们这个时代没有受欢迎的郊区；没有当地特色
大家都希望关心那些年轻人；
承诺不过是个承诺,神话般
公正的国度,还很遥远。

眼泪落进所有的河流。司机再次
戴上手套,在炫目的暴风雪中
开始了他的致命之旅；而作者再次
号叫着奔向他的艺术。

1936 年 7 月

33

"噢，有谁能饱览，"

农民和渔夫说起，

"故乡的山岗和海岸，

怨恨疼痛的四肢或手上的老茧？

父亲们，祖父们曾站在这片土地，

我们后代的朝圣者也将站在这里。"

农民和渔夫这么说起

在他们幸运的鼎盛日子：

但死亡温柔的答案飘荡

空空的渔网，干瘪的谷仓

一个倒霉的五月：

地球是一只空瘪的牡蛎

人类不出生最好

劳役的终结是地方长官的命令

扔掉鹤嘴锄，能跳舞时就尽情跳。

"人生苦短，没有志同道合的朋友，"

旅行者们心里默想，

"城市的公共床铺，空气，

山上的营地，海滨浴场，

难忘的手势，机智的演讲

每天都有事件发生。"

　　　　所以旅行者心里默想，

　　　　直到恶意或环境

　　　　让他们和惯有的幽默分离：

　　　　狡猾死神的威胁性传闻

　　　　　　在寂静中开始：

朋友就是那喀索斯¹的老故事

　　　　人类不出生最好

活跃的舞伴，参与了不光彩之事

　　　　换个舞伴吧，能跳舞时就尽情地跳。

"噢，向大海伸出你的双手，"

　　　　热情的爱人哭喊，

"向我冒险伸出你的双手。

我们的草碧绿，我们简单的床性感，

小溪在下游歌唱，在上游

温和的食草动物得到喂养。"

　　　　于是热情的爱人哭喊

　　　　直到他的快乐风暴消亡：

　　　　床柱和岩壁上

　　　　死神诱人的回声在嘲弄，

　　　　　　他的声音答道：

爱越伟大，对于爱的对象就越虚伪

1　那喀索斯（Narcissus），希腊神话中河神刻菲索斯（Cephissus）
与水神利里俄珀（Liriope）的儿子，死后变为水仙花，有自恋者之意。

人类不出生最好

吻过，就冲动地想把对方扼死

　　别再拥抱，能跳舞时就尽情地跳。

"我看到罪恶的世界得到原谅，"

　　做梦的人和醉鬼歌唱，

"梯子从天堂放下来：

月桂在烈士的鲜血中绽放；

孩子们蹦蹦跳跳，在哭泣者站立的地方；

情人们自然而然，野兽都很善良。"

　　做梦的人和醉鬼歌唱

　　直到天亮才清醒：

　　鹦鹉学舌般重复死神的答案

　　幼崽的恐惧，筑巢的谎言

　　森林中响起它们的回声：

心中的欲望像开瓶器一样扭曲

　　人类不出生最好

第二好的是正式的秩序

　　舞蹈的模式，能跳舞时就尽情地跳。

跳舞，跳舞，舞步很容易

　　曲子很动人，根本停下下来

跳舞，直到星星和房椽一起塌掉

　　跳舞，跳舞，跳到你一头栽倒。

　　　　　　　　　　　　　　1936 年 9 月

34

垂下你沉睡的头吧，我的爱人，

通情地枕在我不忠的手臂上；

时间和狂热会烧光

爱幻想的孩童

他们的个性之美，墓地

证明孩子转瞬即逝：

在我怀里，让活生生的造物安睡，

直到天亮

凡夫，罪孽，但在我眼里

就是完美。

灵魂和身体没有界限：

恋人们躺在

她宽容迷人的斜坡上

在他们日常的狂喜中，

肃穆，维纳斯送来

超自然同情的幻象，

博爱与希望；

抽象的洞察力

在冰川和岩石之间醒来

隐士的感官入迷。

确定，忠诚

在午夜钟声敲响时消失

就像铃铛的振动，

时髦的疯子们提高嗓门

发出迂腐无聊的呼喊：

费用的每一分钱，

所有可怕的纸牌全都预示，

将要被支付，但从今夜开始

每一份思念，每一丝低语，

每一个吻或眼神都不会丢失。

美，午夜，幻象死去：

让黎明的风吹起

轻轻地围绕你做梦的脑袋

如此甜蜜的一天，表明

眼睛和狂跳的心在祝福，

尘世让我知足；

在干燥的正午，看到你

被不由自主的力量喂食，

侮辱的夜晚让你消失

被每个人的爱所注视。

1937 年 1 月

35
西班牙

昨日的一切都已消逝。度量的语言
沿着贸易之路进入中国；
　　　　算盘和石柱传播；
昨日，在阳光明亮的气候中测量投影。

昨日，用卡片来评估保险，
用水来占卜；昨日
　　　　发明了车轮和时钟，驯服了马群
昨日，是航海家们的繁华乐园。

昨日，废黜了仙女和巨人，
堡垒像一只鹰注视着山谷，一动不动，
　　　　小教堂建在森林里；
昨日，雕刻出天使和惊人的怪兽；

在石柱间审判异教徒；
昨日，酒馆里的神学纷争
　　　　喷泉旁神奇的疗愈；
昨日，女巫的安息日；而今天是争斗。

昨日，安装了发电机和涡轮机，

137

在殖民地沙漠里修建铁路；

　　　　昨日，举办经典讲座

关于人类的起源。而今天是争斗。

昨日，是对希腊绝对价值的信奉，

英雄之死，落下帷幕；

　　　　昨日，对夕阳祈求

还有疯子们的崇拜。而今天是争斗。

当诗人在松林间受到惊扰，喁喁低语，

松散的瀑布唱出紧凑的歌曲，

　　　　或直立于斜塔旁的峭壁：

"噢，我的幻象。噢，赐给我水手的运气。"

调查员通过他的仪器观察

那些野蛮的省份，雄性芽孢杆菌

　　　　或是硕大的木星陨灭：

"但我朋友们的生命。我要调查。我要调查。"

穷人在没有炉火的住处，掀开盖在身上的晚报：

"我们每天都承受损失。噢，让我们瞧瞧

　　　　历史的组织者和操盘手，

还有那时光的清流。"

各族组合起每一声呼喊，召唤生命

塑造出每个人的肚皮，安排

私人的夜间恐怖：

"你不是发现了海绵城邦吗，

"建立庞大的鲨鱼和老虎的军事帝国

设立知更鸟勇敢的州郡？

干预吧。噢，降临如鸽子

或愤怒的爸爸，温和的工程师，但请降临。"

而生活，但凡它有所回应，发自内心的回应

发自眼睛，肺腑，发自城市的商店和广场：

"噢，不，我不是搬运工；

今天不是；对你不是。对你，我是应声虫，

"酒吧同伴，容易上当受骗的人；

我是你所做的一切。我是你从善的

誓言，你幽默的故事。

我是你生意上的代言人。我是你的婚姻。

"你的建议是什么？建造正义之城？我会的。

我同意。或是自杀协议，浪漫的

死亡？很好，我接受，因为

我就是你的选择，你的决定。是的，我就是西班牙。"

许多人在遥远的半岛上听到过这话，

在沉睡的平原，在反常的渔民岛屿
　　　　或是腐败的城市中心，
听到并移民了，就像海鸥，或花的种子。

他们像毛刺一样粘在长长的快车上，
斜穿过不公正的土地，穿过黑夜，闯过高山隧道；
　　　　他们漂洋过海；
穿越隘口。全都奉献出自己的生命。

在那个干旱的广场上，从炎热的非洲
抠下来的碎片，如此粗糙地焊接到善于创新的欧洲；
　　　　在那被河流冲刷的高原上，
我们的思想具有躯体；我们发烧，可怕的模样

精确而鲜活。那些让我们
对药品广告和冬季邮轮宣传册有所反应
　　　　的恐惧，变成了侵略军；
我们的脸，机构的脸，连锁店，废墟

如同行刑队和炸弹般投射它们的贪婪。
马德里是心脏。我们的柔情时刻绽放
　　　　如同救护车和沙袋；
人民军队凝结着我们的友谊时光。

明天，也许是未来。研究疲劳

和包装工人动作的关系；

　　　　逐步探索辐射的八度；
明天，通过饮食和呼吸来扩展意识。

明天，重新发现浪漫的爱情，
拍摄乌鸦；以及自由阴影下的
　　　　所有的乐趣；
明天，是司仪和音乐家的时刻，

穹顶之下，美妙的合唱轰鸣；
明天，交换饲养狼犬的体会，
　　　　突然举起森林般的手臂
急切地选举主席。而今天是争斗。

明天，诗人像炸弹为年轻人爆发，
湖边漫步，几周的完美交流；
　　　　明天，自行车比赛
在夏天傍晚穿过郊区。而今天是争斗。

今天，故意增加死亡的概率，
在必要的谋杀中自觉地承受罪责；
　　　　今天，力量消耗于
单调短命的小册子上，还有无聊的会议。

今天，临时的安慰；分享的香烟，

谷仓里烛光下的纸牌，刺耳的音乐会，
　　　　男人们的笑话；今天
伤害之前的拥抱，笨拙而令人心碎。

星星都已死掉。动物们再也不瞧。
我们独自度日，时光短促，
　　　　历史也许会对失败者说
唉，无法帮助，无法宽恕。

1937 年 4 月

36
俄耳甫斯 [1]

这首歌在期待什么？双手挪开

和鸟群保持些许距离，鸟儿害羞而欢快，

    迷茫而欣喜，

    或者，最重要的是对生命的认知？

而美丽之人满足于空气尖锐的音符；

温暖便已足够。噢，如果冬天当真反对

    如果雪花柔弱，

    愿望又能何为，舞蹈又能何为？

1937 年 4 月

1　俄耳甫斯（Orpheus），希腊神话中的诗人与歌手，他的父亲是太阳、畜牧、音乐之神阿波罗（Apollo），母亲是司管文艺的缪斯女神卡莉俄帕（Calliope）。

37
吉小姐

让我给你讲个小故事
　　　关于伊迪斯·吉小姐；
她住在克利夫登排屋
　　　门牌 83 号。

她的左眼有点斜视，
　　　嘴唇又薄又小，
她的肩膀窄斜
　　　一点儿胸都没有。

她戴一顶镶边的丝绒帽子，
　　　身着一身深灰色的哔叽套装；
她住在克利夫登排屋
　　　房间很小，只能坐床上。

雨天她会穿紫色雨衣，
　　　再带一把绿色雨伞，
她骑一辆带购物筐的自行车
　　　倒蹬刹车时声音很刺耳。

圣埃劳希斯教堂

不是很远；
她做了很多编织
　　拿给教堂义卖。

吉小姐抬头望着星光
　　说："有谁在乎吗
我住在克利夫登排屋
　　一年靠一百镑过活？"

有天晚上她做了个梦
　　梦见她是法国女王
圣埃劳希斯教区的牧师
　　请女王陛下跳舞。

但一场风暴吹倒了宫殿，
　　她骑着自行车穿过一片玉米地，
一头公牛长着牧师的脸
　　俯下牛角猛冲过来。

她能感受到他在身后呼出的热气，
　　他就要赶上来了；
自行车越骑越慢
　　因为误踩了刹车。

夏天让树林美丽如画，

冬天一片枯寂；
她骑自行车去参加晚祷
　　　衣服一直扣到脖口。

骑过一对对恩爱的恋人，
　　　她扭过头；
骑过一对对恩爱的恋人，
　　　没人邀请她停留。

吉小姐坐在过道边上，
　　　听着管风琴演奏；
唱诗班的歌声如此甜美
　　　在一天结束的时候。

吉小姐跪在过道边上，
　　　她双膝跪下；
"不要让我陷入诱惑
　　　请让我做一个好姑娘。"

日日夜夜，就这么流逝
　　　仿佛康沃尔沉船周围的波浪；
她骑自行车去看医生
　　　衣服一直扣到脖子上。

她骑自行车去看医生，

按响诊所的门铃；
"噢，医生，我身体里疼，
　　感觉不太得劲儿。"

托马斯医生检查了一番，
　　然后又细看了一遍；
他走到洗手池边，
　　说："你为什么之前不来？"

托马斯医生坐在餐桌旁，
　　他妻子在等着摇铃：
他把面包揉成小团，
　　说："癌症可真是荒唐。

没人知道原因是什么，
　　虽然有些人不懂装懂；
它就像个隐藏的刺客
　　等着对你进攻。

没生孩子的妇女会得，
　　男人退休时也会得；
好像他们被挫败的创造之火
　　必须要有个出口。"

他的妻子摇铃叫来仆人，

说："别那么吓人，亲爱的"；
他说："我今晚见到吉小姐了

　　恐怕她要死了。"

他们把吉小姐送到医院，

　　她躺在那里，浑身散了架，
躺在女病房里

　　被子一直盖到下巴。

他们把她放到桌子上，

　　学生们笑了起来：
外科医生罗斯先生

　　他把吉小姐切成两半。

罗斯先生转向他的学生们，

　　说："先生们，请注意，
我们很少看到肉瘤

　　会发展到这个样子。"

他们把吉小姐

　　搬下桌子，
推到另一个科室

　　他们在那儿学习解剖。

他们把她吊在天花板上，

是的，他们把吉小姐吊起来；

两个牛津帮成员

　　仔细切开了她的膝盖。

1937 年 4 月

38

裹在柔顺的空气中，

　　挨着花朵无声的饥饿，

靠近树的暗潮，

　　靠近鸟儿的高烧，

　　大声地表达他的愤怒和希冀，

他的身体笔直，

　　善于表达的爱人站着，

　　从容的男人站着。

在炎热而淡漠的烈日下头，

　　走过更强壮、更美丽的野兽

一位神枪手，择路而行，

　　带着枪、瞄准镜和《圣经》，

　　一个好战的问询者，

朋友，莽汉，仇敌，

　　散文家，干练之人，

　　有时也会哭泣。

石头没有朋友，也没有仇敌

　　身边到处都是，

有兄弟的那个，并不孤单的那个，

受困扰，妒恨，

　　　他的家庭教会他

把显赫和无言，

　　　与恒久和根深

　　　金钱和时间对立。

母亲的希望渐行渐远，变为

　　　他沉闷灵魂的沉闷妻子

很快被护士的道德教训弄得更加无趣，

　　　那个愚蠢而多情的叛逆，

　　　继承了幼稚的脾气，

很快，就上了继父的当，

　　　高大华丽的塔，

　　　依然华丽，但已锁上，已锁上。

被从未谋面的死人统治，

　　　被虔诚的猜测欺罔，

在疯狂或孤寂的

　　　高脚凳上，

　　　他坐着，凶残而冷静；

周围环绕着无数的美人，

　　　宏伟是他的幻景

　　　宏伟是他的爱情。

受制于时间诚实的盾牌

羔羊必须直面母虎，

他们忠实的争吵从未平息，

　　他认为并不忠实

　　所梦见的模糊年代，

猎人和猎物和解，

　　狮子和蝰蛇，

　　蝰蛇和小孩。

新鲜的爱情背叛他，每一天

　　沿着绿色的地平线

又一名逃兵骑马跑掉，

　　数英里之外，鸟儿喃喃自语

　　说起伏击和背叛；

面对新的失败，他必须继续向前，

　　承受更多更大的悲哀，

　　以及悲哀的挫败。

1937 年 5 月

39

傍晚，我出去散步，

　　　沿着布里斯托大街走下去，

步行道上的人群

　　　宛如收割时的麦地。

在铁道拱桥下

　　　河水奔流

我听到恋人在歌唱：

　　　"爱，没有尽头。"

"我会爱你，亲爱的，我会爱你

　　　直到中国和非洲相遇，

直到河水飞越高山

　　　街上满是唱歌的鲑鱼。

"我会爱你，直到大海

　　　被折叠挂起来晾晒，

直到嘎嘎叫的七颗星星

　　　像七只鹅游走太空。

"岁月如兔子飞奔

我怀里抱着

世纪的花朵

　　和世界最初的恋情。"

而城里所有的时钟

　　开始奏鸣：

"噢，不要被时间欺骗，

　　你无法征服时间。

"在梦魇的洞穴里

　　正义赤身裸体，

时间在阴影里窥视

　　你想亲吻时它就咳嗽。

"头疼，忧虑

　　生命模糊地流逝，

时间会产生幻觉

　　明天，或今日。

"可怕的暴雪

　　缓缓涌入青翠山谷；

时间打断螺旋的舞步

　　漂亮的弓身，跳水者。

"噢，把你的手浸入水里，

直到将手腕浸湿；
凝视，凝视着水池
　　想想你把什么错失。

"冰川在橱柜里敲击，
　　沙漠在床上叹息，
茶杯上的裂缝，一条小径
　　通向死亡之地。

"那里的乞丐们中彩得了钞票
　　杰克被巨人迷得神魂颠倒，
纯洁如百合的男孩喜欢咆哮，
　　吉尔仰面摔倒。

"噢，看呐，看镜子里
　　看你的痛苦：
生命依旧是一种祝福
　　尽管你无力祝福。

"噢，站着，站在窗前
　　热泪掩面；
你要用扭曲的心灵
　　爱你扭曲的近邻。"

夜色向晚，

恋人们消失不见；
时钟也不再鸣响，
　　唯有河水深深流淌。

1937 年 11 月

40
牛津

大自然近在咫尺：白嘴鸦在大学花园
就像机灵的婴儿，还说着感觉的语言；
在塔旁，河水依然流向大海，一直流淌，
　　　　塔里的石头，依然
　　　　满意于自身的重量。

矿物和生物，如此深切爱着它们的生命
它们的懒惰之罪排除了所有其他的罪行，
以漫不经心的美，挑战紧张的学生，
　　　　设置一个错误
　　　　以对抗他们无数的失误。

噢，在这些四面围合的院子里，智慧赞誉她自己
原始的石头仅仅肤浅地回应
那赞美吗？或者唱首平淡的安抚赞美诗，
　　　　创始人模棱两可地祝福
　　　　所有崇拜成功之人？

向利剑许诺所有闪闪发光的奖品，
汽车，旅馆，服务，喧闹的床，
然后用遗嘱压制愤怒，

寡妇的眼泪被遗忘，

丧父者无人理会。

与司机、小女孩、游客和老师窃窃私语，

暴力炽热的子宫孕育了知识

谁会在忧虑疲惫的深夜

把长着可爱蓝眼睛的脑袋

拥向她哭泣的胸脯。

那孩子开心吗，抱着一盒幸运书籍

还有那些关于学习的笑话？鸟儿不会伤心：

智慧是一只美丽的鸟儿；但在智者眼里

经常，经常被否定

既不善良，也不美丽。

外面是商店，工厂，葱绿的乡村，

那里，一支烟安慰罪人，一个吻安慰弱者；

那里，成千上万的人坐立不安，胡乱花钱：

厄洛斯[1]这位导师

在他童贞的床上哭泣。

啊，如果那没有思想的世界，近乎自然，

会把他的悲伤抢夺给她的爱欲之心！

1　厄洛斯（Eros），希腊神话中的爱神，相当于罗马神话中的丘比特（Cupid）。

但他是厄洛斯，必须仇恨他所最爱的；

　　而她是自然；自然

　　只能爱她自身。

在夸夸其谈的城市上空，就像任意一座城市

无依无靠的天使在哭泣。这里关于死亡的知识

也是一种强烈的爱：自然之心拒绝

　　低沉不讨好的声音

　　它不得安宁，直到有人倾听。

1937 年 12 月

41
在战争时期

一

所以这些年来，天赋从天而降；每个人
取上他那一份，马上跑进自己的生命：
蜜蜂接受了政治，建造蜂巢，
鱼游如鱼，桃栖于桃。

第一次努力就成功了；
出生的时辰，他们在大学的唯一时光，
他们满足于自己早熟的知识，
知道自己的位置，永远善良。

直到最后出现的造物，非常幼稚，
岁月可以在他身上塑造出任何特征，
轻松伪装成一只猎豹，或一只鸽子。

他被最轻的微风摇动、更改，
寻求真理，却不断犯错，
嫉妒他为数不多的朋友，并选择了他的爱。

二

他们想知道为什么那果实被禁止；
这没有教会他们任何新东西。
他们把骄傲隐藏起来，被责备时却听不进去；
在外面该做什么，他们肚明心知。

他们离开了：记忆就立刻消退
忘记了所学的一切；他们无法理解
现在的狗，以前它们总来帮忙；
他们一直惦记的小溪，也沉默不语。

他们又哭又吵：自由是如此狂野。
前面的成熟，随着他的上升，
像地平线一样远离孩童；

危险和惩罚越来越严重；
回去的路由天使守护
免受诗人和立法者的进攻。

三

只有一种气味能表达感情，
只有一只眼睛能将方向指明；

喷泉所表达的，不过是孤单的自我；
鸟儿毫无意义：不过是他的投影，

当他猎取食物时，给猎物命名。
他对自己的喉咙产生兴趣，
发现可以派仆人去往树林，
或是用声音亲吻新娘，让她狂喜。

他们像蝗虫一样繁殖，直到把绿意
和世界的边缘隐藏起来：他很不幸，
屈从于他自己的作品；

他对那些从未见过的东西充满仇恨，
知道有爱，却没有对象可表达爱意，
感到前所未有的压抑。

四

他留下来：被囚禁于领地中。
四季像卫兵守着他的路口，
群山选择了他孩子们的母亲，
太阳如良知，支配着他的白昼。

他年轻的表兄弟们远在城里

继续他们快速而不自然的事业，
人很随和，也不信仰什么，
像对待爱马一样对待陌生人。

他只改变了一点点，
皮肤染上了土地的颜色，
越长越像他的牛羊。

镇上的人认为他吝啬而简单，
诗人哭了，在他身上看见真理，
压迫者把他树立为榜样。

五

他慷慨的举止是一种新发明：
生活缓慢；大地不需要那么介意：
他骑马佩剑，吸引姑娘们的芳心；
他富有，慷慨，无所畏惧。

对于年轻人，他作为救星出场；
他们需要他，把他们从母亲身边解放，
在漫长的迁徙中变得越来越睿智，
在篝火周围，明白所有人皆为兄弟。

突然间，大地挤满了人群：他不再被问津。

变得寒酸，精神错乱。

依赖酒精壮胆杀人；

或坐在办公室里，偷偷摸摸，

对法律和秩序赞不绝口，

一心憎恨生活。

六

他观望星星，注意到鸟在飞翔；

河流泛滥，帝国崩溃，

他做预言，有时是对的；

他幸运的猜测得到很好的奖赏。

在认识真理之前，他就对她充满爱意，

骑马踏上想象的土地，

独居禁食，希望向她求爱，

嘲笑那些人亲手为她服侍。

但他从来不曾轻视

并且总是听她的建议：当她招手

他便乖乖顺从，无比温柔。

追随她，凝望她的双眸；

看见那里折射出人类的每一个弱点，

看见他自己是众人中的一员。

七

他是他们的仆人——有人说他是个盲人——

在他们的脸和物件之间移动；

他们的感情像一阵风，聚集在他心上

歌唱：他们呼喊——"这是上帝在歌唱"——

崇拜他，弄得他与众不同

让他自以为是，直到他每遇内务出错

便把思想和心灵的轻微颤动

误解为歌声。

歌不再来：他不得不自己创作。

每一诗节都精心打磨。

他拥抱自己的悲伤，如同拥抱一块土地，

像刺客一样穿过小镇，

看着人群，并不喜欢他们，

但若有人皱眉从身边走过，他就会战栗。

八

他把自己的土地变成会场，
种植宽容又讥讽的眼光，
培育出移动货币兑换机的脸，
还发现了平等的概念。

陌生人对他的时钟来说如一帮弟兄，
他用尖顶造出人类的天空；
博物馆像一个盒子，收藏他的学识，
纸张像间谍，监视着他的纸币。

他的生命成长得如此之快，已不堪重负。
他已忘记了生命本来的用途，
混迹于人群中，却如此孤独。

生活奢靡，不依赖
也找不到他出钱买下的土地，
感受不到他所熟知的爱。

九

他们死后，像修女一样进入封闭的生活：

甚至很穷的人也失去一些东西；压迫

不再是事实；以自我为中心的人

采取了更极端的立场。

圣徒和君王

也被分散到森林和海洋，

在各地触及我们敞开的悲伤，

空气，水，和环境，环绕着我们的性和理智；

我们做出选择时赖以为生的东西。

我们带它们回来，承诺要释放它们，

但我们自己却一直将它们背弃：

它们从我们的声音中，听到对它们死亡的哀悼，

但我们可以恢复它们，我们自己知道；

它们可以重获自由；它们会满心欢喜。

十

孩童时期，他就得到智者的宠溺；

他熟知他们，就像他们的妻子：

赤贫的人为他积攒零钱，

殉道者把生命作为礼物奉献。

但有谁能整天坐着陪他玩耍？
他们还有其他迫切的需求，工作，睡觉：
美丽的石头庭院已建好，他们把他
留在那里，受人膜拜，好吃好喝。

但他逃掉了。他们简直瞎了眼，不明白
他来是要和他们一起劳动，像邻居那样
聊天，成长。

那些庭院，成了恐惧和贪婪的中心；
穷人们把那里看作暴君的城堡，
而殉道者，看见施虐者迷惑的表情。

十一

他坐在宝座上，目光充满智慧
俯视卑微的牧羊少年，
放出一只鸽子；鸽子独自飞回：
少年喜欢这音乐，但很快入眠。

他为少年规划了远大的未来：
当然，他现在的职责就是要强制；
而日后少年会爱上真理，
并心存感激。一只鹰掉了下来。

但没有用：他的谈话很无聊

少年打着哈欠，做鬼脸，吹口哨，

挣脱那父亲般的拥抱；

但和鹰在一起，他总是愿意

去它所建议的地方，崇拜它，

从它身上学到很多猎杀的方法。

十二

时代结束了，最后的拯救者无所事事，郁郁寡欢

死在床上；而他们很安全：

黄昏时分，巨人硕大的腿肚的阴影

不会再突然落在外面的草坪。

他们睡得很安稳：毫无疑问，在各地沼泽里

一条不育地龙徘徊着，自然老死，

一年之后，荒原上野兽的足迹消失了；

小鬼在山上的敲击声也渐渐止歇。

只有雕塑家和诗人半怀悲伤，

魔术师家里的随从们抱怨着

去了别的地方。被征服的力量

为自己的隐形和自由而高兴：
冷酷地击倒那些误入歧途的儿子们，
玷污女儿们，把父亲们逼疯。

十三

当然要赞美：让歌声一遍又一遍唱响
歌唱生命，当它在陶罐或面颊上绽放，
歌唱动物的优雅，植物的耐心；
有些人一直很快乐；伟人层出不穷。

但听到清晨受伤的哭泣，就知道为什么：
城市和人类都已沉沦；不义之人的意念
从未丧失它的力量；不过，所有的王子
都必须使用公平高尚的统一谎言。

历史用它的悲伤，对抗我们欢快的歌声：
美好乐园并不存在；我们的星球温暖，促生
一个充满希望却从未证明自身价值的种族；

日新月异的西方虚假而庞大，不公正地对待
这个被动如花的民族，他们积年累月
在十八个省里打造出这尘世。

十四

是的，现在我们要受苦了；天空
仿佛发烧的前额悸动；真实的哀痛；
搜索着的探照灯突然展示
让我们大哭的小小天性，

我们从不确信他们可以存在，
存在于我们的所在。他们让我们措手不及
就像遗忘已久的丑陋记忆，
就像所有的枪支都抵抗的良知。

在每一只友善爱家的眼睛后面
隐秘的屠杀正在进行；
女人，犹太人，富人，所有的人。

我们说谎时，群山无法评判我们：
我们居住在大地上；大地服从
聪明人和恶人，直到他们丧命。

十五

引擎载着他们飞过天空：他们自由
而孤立，像非常富有的人；
像漠然的学者，他们
把呼吸着的城市只当作靶子，

需要他们的技能；却永远无法理解
为何他们所憎恶的想法创造了飞行，
也不明白为什么，他们自己的机器总在
试图闯入生活。他们选择了一种命运

他们居住的岛屿，并没有强迫。
虽然大地可以教导我们正确的纪律，
任何时候都可以

放弃自由，接受约束
就像女继承人在母亲的子宫，
就像穷人，从来都那么无助。

十六

在这里，战争简单得像一座纪念碑：
一个人正在讲电话；

地图上的旗标，表明已派出了军队；

一个男孩用碗端来牛奶。有个计划

针对活着的人，他们对自己的生命充满恐惧，

他们本该中午口渴，结果九点钟就渴了，

他们可能会迷失，已经迷失，想念他们的妻子，

而且，不同于想法，他们可能很快会死去。

尽管人们死去，想法仍然真实，

我们可以看到上千张面孔

因一个谎言而兴奋：

地图确实可以指向某些地名，

此刻，那里的生活如此邪恶：

南京；达豪[1]集中营。

十七

他们活着，受苦；这就是他们所经历的一切：

绷带遮住了活生生的躯体，

他对于世界的了解，仅限于

仪器所给予的医治。

1　达豪（Dachau），纳粹德国三大中心集中营之一，1933年3月建于德国巴伐利亚的达豪市附近。

彼此分开躺着，仿佛隔着不同的世纪
——他们所感知的真相，就是他们的忍耐程度；
和我们说话不同，他们呻吟窒息——
遥远如植物；而我们站在别处。

对于谁，健康意味着一只脚？
一点儿擦伤，治愈了我们就会忘掉，
大呼小叫之后，相信

未受伤害的共同世界，
无法想象孤立。分享的只有幸福，
爱的想法，以及愤怒。

十八

在远离文化中心的地方，他被利用：
被他的将军和虱子抛弃，
在棉被下面，他闭上眼睛
消失了。他不会被提及，

当这次战役被整理成册：
没有任何重要的知识消失于他的脑壳；
他的笑话已过时；像战争时期，他很乏味；

他的名字，如同他的长相，永远消失。

他不知道善，也没选择善，却教导了我们，
并像逗号一样，增加了含义，
当他在中国化为尘土，我们的女儿们

才学会热爱大地，不会再次
在狗面前受辱；那里有山有水，
有房子，还有人，也许。

十九

但到了晚上，不再压抑：
山峰清晰可见；下雨了：
训练有素的谈话
飘过草坪上培育的鲜花。

园丁们看着他们走过，估摸他们鞋子的价钱；
一名司机在车上看书，
等他们交换完意见；
这似乎是一幅私人生活的画面。

远方，不管他们用意如何，
军队在等一次口误

已备好所有伤人的武器：

有赖于他们的魅力

土地荒芜，所有年轻人被杀死，

女人们哭泣，城镇陷入一片恐惧。

二十

他们带着恐惧，就像带着钱包，

像枪一样从地平线上逃跑；

所有的铁路和河流

都争先恐后逃离，如同逃离诅咒。

他们在新的灾难中紧紧依偎在一起

就像被送进学校的孩童，轮流哭泣；

空间有他们学不会的规则，

时间所讲的语言，他们永远无法掌握。

我们住在这里。我们躺在当下

没有打开的悲伤里；它的局限正是我们自己。

囚犯永远不应该原谅他的牢狱。

未来的时代是否能远远逃离，

却又能感觉到源自所发生的这一切，

甚至源自我们，甚至觉得这样还可以？

二十一

人的一生从来不会彻底完结；
勇气和闲聊还会继续：
但如同艺术家感到自己的力量已消失，
他们在大地上行走，知道自己被击溃。

有些人不堪忍受又不能伤害年轻人，哀悼
那些受伤的神话，它们曾经让各国变得美好，
有些人失去了他们从未理解的世界，
有些人彻底看清，生而何为。

失落是他们如影的妻子，焦虑
像一座大酒店接待他们；但凡可能
他们必然会后悔；他们的生命

听从紫禁城的召唤，看见
陌生人用快乐的目光将他们观望，
自由充满敌意，在每个家里，每棵树上。

二十二

像所有梦想的愿望一样简单，

他们使用心灵的基本语言，

和肌肉诉说对快乐的需求：

濒死者和恋人们即将分手，

倾听他们，只能吹声口哨。不断翻新，

映照出我们每一次变化的处境；

他们是我们行为的证据；

直接表现出我们状态的迷失。

想想这一年里，哪些事情最让舞者们高兴：

奥地利灭亡，中国被抛弃，

上海陷入火海，特鲁埃尔[1]被夺去，

法国把她的情况摆在全世界面前：

"到处都是欢乐。"美国人对地球讲话：

"你爱我像我爱你一样吗？"

1　特鲁埃尔（Teruel），西班牙城市，内战期间曾发生激烈的争夺战。

二十三

当所有机构的报道
都证实了敌人的胜利；
我们的堡垒被攻破，我们的军队在撤退，
暴力蔓延，就像一场新的瘟疫，

不道德的巫师四处受到邀请；
我们甚至后悔出生于此世：
让我们记住那些似乎被遗忘的人：
今夜，在中国，我想起那位

默默工作并等待了十载，
直到在慕佐[1]，他所有的力量发声，
一次性被赋予了一切：

带着圆满者的感恩
他走入冬夜，像一只巨大的野兽
轻轻抚摸那座小小的钟楼。

---

1 慕佐（Muzot），奥地利诗人里尔克最后的居住地，位于瑞士。

二十四

不，不是他们的名字。是其他人
建造了威严的大道和广场，
人们在那里只能回忆和凝望，
那些心怀愧疚之人，孤苦伶仃。

他们想永远就这样下去：
不被爱的人必须留下物质痕迹：
而这些只需我们更好的面孔，
并居于其中，就知道我们永远不会

记住我们是谁，或我们为什么被需要。
大地养育他们，就像海湾养育渔民
或山岗养育牧羊人；他们成熟，结籽；

种子粘在我们身上；甚至我们的血液
也能复苏它们；它们再次生长；
温柔以待花朵和洪水，对幸福充满渴望。

二十五

没什么是安排好的：我们必须找到我们的法律。
在阳光下争夺统治，那些高大的建筑；

它们身后，穷人低矮隐蔽的房屋
延展着，像可怜的草木。

没有指派给我们的命运：
除了这副肉体，没有什么可以确定；
我们计划让自己变得更好；而医院只会提醒我们
关于人类的平等。

孩子们在这里很受欢迎，警察也不例外：
他们谈起大人们变得孤独以前的岁月，
就会怅然若失。

　　　　　　唯有
公园里演奏的铜管乐队，
预言未来的幸福与和平。

我们学习怜悯与抗争。

二十六

爱的小作坊，一直远离
我们谈及的名字的中心：是的，但我们的观点
是多么错误，关于古老的庄园，
久已被遗弃的愚蠢，以及孩子们的游戏。

只有贪得无厌的人，才会期待
古色古香却滞销的产品，
来取悦文艺女孩；只有自私者
才会在不切实际的乞丐身上看见圣人。

我们不敢相信那是我们自己设计的，
我们大胆计划中的一个小项目
没有引起麻烦；我们没有留意。

灾难来了，我们感到惊奇
发现这是开工以来唯一的项目
整个周期都显示出稳定的盈利。

二十七

迷失在我们选择的山上，
我们一遍遍叹息，为古老的南方，
感叹本能的从容、温暖的裸体年代，
在天真的口中品尝快乐的滋味。

睡在茅屋里，我们多么希冀
成为未来辉煌舞会的一部分；每个错综的迷宫
都有一份图纸，心脏有序的运动

可以永远遵循其无害的方式。

我们羡慕确定的溪水和屋舍：
但我们注定受教于错误；我们
从未像一扇大门那样裸露而平静，

永远不会像喷泉那样完美；
我们必然生活在自由之中，
如同山民，居住在群山之中。

1938 年（除了写于 1936 年的第十二节）

42
首都

娱乐场，富人们总是在其中等待，
花费颇多，只为等待奇迹的发生，
哦，小餐厅，情侣们在这里吞吃彼此，
咖啡馆，流亡者们建立起恶意的村庄；

你用魅力和设备拆除了
冬天的严酷和春天的欲望；
远离你的灯光，愤怒的惩罚的父亲，
在这里，一味服从的沉闷显而易见。

但通过乐队和眼神，噢，你背叛了我们
让我们相信自己拥有无限的力量；而那个无辜的
马虎冒犯者，顷刻间
成为心中无形怒火的牺牲品。

在没有灯光的街上，你把可怕的事情藏起来；
工厂制造的生命只为了暂时使用
就像衣领或椅子，孤独者被折磨的房间
像鹅卵石，慢慢变成不规则的形状。

但你照亮了天空，你的光辉远远可见

照进黑暗的乡村，这广阔冰冻之地，

就像邪恶的叔叔暗示着禁忌，

夜复一夜，你向农夫的孩子们招手。

1938 年 12 月

43
美术馆

关于苦难，古代大师们

从来没错过：他们透彻地理解

苦难在人类的位置；它如何发生

当别人在吃东西，推开窗户，或独自沉闷地行走；

当老人们虔诚而热情地等待

神迹的诞生，总会有孩子们

并不特别希望它发生，他们

在树林边的池塘上溜冰：

他们从未忘记

即使是最可怕的殉道，也只能顺其自然，

不管怎样，在角落里，不洁之处

狗子们在那里苟且，而施刑者的马

在树上蹭着它无辜的屁股。

例如，勃鲁盖尔[1]的《伊卡洛斯[2]》：灾难

发生后，一切都悠然地转身；犁夫

也许听到了水花飞溅，被遗弃的哭喊，

1　彼得·勃鲁盖尔（Pieter Bruegel，约 1525—1569），16 世纪尼德兰地区最伟大的画家。

2　伊卡洛斯（Icarus），希腊神话中工匠代达罗斯（Daedalus）的儿子，和代达罗斯使用蜡和羽毛造的翅膀逃离克里特岛时，伊卡洛斯因飞得太高，双翼上的蜡被太阳烤化而跌落海里丧生。

但于他而言，这不过是无关紧要的失败；太阳依旧照亮
那双沉入碧波的白腿；
那艘昂贵精致的船肯定看见了
某件惊人的事情，一个男孩从天上掉下来，
那艘船仍要赶往某个地方，继续平静地航行。

1938 年 12 月

44
暴君墓志铭

他所追求的是某种完美，
他虚构的诗歌很容易理解；
他对人类的愚蠢了如指掌，
他对军队和舰队着迷；
他一笑，可敬的议员们就哄堂大笑，
他一哭，小孩子们就在街头死去。

1939 年 1 月

45
纪念 W.B. 叶芝
（1939 年 1 月去世）

一

他逝于隆冬时节：

溪水封冻，机场几乎空无一人，

积雪把公共雕像弄得面目全非；

水银柱在垂死之日的嘴里下沉。

噢，所有的仪器都一致确认

他去世那天，是一个阴暗寒冷的日子。

远离他的疾病

群狼继续在常青的森林中奔跑，

农夫之河不受时髦码头的诱惑；

那些哀悼之舌

把诗人之死与他的诗分开。

但对他来说，这是他最后的一个下午，

护士和流言的下午；

他身体的区域都反叛了，

他心灵的广场空空如也。

寂静，侵入郊区，

他感觉的电流短路：他成了自己的仰慕者。

如今，他分散在一百座城市里

全然交付于陌生的感情；

在另一种森林里寻找幸福

在异乡的道德准则下接受惩罚。

一个死人的话语

在活人的肺腑里被改写。

但在明天的要事和喧嚣中

当经纪人在交易所的楼层像野兽一样咆哮，

穷人早已习惯他们所受的苦难，

每一个在自己牢房里的人，几乎都确信他们的自由；

几千人会想到这一天

如同人们会想起，某一天他们做了件不太寻常的事情。

噢，所有的仪器都一致确认

他去世那天，是一个阴暗寒冷的日子。

二

你和我们一样愚蠢：但你的天赋经受住一切考验；

贵妇人的教区，衰弱的身体，

你自己；疯狂的爱尔兰把你伤成诗。

如今，爱尔兰依然保持她的疯狂和天气，

因为诗歌没让任何事情发生：它幸存于

自己的言说的山谷中，那里的官员们

从不想掺和；从与世隔绝的牧场

繁忙的悲伤，以及我们相信并死于其中的粗俗小镇，

它向南流淌；存活下来

一种发生的方式，一张嘴。

三

大地，请接待一位尊贵的客人；

威廉·叶芝入土长眠：

让爱尔兰船只安息

卸空了船上的诗意。

时间并不宽容

勇敢和无辜之人，

一星期之后

便冷漠于一个美丽的体格，

崇拜语言，原谅

生活在它身边的每一个人；

原谅懦弱，自负，

把荣誉放在他们脚下。

时间以这个奇怪的借口
原谅了吉卜林和他的观点，
还会原谅保尔·克洛岱尔，
原谅他写得精彩。

在黑暗的噩梦中
欧洲所有的狗都在叫，
活着的民族都在等待，
在仇恨中彼此隔绝；

知识的耻辱
从每张人脸上凝视，
怜悯的大海
在每一只眼睛里锁定、冻结。

跟上，诗人，快跟上
直到夜的深处，
用你无拘无束的声音
劝我们快乐；

用一首诗的耕作，成全
诅咒化为一座葡萄园，
在痛苦的狂喜中
歌唱人类的不成功；

在心灵的沙漠里

让疗愈之泉涌起，

在他日子的监狱中

教导自由人如何赞颂。

1939 年 2 月

46
难民蓝调

据说这座城市有一千万灵魂，

有些住在豪宅，有些住在地洞：

没有我们的容身之地，亲爱的，没有我们的容身之地。

曾经我们有一个国家，我们认为它是公正的，

看看地图集，你发现它就在那儿：

我们现在不能去那儿了，亲爱的，我们现在不能去那儿了。

在村庄的教堂墓地里，长着一棵老紫杉，

每年春天它都会开花，焕然一新：

旧护照不管用了，亲爱的，旧护照不管用了。

领事拍着桌子说，

"如果你没有护照，你就正式死了"：

但我们还活着，亲爱的，但我们还活着。

去了一个委员会；他们让我坐在椅子上；

礼貌地请我明年再来：

可我们今天去哪儿呢，亲爱的，可我们今天去哪儿呢？

参加一次公共集会，演讲者站起来说；

"如果我们让他们进来，他们会偷我们每天的面包"：

他在谈论你和我，亲爱的，他在谈论你和我。

我想我听到了天上雷声隆隆；

那是希特勒对全欧洲说，"他们必须死"：

噢，我们被他惦记，亲爱的，噢，我们被他惦记。

看见一只卷毛狗穿着夹克，用别针固定，

看见门开了，一只猫被放了进来：

但它们不是德国犹太人，亲爱的，它们不是德国犹太人。

下到港口，站在码头，

看见鱼儿游来游去，仿佛它们享受自由：

只隔着十英尺，亲爱的，只隔着十英尺。

穿过一片树林，看见鸟儿在树上；

它们没有政治家，自在歌唱：

它们不是人类，亲爱的，它们不是人类。

梦里我见到一座千层高楼，

千扇窗，千道门：

没有一间属于我们，亲爱的，没有一间属于我们。

在大雪纷飞的辽阔平原上，

一万名士兵来回行进：

将你我搜寻，亲爱的，将你我搜寻。

1939 年 3 月

47

无名公民

写给 *JS/07/M/378*

这块大理石纪念碑是由国家竖立的

统计局证实，他从未

被官方起诉过，

所有关于他的行为报告都证明

在一个过时词语的现代意义上，他是个圣徒，

因为他所做的一切，服务于更美好的社会。

除了战争期间，直到退休

他在一家工厂工作，从未被解雇过，

令他的雇主，福奇汽车公司，很满意。

但他不是工贼，观点也并不怪异，

工会报告里说他交了会费，

（我们关于他所在工会的报告显示，的确属实）。

我们的社会心理工作者发现

他在朋友中很受欢迎，喜欢小酌一杯。

报界确定他每天都会买一份报纸，

他对广告的反应，在每个方面都正常。

以他的名义投保的保单，证明他上了全险，

他的健康卡显示，他住过一次院，但出院时已康复。

《厂商调查》和《高级生活》都宣称

他充分认识到分期付款计划的好处，

拥有现代人所需要的一切，

留声机，收音机，汽车，和冰箱。

我们公共舆论研究人员很满意

他对当年的形势持有正确的观点；

和平时期，他支持和平；战争时期，他参军。

他结了婚，给总人口增加了五个孩子，

我们的优生学家说，五个是他那一代父母的合适数字。

我们的老师报告说，他从未干涉过孩子们的教育。

他自由吗？他快乐吗？这个问题很荒谬：

要是有什么不对，我们肯定会听说。

1939 年 3 月

48
1939 年 9 月 1 日

我坐在五十二街

一家下等酒吧

心神不定，害怕

聪明的希望破灭了

低贱且不诚实的十年：

愤怒和恐惧的电波

在忽明忽暗的大地上循环，

纠缠着我们的私生活；

难以言说的死亡气味

侵扰九月的夜晚。

精确的学术研究

可以挖掘出

从路德到如今的所有罪孽

让一种文化疯狂，

查查在林茨[1]发生了什么，

何种庞大的意象

能让一个精神变态者封神：

我和公众都明知

---

1 林茨（Linz），奥地利城市，希特勒心目中的家乡及第三帝国的文化中心。

所有学童都懂的东西，

受到邪恶对待的人

会以恶报恶。

流亡的修昔底德[1]

知道，关于民主

演讲所能表达的全部，

独裁者会做些什么，

以及老年人对着冷漠的坟墓

所说的废话；

在他的书中分析了一切，

启蒙被驱逐，

痛苦形成习惯，

管理不善和悲苦：

这一切，我们必须再次忍受。

矗立于中性的空气

盲目的摩天大楼

以全部身高来宣示

集体人的力量，

每一种语言都倾吐

徒劳的竞争借口：

1　修昔底德（Thucydides，约前 460—前 400/396），古希腊历史学家、文学家、雅典十将军之一，其所著《伯罗奔尼撒战争史》，在西方史学上占有重要地位。

但谁又能长久

活在兴奋的梦中；

它们凝视着镜子外

帝国主义的面孔

以及国际上的不公。

酒吧里的面孔

沉浸于他们平常的日子：

灯光永不熄灭，

音乐必须时时响起，

所有的习俗合谋

使这个堡垒里的家具

像家里那样摆设；

以免我们明白自己在哪里，

迷失于闹鬼的树林，

孩子们害怕黑夜

他们从未快乐过，也从未善良过。

最空洞的好战言辞

大人物的叫喊

不像我们的愿望那么粗鄙：

疯子尼金斯基 [1]

1　瓦斯拉夫·尼金斯基（Vaslav Nijinsky，1889—1950），波兰血统的俄罗斯芭蕾演员和编导，在 20 世纪的芭蕾史上，享有"最伟大的男演员"之誉。

写的关于佳吉列夫[1]的故事

是正常的心态，很真实；

每个男人和女人

骨子里都有错误

渴望得不到的东西，

不是博爱

而是独自被爱。

从保守的黑暗

进入伦理生活

蜂拥而来的通勤者，

重复着他们早晨的誓言：

"我会忠于妻子，

我会更专心工作。"

无助的州长们醒来

继续他们强迫性的游戏：

如今谁能解救他们，

谁能让聋子听见，

谁能为哑巴说话？

我唯一有的只是一个声音

拆穿那折叠的谎言，

1　塞尔戈·佳吉列夫（Serge Diaghilev，1872—1929），俄罗斯剧团经理，创建并经营俄罗斯芭蕾舞团，促进芭蕾成为 20 世纪一种主要艺术形式。

街头肉欲之人的大脑里

浪漫的谎言，

以及权威的谎言里，

他们的建筑高耸入云：

根本不存在所谓的国家

没有人独自存在；

饥饿，让市民和警察

别无选择，

我们必须彼此相爱，或死去。

在夜幕下毫无防备

我们的世界昏昏沉沉；

然而，星罗棋布

讽刺的光点

正义交换信息之处：

闪现：

愿我像他们一样

由爱欲和尘土构成。

被同样的否定和绝望

所包围，展现

肯定的火焰。

1939 年 9 月

49

园丁们说，法律是太阳，
法律，所有园丁
都要服膺，
明天，昨天，今天。

法律是老年人的智慧
无能的祖父们尖声责怪；
孙子们伸长舌头，
法律是年轻人的感觉。

法律，牧师带着牧师的表情
向没有牧师的民族解答，
法律是我牧师手册中的文字，
法律是我的讲坛，是我的尖塔。

法官低头看着自己的鼻子，
明确而严厉地说
法律，正如我之前告诉你的。
我想你们都明白法律，
让我再解释一遍，
法律就是法律。

然而，遵守法律的学者们写道：
法律无所谓错与对，
法律是按地点和时间惩罚的犯罪，
法律是人们穿的衣服
任何时间，任何地点，
法律就是早安和晚安。

其他人说，法律是我们的命运；
其他人说，法律是我们的国家；
其他人说，其他人说
法律不复存在
法律已然离开。

总有大声愤怒的人群
非常愤怒，非常大声
法律就是我们，
而且总是软弱的傻瓜，软弱的我。

如果我们，亲爱的，知道我们
并不比他们更了解法律，
如果我不比你更清楚
我们该做什么，不该做什么，
除非所有人
或悲或喜地同意

法律究竟是什么，

所有人都知道这一点，

如果认为把法律

与其他词语等同起来是荒谬的，

不像很多人

我不能再说法律是什么了，

不能比他们说得更多，

我们压制普遍的愿望，不去猜想，

或者脱离我们自己的位置，

摆出一副漠不关心的模样。

不过我至少可以限制一下

你我的浮夸

胆怯地提及

一种胆怯的相似，

无论如何我们都要显摆：

我说，就像爱。

就像爱，我们不知何地，或者何为

就像爱，我们不能强迫，或者高飞

就像爱，我们时常恸哭

就像爱，我们很少留住。

1939 年 9 月

50

纪念西格蒙德·弗洛伊德 [1]

（1939 年 9 月去世）

这么多人，我们将不得不哀悼他们，

悲伤被如此公开，暴露

　　　　于整个时代的批评

　　　　我们脆弱的良心和痛苦

我们该谈论谁呢？他们每一天

都在我们中间死去，那些为我们做善事的人，

　　　　他们知道这永远不够，

　　　　只求活着时能有所改进。

这位医生就是如此：年已八十

还在想着我们的生活，由于我们的任性

　　　　那么多貌似可信的年轻的未来

　　　　被威胁或奉承要求服从。

但并没让他如愿；他对着最后

我们大家都很熟悉的画面闭上了眼睛，

　　　　问题像亲戚那样站立着

1　西格蒙德·弗洛伊德（Sigmund Freud，1856—1939），奥地利
神经学家，精神分析奠基人。

对我们的死亡感到困惑和嫉妒。

在最后的时刻，他身边
仍是他所研究过的，那些神经，那些夜晚，
　　那些阴影，仍在等待
　　进入他明亮的认知圈子

失望地转向别处，
他被迫放下多年的兴趣
　　被带回到伦敦的土地，
　　一位重要的犹太人，在流放中死去。

只有仇恨很开心，希望能扩展
他现在的业务，他那些寒酸的客户
　　以为通过杀戮能将自己治愈，
　　他们用骨灰覆盖花园。

他们仍然活着，但活在他改变的世界里
简单地回顾过去，没有虚假的后悔；
　　他所做的，不过是像老人一样回忆
　　像孩童一样诚实。

他一点儿也不聪明：他只是让那
不快乐的"现在"背诵"过去"
　　就像诗歌课一样，迟早

结巴于某一行，

而指控很久以前就已开始，
突然知道了是谁在评判，

　　生活多么丰富，又多么愚蠢，

　　生命得到了宽恕，变得更加谦逊，

能够像朋友一样接近未来
没有一大堆借口，没有

　　正直的面具，或是

　　过于熟稔的尴尬姿势。

难怪古代遐想的文化
在他未定的技术中，预见了

　　王子们的堕落，以及他们

　　赚大钱却令人沮丧的模式崩塌。

如果他成功了，一般化的生命
为何将变得不可能，

　　国家大业将被打破，

　　并阻止复仇者的合作。

当然，他们求告上帝：但他走自己的路，
像但丁一样，沦落于迷失的人群，

　　沉陷在臭气熏天的坑里，受伤的人

在那儿过着被抛弃的丑陋生活。

展示给我们什么是邪恶：不是我们所想的那样
必须受到惩罚的行为，而是我们所缺失的信仰，
　　　　我们不诚实的否认情绪，
　　　　压迫者的淫欲。

如果有些许专制的姿态，
他所怀疑的父亲式的严厉，
　　　　仍然粘在他的话语和面容上，
　　　　那是一种保护性的模仿

因为长期生活在敌人中间：
如果他经常犯错，有时甚至荒诞，
　　　　在我们眼里，他不再是一个个体
　　　　而是现在整个的舆论氛围

我们在他下面过着不同的生活：
就像天气，他只能妨碍或帮助，
　　　　骄傲的人仍然可以骄傲，但发现
　　　　有点儿困难，而暴君试图

让他这样做，却并不太关心。
他静静地环绕着我们成长的一切习性；
　　　　他伸展，直到最偏远最悲惨的

公国里疲倦的人们

感受到他们骨骼的变化而欢欣，
那孩子在他小小的国度很不幸，

　　一个没有自由的壁炉，

　　一个蜂巢，蜂蜜是恐惧和焦虑，

现在平静多了，似乎确信可以逃离；
他们躺在我们所忽视的草地上

　　这么多物件，早已被忘记

　　被他毫不气馁的光芒所揭示

重新变得珍贵，回到我们身边；
那些我们认为长大后必须放弃的游戏，

　　我们不敢嘲笑的细小噪音，

　　没人注意时我们做出的鬼脸。

但他对我们的期待，不止于此：
要自由往往便孤独；他要团结起

　　那些被我们善意的正义

　　所割裂的不平等的群体，

要把少数人拥有的智慧和意志
恢复给更多的人，但只能用于

　　枯燥的争论，要把母亲

丰富的情感还给儿子。

但他会让我们记住最重要的事
要整夜保持热情
　　它不仅能给人
　　奇妙的感觉，而且

还因为它需要我们的爱：眼神忧郁
它可爱的生灵抬起头来，默默地
　　祈求我们邀请它们跟随；
　　它们是流亡者，渴望未来

而未来掌握在我们的力量之中。如果能像他
获准为启蒙服务，它们也会开心
　　甚至会承受我们喊出的"犹大"，
　　正如他所为，为之服务的人都必须隐忍。

一个理性的声音沉寂了：在墓地
冲动家族哀悼他们挚爱的一位。
　　悲伤的厄洛斯，城市的建造者，
　　还有反常的阿佛洛狄忒[1]，正在哭泣。

1939 年 11 月

1　阿佛洛狄忒（Aphrodite），古希腊神话中爱和美的女神，相当于罗马神话中的维纳斯（Venus）。

51

女士，在十字路口哭泣
你是否会遇见你的爱人？
薄暮时分，他带着灰狗，
还有停在手套上的鹰。

那就贿赂树枝上的鸟儿，
贿赂让它们装傻，
把烈日盯出天空
让夜晚降临。

旅行的夜晚没有星星，
寒风凛冽；
恐惧在前，悔恨在后，
和它们一起飞奔。

飞奔，直到你听到大海
永恒的哭泣；
深沉而苦涩
你必须一饮而尽。

在海底最深的地牢里

耗尽你的耐心，
搜遍搁浅的沉船
找寻那把金钥匙。

赶到世界的尽头，付给
骇人的守卫一个吻做酬劳；
跨过深渊上
摇摇欲坠的破桥。

那里矗立着一座遗弃的城堡
随时准备探寻；
进去，爬上大理石楼梯
打开锁着的门。

穿过寂静空旷的舞厅，
疑虑和危险消失；
吹掉镜子上的蜘蛛网
终于看见你自己。

把手伸进护壁板后面，
你已尽力而为；
在那里找到削笔刀，插进
你虚伪的心。

1940 年

52

圣塞西莉亚节¹之歌

一

在花园树荫下，这位圣洁的女士

带着虔诚的韵律和巧妙的赞美诗，

像一只黑天鹅，当死神来临时

在完美的平静中倾诉她的歌声：

在大海的边缘，这个纯真的处女

制作了一架风琴来放大她的祈祷，

惊人的音符飘出她巨大的引擎

在罗马的上空轰鸣。

金发的阿佛洛狄忒兴奋地站起来，

感动于这旋律，

她全身赤裸，洁白如兰花

乘着牡蛎壳在海面游弋；

天使们随着迷人的乐声舞动

摆脱恍惚再次进入时间，

在地狱深渊的恶人身边

巨大的火焰闪烁，将他们的痛苦减轻。

---

1 圣塞西莉亚节（Saint Cecilia's Day），每年 11 月 22 日，基督教女殉道士圣塞西莉亚的纪念日，她被奉为音乐的保护圣徒。

神圣的塞西莉亚，请在梦幻中
向所有的乐手显身，给他们灵感：
升入天堂的女儿，请降临世间
以不灭之火惊动作曲的凡人。

二

我无法成长；
我没有影子
要逃避。
我只嬉戏

我不会犯错；
我不属于
任何一种造物，
也不会伤害谁。

我失败了
心里明白
现在的忍受
亦无济于事。

而你经历的一切，

不过是舞蹈，因为你

不再需要它

去做任何事。

我永远不会

不同。爱我吧。

三

噢，耳朵，你的造物不愿堕落，

噢，宁静的空间不怕负重，

悲伤就是她自己，

将青春期的笨拙彻底忘记，

在全然陌生的世界里，希望

从每一个过时的形象中被释放，

而恐惧生下来，就像野兽一样完整

进入一个永不改变的真理世界：

噢，重新安排、建造我们失落的岁月。

噢，可爱洁白的孩童，像鸟儿一样随意，

在残破的语言中嬉戏，

在令人困惑的巨大字词前，如此渺小，

在你所做的可怕的事物

更大的寂静中，如此快乐：

噢，低下头，浮躁的孩子有着巨大的头脑，

噢，哭吧，孩子，哭吧，噢，哭掉那污渍。

丧失纯真的人，希望你的爱人死去，

为你从未如愿的生活哭泣。

噢，罪孽之弓，拉响

我们颤抖的小提琴，如诉如泣。

噢，哭吧，孩子，哭吧，哭掉那污渍。

噢，我们心灵之鼓敲出法律

抵御我们理性意志的漫长冬季。

已经过去的，可能永不再来。

噢，长笛悸动，伴着病愈者

在死亡海岸上感恩的气息。

噢，祝福你从未选择的自由。

噢，无人看管的孩子

在他们内心敌人的堡垒旁吹响号角。

噢，带着你的苦难，像一朵玫瑰。

1940 年 7 月

53
探求

门

从中走出的是穷人的未来，

谜，刽子手和规矩，

发脾气的女王陛下，

或让傻子们显身为傻子的红鼻傻子。

暮色中，伟人们留意

寻找它可能不小心进入的过去，

一位寡妇，传教士般咧嘴一笑，

泡沫泛滥，肆虐咆哮。

恐惧时，我们把所有的一切都堆在上面，

死时，我们捶打它的板子：

碰巧打开过一次，

让巨大的爱丽丝看见仙境

在阳光下等她，

仅仅因为过于细小，惹哭了她。

准备

所有的物品，出发前几星期
就已从这类产品最好的公司订齐；
用来测量一切奇怪事件的工具，
还有用于活络肠道和心脏的药品。

当然还有一只手表，用来观察急躁情绪飞逝，
夜灯，遮阳墨镜；
出于预感，坚持要带一把枪，
还有彩色珠子，用来安抚野蛮的眼睛。

理论上，假如有险情
这些准备应该足以支撑；
不幸的是，他们却面对了另一番处境：

不应该给投毒者药水，
不应该给魔术师道具，
不应该给忧郁无聊的人枪支。

十字路口

曾在这里相遇拥抱的朋友们，已消失不见，
每人都各自犯错；一个人光彩耀眼

成名后在喧闹的谎言中毁灭，

另一个陷入乡下的麻木，

一些局部错误，需要时间瓦解：

空荡荡的路口，在阳光下闪烁。

所以，在所有的码头和十字路口：谁能说出，

哦，决定和告别的地点，

所有的冒险会导致怎样的耻辱，

怎样的离别礼物，能给那个朋友提供保护，

所以，他的救赎

需要邪恶的土地，凶险的方向？

所有的景色和天气，都因恐惧而冰冻，

没有人想过，传说中

允许的时间内不可能完成；

即使是最悲观的人

也会限定一年内犯错的次数。

那时还会留下怎样的朋友来背叛，

怎样的快乐，要用更长久来弥补？

又是谁，无需更多的时辰

就可以完成根本不需要花费时间的旅行？

旅行者

他郊区的卧室，没有窗户采光，
低烧，听见宽大的下午在嬉戏：
他的草场翻倍；磨坊却已消失，
从前在爱的背后碾磨终日。

他在疲惫的荒原上一路哭泣，
也没有找到城堡，那里囚禁着他的大圣徒们；
断桥令他止步，幽暗的灌木丛
环绕一座废墟，邪恶遗产已燃为灰烬。

如果能忘记一个孩子想长大的雄心
还有那些教唆洗白，撒谎的机构，
他便会讲出自觉太年轻而不该讲的真话，

这真话在他叹息的地平线上
到处一如既往，等着被告知
成为他父亲的房子，讲他的母语。

城市

在他们度过童年的村子里寻找
必然，他们早被教导

必然的本质都一样，
不管以什么方式，由谁来寻找。

而城市，并没有这样的信念，
欢迎每个人，仿佛他们孤身来临，
必然的本质就像悲伤
和他自己完全对应。

给予了他们那么多，每个人
都找到某种合适的诱惑控制自己；
安顿下来，掌握全部伎俩

作为小人物；午餐时间
坐在阳光下，围在喷泉边；
笑呵呵望着乡下来的孩子们。

第一个诱惑

羞于成为自己悲伤的宠儿
他加入了一个闹哄哄故事帮派
他的魔法天赋，很快让他成为酋长
统领所有孩子气的空中力量；

他把自己的饥饿变成了罗马的食物。

把小镇的不对称变成了公园；
出租车随时恭候；任何孤独
都变成他在黑暗中奉承的公爵夫人。

但如果他的愿望不那么宏大，
夜晚就像野兽一样跟在他身后
意味着伤害，所有的门都在喊小偷；

当真理遇见他，并伸出她的手
他惊慌失措却坚守自己崇高的信念
像个受虐待的孩子般退缩。

第二个诱惑

图书馆的模样让他恼火，
它平静地以为自己果真存在于那里；
他扔掉对手愚蠢的书籍，
气喘吁吁地爬上螺旋楼梯。

靠着栏杆，他摇摇晃晃地叫喊：
"噢，未被创造的虚无，让我自由，
现在，让你的完美得以确认，
无尽的激情之夜，与你同在。"

他长期受难的肉体，

一直感受到石头的简单渴望，

希望她的攀爬能带给他报偿，

他说现在她终于可以自己待着了

为了兑现承诺，

他跳向学院的方庭，断了气。

第三个诱惑

他全神贯注，留意

王子们怎样走路，妻子儿女们说些什么；

重新挖开他心中的旧坟，了解死者

究竟违背了怎样的法律。

他勉强得出这样的结论：

"所有坐在扶手椅上的哲学家，都很虚伪；

爱别人只会增加困惑；

怜悯之歌是魔鬼的华尔兹。"

顺从命运，一路顺畅

很快他就成了万物之王：

然而，他在秋天的噩梦中战栗，

看见有个人影，走过破败的走廊
扭曲的面容正是他自己，
那身影越来越高大，痛苦地哭泣。

塔

这座建筑，专为怪人设计；
于是，天堂遭到恐惧者的攻击，
一次，一位处女无意中
把她的处女膜暴露在神的面前。

胜利的世界沉睡在黑暗的夜晚，
失去的爱在抽象的思索中点燃，
被流放的意志重返政坛
史诗般的诗句，让叛徒们哭泣。

很多许愿之人，希望他们的塔是一口井；
因为害怕死于干渴之人会淹死，
看见一切之人会遁形：

这里，伟大的魔术师耽于自己的咒语
他们叹息着，渴望自然的天气
"当心魔法"，他们对路人提示。

自以为是者

他们注意到在任何场合
都要用童贞才能困住独角兽，
但那些成功的处女却并非如此，
她们当中的很多人都面容丑陋。

英雄和他们想象的一样无畏，
但英雄奇特的少年时代，谁都没有留意；
断了一条腿的天使教他学会
小心谨慎，以防万一。

于是，他们擅自前往
并非必须去的地方：
中途被困在山洞里
和沙漠狮群生活在一起；

或者转身，表现勇敢而荒谬，
遇到食人魔，被变成石头。

普通人

他的农村父母拼命劳作直到累死，

为了让他们的宝贝孩子离开贫瘠之地，
去找份体面的职业，
不必费力，就能变得富裕。

他们的雄心壮志，带来压力
让热爱乡村又害羞的孩子很胆怯，
任何朴素实用的工作都不让人满意，
只有英雄才配得到这样的爱。

于是他来到这里，没有地图或补给，
离任何像样的城镇都有一百英里；
沙漠盯着他充血的眼睛；

沉默中传来不悦的咆哮：他低下头
看见一个普通人的影子
试图出人头地，于是逃离。

职业

心存疑虑，他盯着那个被逗乐的官员
把他的名字写在
那些要求受苦却被拒绝的人名中间。

钢笔不再划拉：尽管他来得太晚

无法加入烈士的行列，但还有一个位置
充当诱惑者，用刻薄的话语

讲述伟人的小小失败
来考验年轻人的决心，
再用讽刺的赞美，羞辱渴求之人。

也许暂时，镜子可能令人讨厌，
女人和书籍教导他，人到中年
要学会灵活的剑击机智
跟那些沉默保持距离，
把内心的狂热囚于世俗的笑意。

有用的

过于逻辑的人迷恋上女巫，
她的论点把他变成石头；
小偷们飞快吸收过于富有的人；
过于受欢迎的人独自发疯，
亲吻让过于男性的人变得残忍。

作为代理人，他们很快就会失效；
然而，与他们表面的失败成比例，
对于那些仍遵从其意愿的人来说

他们的工具价值上升。

摸着竖立的石头，盲人可以探路，
野狗迫使懦弱的人抗争，
乞丐帮助迟缓的人轻装上阵，
即使疯子，也能用孤寂的胡言乱语
将不受欢迎的真相传递。

道

道的大百科全书
每天都在出版新的附录。

语言备注，科学解释，
学校的课本附有现代的拼写和插图。

如今大家都知道，英雄必须选择老骥，
戒酒，禁欲

善待搁浅的鱼：
现在每个人都认为，只要有心就能找到

那条道，穿过荒野通往岩石里的小教堂
去看三道彩虹，或星体时钟。

忘记了他的信息大多来自已婚男士，

他们喜欢钓鱼，偶尔还会赌马。

通过自我观察，然后插入一个"不"字

可信么，如此获得的真理？

幸运者

假如他听了博学的委员会的建议，

他只会发现无需关注之处；

假如猎犬听从了他的口哨

它不会挖出被掩埋的城市；

假如他解雇了粗心的女仆，

密码就不会掉出那本书。

"那不是我"，他喊道，身体硬朗，表情震惊，

他跨过前人的头骨；

"我脑子里突然蹦出一个荒谬的小调

却让智慧的斯芬克斯目瞪口呆；

我赢得了女王，因为我红发飘飘；

可怕的冒险有点儿无聊。"

失败者的折磨就在于此："我注定活该？

或者，若诚信恩典，我就不会失败？"

英雄

他回避开他们抛出的每一个问题：
"皇帝对你说了什么？""别逼我。"
"世界上最伟大的奇迹是什么？"
"乞丐的灌木丛中，无衣遮体。"

有人嘀咕道："他谨言慎行。
英雄对自己的声名负有责任。
他看上去太像杂货商了，不值得尊敬。"
很快，他们开始称呼他的教名。

和那些从未冒过生命危险的人相比
唯一能看出的区别
是他喜欢日常和细节。

因为他总是很乐意收拾草坪，
把大瓶子里的液体倒入小瓶子，
或者透过彩色玻璃碎片，看云。

冒险

之前也有人向左急转，
但只是迫于外界的抗议；
法律禁止强盗心怀怨恨，
麻风病人对恐惧者恐惧。

如今没别的人指控这些是犯罪；
他们看上去没病：老友们，撑不住了，
目光呆滞，从谈话和时间滚开，
就像弹珠，滚进了空白和沉寂。

人群越来越依附惯例，
阳光和马匹，偶数应该忽略奇数
理智的人明白其中的道理：

自由之人不会提及无名者；
别去看逃遁的上帝的脸
成功之人从不做这样的尝试，

冒险家们

像陀螺一样在他们的核心渴望上旋转，
朝着干旱，他们走上一条消极的路；

在空空如也的天空下，空空的洞穴边，
他们倒空了自己的记忆，如同污水

他们干枯死去，形成肮脏的沼泽，
那里滋生的怪物，强迫他们忘记
他们同意回避的爱人；然而
他们还在用最后一口气将荒诞赞美，

他们创造了奇迹：
各种奇形怪状的诱惑
成为某个画家的灵感，让他满心欢喜；

不孕的妻子们和燃烧的处女们来了
喝他们井里纯净的凉水，
希望以他们的名义得到情郎和孩子。

水

诗人，祭司和才子
就像不成功的垂钓者
坐在知觉的池塘边，
用错误的要求做诱饵
诱骗他们感兴趣的载体；
夜幕降临，说出垂钓者的谎言。

时间的暴风雨无所不在，
圣洁和虚伪之人
依附在脆弱的假想木筏上；
暴怒的现象
淹没受难者，以及苦难
以势不可挡的巨浪。

水渴望听到我们提出的问题
给出他们渴望的答案，但是。

花园

在这些大门里，一切都开始盛开：
白色在绿色和红色间叫喊，闪耀，
孩子们在玩七宗罪游戏
狗子们认为它们的高要求已死掉。

这里的青春期变成了数字，打破了时间
在石头上画下的完美的圆，
肉体原谅了分裂，它把另一个
同意的瞬间变成自己的。

所有的旅程都在这里结束；愿望和重量被移开：

这里常常围绕老处女的哀伤，
玫瑰抛掷荣耀，像斗篷一样，

憔悴而伟大，以健谈著称
在黄昏的注视中，他们一边说话，一边脸红，
感觉他们的意志中心已被转动。

1940 年夏天

54
但我不能

时间只会说：我早就告诉过你，
时间只知道我们要付出的代价；
如果我能告诉你，我会让你知悉。

如果我们在小丑们表演时哭泣，
如果我们在乐手们演奏时跌倒，
时间只会说：我早就告诉过你。

尽管没有什么命可算，何必
因为我对你的爱言词无以复加，
如果我能告诉你，我会让你知悉。

风吹过来，一定来自某地，
树叶枯萎，一定有其缘由；
时间只会说：我早就告诉过你。

也许玫瑰真的要长起，
幻象真的打算长留；
如果我能告诉你，我会让你知悉。

假如狮子们都起身别离，

所有的小溪和士兵都逃走；

时间只会说：我早就告诉过你？

如果我能告诉你，我会让你知悉。

1940 年 10 月

55
无论是生病还是健康 [1]

（致莫里斯和格温·曼德尔鲍姆）

亲爱的，所有以嘴唇为手指的仁慈

如果不乞求宽恕，那么都只是噪音，

　　醉酒的宴席上，悲伤表演脱衣舞

为一些耀眼的总则服务：

现在，我们比以往更清楚

听到凶年可怕的拖沓脚步，

当黑狗跳上个人的后背，

发出咆哮——我们所有的感觉。

阴暗的天才非常明白

何种饥荒的法典，能够掌管

　　那些口齿不清的荒原，

我们号叫的欲望住在那里：亲爱的，

不要轻率地以为能把他推翻；

噢，什么也不要承诺，

直到你明白，那失恋的眼睛所提供的王国

不过是一片秃鹰、病牛和死蝇之地。

1　基督教传统的婚礼用语，牧师让双方发誓无论是生病还是健康，都要一生相拥为伴。

多么具有传染性，它的荒凉，

在爱的想象中，不知不觉

　　跳出来怎样的毁灭形象

赶走那些城堡和熊；

构成我们世界的镜子多么扭曲；

怎样的军队会焚毁荣誉，

将我们的秩序意志降解为热废物；

多少东西被打碎，再也无法弥补。

噢，谁也别再说我爱，除非你有意识

需要多么巨大的资源，才能培育

　　一粒毁灭的灰尘，一根细小的发丝

能在宇宙中投下阴影：

我们是聋子，被囚禁于

响亮而陌生的反抗语言里，

成为一群窃手偷嘴之人，出于担忧

学会一种更安全的生活，却非我们所能承受。

自然的天性，终结于非自然：

像两座瀑布彼此呼应，

　　特里斯坦，伊索尔德[1]，伟大的朋友，

从激情的障碍中汲取激情：

1　特里斯坦（Tristan）和伊索尔德（Isolde），欧洲骑士文学中的
经典之作，最初流传于古代不列颠与爱尔兰，与《罗密欧与朱丽叶》
并称西方两大爱情经典。

惬意地推迟他们的喜悦

延长沮丧，持续了一整夜，

然后毁灭，以免布兰甘妮[1]世俗的叫声

会让他们从头脑的狂喜中清醒。

但临死时，召唤出他们的对立人物。

唐璜，他如此怕死，每时每刻

   总听到他们对死亡的推介，

不知该如何反驳；

困在他们邪恶的感情里，他必须找到天使

保持自己的贞洁；一个无助而盲目

不开心的幽灵，经常在小便池出没，

存在，仅仅因为他们的奇迹。

那个三段论的噩梦，必须

拒绝不听话的阳具，

   接受剑；爱自己的人们收藏，

厄洛斯在政治上备受崇拜：

新马基雅维利[2]们在空中翱翔

表达一种形而上的绝望，

谋杀他们最后的感官淫乐，

在一个激情的否定中谋杀所有的激情。

1　布兰甘妮（Brangaene），伊索尔德的女仆。

2　尼科洛·马基雅维利（Niccolò Machiavelli，1469—1527），意大利政治思想家和历史学家，他的思想备受争议，公评两极分化，被称为"现代政治学之父"，同时也被称为"最凶残的马基雅维利"。

亲爱的，我们总是错的，

笨拙地应对我们愚蠢的生活，

　　受苦太少，或太久，

即使在我们自私的爱中，也过于小心翼翼：

我们所遵从的装饰性狂热

每天都在我们周围痛苦地死去，

然而，从他们的混沌中传来一个声音

它说出一个荒谬的指令——喜乐。

喜乐。怎样的天才能想出如此权宜之计

用零碎之物拼凑出有生命的主体？

　　怎样的教师耐心

教会全神贯注的野蛮元素

舞出隔离的魅力？

谁向旋风展示如何成为一只手臂，

在空间的荒野中开垦

一张可爱脸庞的感官属性？

喜乐，亲爱的，在爱的命令中喜乐；

所有的机会，所有的爱，所有的逻辑，你和我，

　　因荒谬的恩典而存在，

没有蓄意的诡计，我们会死去：

噢，免得我们用肉体

重新制造我们的神性的谎言，

现在围绕我们混乱的恶意，
描绘出一个誓言任意的圆圈。

心灵的围巾、操控板和扶手椅
也许一幅静物画，可以由它们构成
　　人类堕落的问题
抵抗让它生病的梦，
不是出于选择，而是同意：亲爱的，
祈求那爱吧，把需要当作游戏，
做我们必须做却无法独自完成的事，
把你的孤独和我的孤独放在一起。

那个理由也许不会强迫我们
犯下高尚之罪，升华
　　以赞美的方式诅咒灵魂，
强迫我们的欲望，噢，创造的本质，
永远在您的要旨中寻找您，
直到那些职责的履行
我们的身体，您那不透明的谜
构建出您透明的正义。

唯恐动物的偏见会拒绝我们
对您完美的期望，不能把您
　　和您的东西等同为一体，崇拜鱼，
或坚实的苹果，或摇曳的天空，

我们的智力运动，和您的光一起

强烈地震动，爱，刺激，

我们从青苔安详生长之地

散发出的宁静，无人知悉。

我们发誓，这忠诚的圆圆的○

永远不会凋零成空

　　也不会凝固成方形，

单纯的感情习惯，会冻结我们的思想

在他们的惰性社会，唯恐我们

嘲弄美德，用虚伪的模仿，

把我们的爱视为理所应当，

爱，总允许诱惑将其置之于险境。

以免，我们有瑕疵的风景

在浪漫而古老的月光下模糊不清，

　　在古德温暗沙 [1] 开店，我们可以尝试

作为恋人，我们也可以清醒地相爱，

噢，命运，噢，幸福之吻，

对我们来说依然幽冥，神秘：

让我们免于妄自尊大和拖延；

噢，让我们遵循自愿的方式。

1940 年秋天？

1　古德温暗沙（Goodwin Sands），多佛海峡北海口处一系列危险的暗礁，常有船只在此失事。

56

兰花，天鹅和恺撒躺着
被塞进他们黑暗愚蠢
普普通通的箱子里：
让每个人都厌倦的时间
锈蚀了所有的锁，
钥匙被扔掉，为了好玩。

激流在裂缝中嘲弄着
先知们，在过去的日子
他们从每一次的哭泣中获利，
现在谁都不受欢迎了；
一种愚蠢的语言震惊了诗人，
他们只会双关语。

寂静笼罩着时钟；
哺乳的母亲们
用诡秘的食指指向天空，
夕阳染出一片猩红；
在狐狸谷
一根枪管闪烁。

曾经，我们可以修建码头，

现在要飞，已经太迟；

曾经，我和你

经常做那些我们不该做的事；

衣衫褴褛，粗鲁的二流子

绕着满山的崎岖岩石，奔来跑去。

1941 年 1 月

57

亚特兰蒂斯 [1]

打定了主意

  要去亚特兰蒂斯，

当然，你已经发现

  今年，只有那艘愚人船

会走这条航线，

预知会遇上

  一群怪人，所以

  你必须做好准备

要想成为"男孩儿"中的成员

  你要表现得足够荒谬，

至少看上去很喜欢

  烈酒，胡闹和噪音。

暴风雨很可能会发生，

  把你驱赶到爱奥尼亚 [2]

1　亚特兰蒂斯（Atlantis），传说中拥有高度文明的古老大陆、国家或城邦之名，位于欧洲到直布罗陀海峡附近的大西洋岛。最早的描述出现于古希腊哲学家柏拉图的著作《对话录》里，据称其在公元前一万年被史前大洪水毁灭。

2　爱奥尼亚（Ionia），小亚细亚西岸地名，古希腊殖民地，哲学中以泰勒斯（Thales）、阿那克西曼德（Anaximander）、阿那克西美尼（Anaximenes）、赫拉克利特（Heraclitus）、阿那克萨哥拉（Anaxagoras）和阿基劳斯（Archelaus）为代表的爱奥尼亚学派发源地。

某个古老的港口城市

    抛锚一个星期，

和当地的学者们聊聊，他们很机智

已经证明，不可能存在

    亚特兰蒂斯这样的地方：

    学习他们的逻辑，但请留意

他们巨大而简单的悲哀

    如何微妙地暴露出来；

他们会教导你怀疑之道

    怀疑你本会信以为真的东西。

要是后来，你搁浅

    在色雷斯[1]的岬角，

那里整夜都燃着火把，

    赤身裸体的蛮族

伴着海螺和不和谐的锣声

疯狂地跳跃；

    在遍地石头的荒蛮海岸

    脱光你的衣服跳舞吧，

除非你能

    彻底忘掉亚特兰蒂斯，

否则，你永远不会

    结束你的旅程。

1　色雷斯（Thrace），东南欧的历史学和地理学上的概念，巴尔干半岛的一个地区，曾被古罗马人吞并，作为帝国的一个行省。

还有啊，你应该去

　快乐的迦太基[1]或科林斯[2]，

加入他们无尽的狂欢；

　要是在酒吧遇到个妓女，

她会抚着你的头发说：

"这里就是亚特兰蒂斯，亲爱的，"

　你要用心倾听

　她的人生故事：

除非你现在非常熟悉

　每一个避难所，它们都试图

假冒亚特兰蒂斯，你怎能

　辨别真伪？

假设你终于靠岸了

　在亚特兰蒂斯附近，开始

可怕的内陆跋涉

　穿过肮脏的树林，冰冻的

苔原，那里的一切转瞬即逝；

如果，被遗弃，你站着

　四处碰壁，

1　迦太基（Carthage），古城，位于今北非突尼斯北部。公元前九世纪末，腓尼基人在此建立殖民城邦，公元前七世纪，发展为强大的奴隶制国家，首都迦太基城（今突尼斯城）。
2　科林斯（Corinth），位于伯罗奔尼撒半岛的东北，临科林斯湾，是贸易和交通要地，同时也是战略重地。

石头和血，寂静和空气，

噢，记住那些逝去的伟人，

　　尊重你的命运，

旅行，受尽磨难，

　　辩证而怪诞。

蹒跚前行，却满心欢喜；

　　即使真的

到达最后一个山坳

　　你跌倒了，

整个亚特兰蒂斯

在你的脚下闪闪发亮

　　你无法下山，

　　依然应该自豪

即使仅仅是获准于诗意的幻象

　　瞥见一眼亚特兰蒂斯：

目睹了你的救赎，

　　感恩，然后平静地躺倒。

所有那些小家神[1]

　　都哭了起来，现在

说再见吧，然后出海。

　　再会，亲爱的，再会：

---

[1]　家神（household gods），守护家宅的神祇，出自远古宗教信仰，一度流行于全世界不同地区。

愿道路之神赫耳墨斯[1]，

还有四个小矮人卡比力[2]

　　永远服务护佑你；

　　愿永在之神

当你做所有必行之事时

　　提供无形的指引，

仰起头，亲爱的，

　　他的面容正照亮你。

1941 年 1 月

1　赫尔墨斯（Hermes），古希腊神话中的商业、旅者、小偷和畜牧之神，也是众神的使者，奥林匹斯十二主神之一。

2　卡比力（Cabiri，奥登拼写为 Kabiri），一群神，可能起源于亚洲，在古希腊各地被秘密地崇拜，崇拜中心在萨莫色雷斯和底比斯。

58

在亨利·詹姆斯[1]墓前

雪，不像大理石那样顽强，

把对洁白的守护，留给了这些墓碑；

　　我脚下的池塘，现在盈满蓝色，

呼应着天上的流云，无论

鸟儿或哀悼者，如何评论

　　逝去的瞬间，它们都会重复。

而那些岩石，以奇异的空间命名，

曾经游荡于其中的形象

　　让所有人颤抖，感觉被冒犯，

站在这里，站在天真的静谧之中，每个人都标记出

那个地点，又有一系列错误丧失了它的唯一性

　　不再有新奇感。

当沉思的话语被用来交换树木

这种交易对谁真的有利？

　　对于缺席者，什么样的生活场景

才是正义的？哦，正午只反省自身，

1　亨利·詹姆斯（Henry James，1843—1916），美国小说家、文学批评家、剧作家和散文家，其创作对 20 世纪崛起的现代派及后现代派文学有着非常巨大的影响。

那块沉默寡言的小石碑，只有它
　　见证了一位健谈的伟人

它并不比我无知的影子更有判断力，
可憎的比较或遥远的时钟
　　挑战并干扰心灵对时间的即时解读，
时间是一个温暖的谜，
已不在你的身体里，
　　而我为你奉上我自己的欢呼。

惊扰我恐惧而笨拙的脚步，
被你认出，让我脸红难堪
　　是这可疑时刻的既成事实：
哦，桀骜省份的严厉总督，
哦，困难的诗人，亲爱的上瘾的艺术家，
　　同意我的鲜花和土地。

我醒来站在太阳能的织物上，
那部主要的机器——大地，
　　宪兵、银行和阿司匹林以它为前提，
笨拙和悲伤的人都坐在上面，
还有那些对美色打哈哈的人，
　　主人和玫瑰共同的所在地。

我们的剧院，绞刑台，情色之城，

那里所有孱弱的物种

　　都是身体渴望入侵行为的伴侣，

虽然孤独地死去对肉体来说是必须的，

而自我否定的隐士会在它靠近时飞去

　　就像食肉动物进入洞穴。

它的复数可以在意义上统一，

它粗鄙的舌头解开

　　不恰当连词的混乱头绪，

现在睁开我的眼睛，看看它所暗示的所有重要形式，

竖起我的耳朵，在辉煌的喧嚣声中

　　察觉死者的低语。

哦，讽刺的是，住在我生活中心的，

一半是祖先，一半是孩子；因为真实的自我

　　时间绕着他飞速旋转，

如此害怕它的动作可能造成的后果，

最重要的戏份开始时，

　　演员却不在场。唯有过去出现，

周围只有死去的人，

带着继承来的一些零七八碎，

　　一个接着一个，我们被激发到生命中

去寻找那个看不见的目标，在那里，我们，

所有模棱两可的判断，在一声哀叹或欢呼中

得以评判和裁定。

只有未出生者才会注意到这场灾难，
虽然这对美好的风仪没什么影响，
　　当欲望之鸟啼鸣，
自尊是他平时有趣的自我，
从平淡无奇时刻的丛林中
　　跳出柔韧的阴影。

现在非比往昔，当火把和套圈鼓
让蜥蜴大脑里的矮胖女人兴奋起来
　　直到一群恐怖的暴徒
随意侮辱地闯入任何地方，我们的梦里
猪猡在风琴上演奏，蓝天尖叫逃跑
　　末日裂缝显露。

需要善良的鬼魂，它们的微妙之爱
具有白色魔法。战争没有歧义
　　如同婚姻；它致命案例所要求的结局
简单而悲伤，物理上清除掉
所有把困难隐藏起来的
　　人类目标。

请记住我，我也会记住
我们必须学会为之战栗的考验

不是历史事件，

无论是噩梦的低级民主，

还是军队的原始整洁，都不能

　　骗过我，那种灾难性的局面，

我们的困境，

胜利或失败都无法改变；

　　瘸腿瞎眼，却渴望大善之地，

耳聋却执意要歌唱，

极度堕落，却又可悲地

　　被真正高贵的事物所吸引。

难道我不该特别祝福你吗，

当我为自己的低级小问题而烦恼，

　　今天，我站在你长眠的床边，张开热情的怀抱

迎向你的守护天使，而它奔向你

带着压倒性的理由

　　在它心中美丽地哀告？

噢，你的手多么纯真

服从那些帮助孩子玩耍的正式规定，

　　而你的心，像精致的修女

那样挑剔，保持着你

清醒天赋的罕见高贵，由于其自身原因

　　忽略了愤愤不平的众人。

对一切不能被简化或被偷走的东西，

他们的反刍式仇恨仍在蔓延；

　　任何死亡都无法平息它的贪欲

去诋毁优美的风景，看见

个人的心脏停止收缩，

　　高大的人化为灰烬。

主啊，求你保护我不受它模糊的煽动；

以你自律的形象，让我

　　免于令人愉悦的错误，

漩涡般混乱的席卷，以免比例

耸动她编辑般的肩膀，把高山寒意

　　落满我随意的即兴歌曲。

建议；这样我可以将我的混乱

划分为具有展望价值的区域：同意；

　　然后我可以轻盈地、轻盈地

舞过显而易见的边界，

不再在小展览邂逅的旧口袋里摸索，

　　不再因无关紧要而闹事。

不再给鹅穿鞋，用水灌桩，

在我的日子，我把真理的谷物送进粮仓，

　　苦难终于和它们失散已久的兄弟

在无人持有异议的节日

及激动的即刻睡眠里

　　一起欢跃。

从闪闪发亮的低地，进入这座城市

风吹过，月光下裸露的头骨，

　　与新鲜的废墟发出低语。

希望，在今春的禁闭中将不复存在

鲜血和火焰，夜色中行走的恐惧

　　以及病痛，总是在正午发动攻击。

所有人都将接受审判。精通细微差别和顾忌的大师

为我，和所有在世或已逝的作家们，祈祷吧；

　　因为很多人的作品

比他们的生活更有品位；因为

我们的职业虚荣永无止境：

　　要为所有文人的背叛讲情。

因为黑暗从未如此遥远，

傲慢的灵魂，从未有足够的时间

　　煽动它的翼翅，

或是让折断的骨头欢喜，让残忍的人为他哭泣，

他从来都以怜悯为本，写作并奉献

　　所有美好的东西。

　　　　　　　　　　　　　　1941 年春天？

59

人世与孩童

（致阿尔伯特和安吉琳·史蒂文斯）

踢着他母亲，直到她放开他的灵魂
让他胃口大开：显然，在新秩序中
　　她的角色必须是
免费给他提供原材料；
　　如果出现短缺，
她将被追责；她还承诺
在他小时会一直细心照料。
　　口头承诺平静后，

一只手紧握在脑后，脚后跟蜷向大腿，
骄傲的小怪物打起盹来，
　　也随时准备好
轻而易举拿下整个世界，
　　或温柔轻推根本推不动的东西，
下定决心，不惜一切代价，也要夺取最高权力
发誓要统领一切力量
　　对抗暴政至死。

一个泛神论者，而非唯我论者，他和宇宙中
巨大嘈杂的情感状态合拍，
　　不用费心把它们放置在

什么特别的地方，因为在他眼里

　　鬼脸或大象

没有任何意义。他对"我"和"我们"的区分

只是味道不同；他的季节分为干、湿两季；

　　他用嘴巴思考问题。

他大嗓门的特征，只有最伟大的圣人

才会具备——从不说谎；

　　因为他无法从生动的当前

停下去思考，

　　而他们已把过去的反思

及时变为热切的服从。我们都有一个

少男遇见少女的镜像时期，需要蒙混过关，

　　没有休息，没有快乐。

因此，我们爱他，因为他的判断

是如此坦率主观，他的责怪

　　不带个人伤害。我们绝不敢

把自己的无助当作一笔好交易，

　　除非我们至少答应

克服我们归咎于历史、银行或天气的

不幸；但这只野兽

　　却敢毫无羞耻地生存。

让他用最高的嗓门来赞美我们的造物主，

然后是他肠道的蠕动；让我们欢呼，

　　他让我们充满希望，

他可能永远不会成为时尚

　　或重要的人物：

不管他可能有多坏，至少目前还没发疯；

不管我们现在是谁，我们在他这个年纪也不比他差；

　　所以当他简直要把房子吼塌时，

我们当然应该感到高兴。难道他没有这样的权力

时刻提醒我们，我们是多么

　　理所当然地期待对方

上楼或散步，如果我们必须

　　为打翻的牛奶哭泣，我们的愿望如此

那么显然我们永远也不可能高于

其中之一或两者，我们从未学会

　　如何区分饥饿和爱？

　　　　　　　　　　　　　　1942 年 8 月？

60
教训

第一个梦，梦里我们疲于奔命，
逃难；爆发了内战，
山谷里满是小偷和受伤的熊。

我们身后的农场火光冲天；向右转身，
我们马上来到一所高大的房前，
门户大开，等待失散已久的继承人。

一位上了年纪的文书坐在卧室楼梯上
写着什么；我们蹑手蹑脚地走过他身旁，
他抬起头，结结巴巴说："走开。"
我们哭着祈求留下来：

他擦了擦夹鼻眼镜，犹豫了一下，
然后说不行，他无权允许我们离开；
我们的生活没有秩序；我们必须离去。

***

第二个梦发生在五月的树林；

我们一直在笑；你蓝色的眼睛很亲切，
你赤身裸体，完美无缺。

我们的嘴唇相遇，祝福天下太平；
但在它们强烈的冲击下，倏然的火焰和大风
把你卷走，让我孤单一人

聚焦广阔的荒野；
一片死寂，干巴巴的，
那里一切都不会受苦，不会犯罪，也不会成长。
我独自坐在一张高椅上，
像个小主人，询问为什么
我手中冰冷坚硬的东西
应该是一只人手，一只你的手。

***

最后的梦是这样的：我们要去
参加一个盛大的宴会，一场庆功舞会
在经历过某项比赛或危险的测试之后。

只有我们的座椅有天鹅绒靠垫，所以
肯定是我们赢了；虽然每个人都有王冠
只有我们的是金子做的，其他人的都是纸糊的。

哦，每一位著名嘉宾，要么标致，要么滑稽。

爱隔着无价的玻璃对勇气微笑，

数以百计的烟火死亡，以表达

我们饱学的粗心大意。

乐队开始表演；在绿色的草坪上

一大群纸糊的王冠起来跳舞：

我们的王冠太重了；我们没有跳舞。

***

我醒了。你不在那里。当我穿衣时

焦虑变成了羞愧，觉得这三个梦

都意味着一种责备。因为其中有哪个

难道没用自己的方式，尝试教诲

我爱你的意志：并非如我所想的如此重要，

不是人们想要什么，

就会得到什么。

1942 年 10 月

61
海与镜

莎士比亚《暴风雨》[1] 剧评

（致詹姆斯和塔尼亚·斯特恩）

我崇拜，有什么错吗，

信仰不会怀疑，希望不会绝望，

既然我自己的灵魂能满足我的祈祷？

幻象之神啊，请为我恳求，

告诉我为什么我选择了你。

艾米莉·勃朗特[2]

---

1 《暴风雨》基本剧情如下：米兰公爵普罗斯佩罗（Prospero）一心读书，不理政事，终于被其弟安东尼奥（Antonio）在那不勒斯王阿朗索（Alonso）帮助下夺权篡位。普罗斯佩罗和襁褓中的独生女米兰达（Miranda）一起坐船逃跑，流落到远方一座荒岛上生活。凭借从秘籍中学到的巫术，普罗斯佩罗让岛上的半人半兽卡利班（Caliban）成为奴隶，精灵阿里尔（Ariel）成为他的耳目和仆人。后来，他让阿里尔制造一场暴风雨，将经过附近的阿朗索及其子费迪南德（Ferdinand），还有随行的安东尼奥等人的船只引到荒岛，他自己再设法让费迪南德和米兰达订婚。《暴风雨》以普罗斯佩罗恢复爵位，宽宥仇敌，重回故里，米兰达和费迪南德返乡成婚，而阿里尔获得自由为结局。剧中其他人物还有阿朗索的胞弟塞巴斯蒂安（Sebastian）、顾问贡札罗（Gonzalo）、管家斯蒂番诺（Stephano）和伶人屈林鸠罗（Trinculo）等。
2 艾米莉·简·勃朗特（Emily Jane Brontë，1818—1848），英国作家、诗人，著名的勃朗特三姐妹之一，《呼啸山庄》的作者。

前言

（舞台监督对评论家说）

老人们喘着气，
为这对冷漠的夫妇
在钢丝上跳华尔兹
仿佛没有死亡这回事
也没有可能摔下去；

伤者哭泣，小丑
让意思双关，还有啊
亲爱的小孩们开心笑着
鼓声响起，可爱的女士
被锯成两截。

噢，怎样的权威
给存在以惊喜？
科学很乐于解释
萦绕我们生命的幽灵
善用镜子和细绳，
那首歌，糖和火，
勇气和诱人的眼神
有承受痛苦的天资。

266

但究竟如何养成一个人的习惯？
我们的惊奇和恐惧一成不变。

艺术睁开最可疑的眼睛
打量肉体和魔鬼，它们
加热诱惑之室，
英雄们在里面咆哮而死。
我们现在流下同情的泪水；
谢谢今晚的款待；但是现在
我们相见该如何满足，
在"我应该"和"我愿意"之间，
狮子饥饿之口大张，
没有隐喻可以填满？

他在自己的后院
难道还没有敞开心扉
说出他无法引用的微笑的秘密？
这说明吟游诗人
很清醒，他写下
我们所热爱的这个事实的世界
不过是虚无一片：
其余的都是沉默
在墙的另一面；
沉默即成熟，
成熟即一切。

一 普罗斯佩罗对阿里尔说

陪着我，阿里尔，我收拾行李，用你首次自由行为
　　让我高兴地离开；分享我辞隐的想法
既然你已满足了我狂欢的愿望：那么，勇敢的灵魂，
　　对于你还有歌和勇气的年纪，对于我
暂时是米兰，然后是大地。总之，事情变得
　　比我预期的或应得的更好；
我很高兴我没有恢复公爵爵位，现在
　　我不再想要了；我很高兴米兰达
不再留意我了；我很高兴我给了你自由
　　所以我终于可以真正相信我会死掉。
因为在你的影响下，死亡是不可想象的：
　　在冬日树林里散步时，一只鸟的干尸
用新奇的图像刺激了视网膜，
　　一个陌生人，在喧闹的大街上无声地倒下
会引发活跃的猜测，
　　每当某个可爱的肉体消失
即将到来的悲伤才是真实的；感谢你的服务，
　　孤独和不快乐的人都活生生的。
而现在，所有这些笨重的书籍对我来说都没用了，因为
　　我去的地方，言语没有分量：那么我最好
把它们迷人的忠告

交给大海，无声地消融

大海不会滥用任何东西，因为它认为任何东西都没有价
值；

而人类却高估了一切

然而，当他得知价格与他的估值挂钩时，

又痛苦地抱怨他被毁了，当然，他的确被毁了。

所以国王们会觉得奇怪，他们有一百万臣民

却无人分享思想，而诱惑者

的确迷惑于没有能力去爱

尽管可以占有；所以，很久以前

在一艘敞篷船上，我哭泣着放弃了一座城市，

共同的温暖，感人的物质，作为

和阴影打交道的礼物。如果年老

确实和年轻一样邪恶，只是看起来更聪明，

那是因为青春还相信

能摆脱一切，而年老

却深知什么也无法摆脱：

孩子跑到花园里去玩耍，

确信家具会继续他的思考课程，

五十年后，如果他还玩耍，

会首先请求它善意的许可，得到原谅。

当我醒来进入我的生命——哭泣的侏儒，

巨人们只是随意地侍奉我，我不是我看起来的那样；

在他们忙碌的身后，我施放魔法

骑马离开了一位父亲不完美的正义，

　　因为罗马人的语法而报复他们，

篡夺民众的土地，永远抹去

　　作为芸芸众生中一员的莫大侮辱：

现在，阿里尔，我就是我，你过去的孤独的主人，

　　现在，谁知道魔法是什么：来自幻灭

使人着迷的力量。书本所能教给我们的

　　是大多数欲望终结于臭气熏天的池塘，

而我们只需学会静坐，不下命令。

　　让你把你的回声和镜子奉献给我们；

我们只要相信你，你就不敢说谎；

　　不必询问，你平静的眼神

就会立即清楚地证明忧虑和混乱，

　　所有我们所不是的，都在回头看我们是什么。在你的
陪伴下

所有的事物可以是它们自己：历史事迹

　　卸下他们的傲慢，谈起寒酸的童年，

当时他们所渴望的，只是加入那个折磨他们的

　　怀疑帮派；阴沉的疾病

忘记了他们可怕的外表，还开些愚蠢的玩笑；

　　这回，愚蠢的善良没让人厌烦。

除了你，没谁具有足够的胆识和眼光

　　去找到那些空地，那里，害羞的侮辱

在阳光明媚的午后嬉戏，凌晨

　　伤痕累累的暴戾的忧愁无声地来到水坑：

除了你，没人能可靠地提供关于地狱的消息；

当你吹着口哨跳过去，有毒的怨恨

在你不反抗的双脚上蔓延，

让你无法控制地眩晕，

因为它闻不到羞耻，没必要攻击。

只要有一次，能看到大自然

真实的永恒芳容，

他怎能不陷入情网？

举起你的镜子，孩子，帮你

那些庸俗的朋友一个忙：

不过，只看一眼就够了；

对于那些不真诚的人，

一座没有遮羞布的雕像

总让他们嗅到色情。

直截了当，告诉我火热的心

它的宠儿爱着别人，

但还是换个中性话题吧，

比如这个房间里的绘画，

宗教，或天气；

纯粹的学术研究，地点和时间，

多久一次，和谁一起，

玩耍，不就是为了激情吗？

快乐的哥哥。

坦率地面对我们的异教徒敌人，

　　因为罗马终将灭亡

如果你淡化喧闹的野兽；

用四个字母的平实词汇来描述

　　她身上的这条龙：

如果我们的乞丐们询问成本，

　　那就像鸟儿一样吹吹口哨；

即使是教皇或恺撒，

　　他们敢知道信仰和荣誉的代价吗？

今天我自由了，不再需要你的自由：

我想，你现在要去寻找可能的受害者了；

　　人群追逐脚踝，孤独的人跟踪荣誉，

某个狂热的年轻人，在可爱的花丛中谋反，

　　与他英俊的嫉妒交谈，

一位守时丰满的法官，一位蝇量级的隐士，

　　在梦幻花园里，时间永远在外面——

用他们自以为是的鼻子荒谬地引导。

　　你生性恶毒吗？我不知道。

也许你只是没能力做任何事情，或者

　　无法独自生活，而且，尽管你满脸苦笑，

你可能会暗自痛苦焦灼

　　如果没有主人需要你做你需要的工作。

你所有的把戏都是测试吗？如果是这样，我希望你

下次能找到某个你看不到弱点的人，
你可以用你的美丽腐蚀他。你腐蚀了我

你拥有了我：感谢我们俩，我已打破
当学徒时许下的两个承诺：

不恨任何东西，也不求任何爱。
只靠我自己，引诱了安东尼奥背叛；

然而，这是可以澄清的；我俩都知道，
我俩都错了，谁都不需要道歉：

但我挥之不去的耻辱，依然是卡利班。
我们做到了，阿里尔，我们俩；你在我身上

找到了绝对忠诚的愿望；
结果是残骸散落在杂草中，无法恢复原状。

我的尊严被一个弟子的诅咒摧毁，
我将进入坟墓，心知肚明却无能为力。

那些放肆的孩子们，最近像一群神
摇摇摆摆地从海里出来，我想，他们已经

被自己的魔鬼追逐变成了人：
除了我，他们宽恕所有的人。阿朗索不再沉闷；

软弱的塞巴斯蒂安
将来会对他懒惰的良心更有耐心——毕竟，这很值得；

斯蒂番诺，蜷缩到只剩肚子，一个小小的
但很繁荣的王国；陈腐的屈林鸠罗

免费得到一套全新的故事，
我们年轻的一代感受到独立的欢喜。

他们的眼睛又大又蓝，充满爱意；

那光芒让我们都焕然一新：是的，今天一切看起来都很

轻松。

　　费迪南德会喜欢米兰达吗

熟悉如一只长袜？而米兰达

　　不再是一只傻傻的痴情小鹅，

当费迪南德和他勇敢的世界成为她的事业，

　　她会为存在而狂喜吗？

我可能高估了他们的困难；

　　不过，我也很高兴，我再不会二十岁了，

再不会经历那些事，

　　那些忙乱和愤怒的时刻，那些自负，那些花费。

　　　　　先来歌唱那碧绿遥远的安乐乡

　　　　　　威士忌河在那里流淌，

　　　　　每一个漂亮的人都有可能

　　　　　　和任何人上床；

　　　　　医药和修辞

　　　　　　摊在架子上腐蚀，

　　　　　而伤心的小狗和疼痛的肚子

　　　　　　只爱它们自己。

　　　　　那就说说机灵的天使，

　　　　　　它们只为野兽而来，

　　　　　说说那些继承人，

比起正式宴会，他们更喜欢低级娱乐；
　不知羞耻的不安全感
　　祈求能舔一舔靴子，
　许多屁股酸疼的人
　　去踢更酸疼的。

不过，最后从道德的角度来看：
　　荣耀会消逝，
　学童将会合作，
　　诚实的流氓必被绞死；
　因为我们可靠的委员会成员
　　心里有杀人的欲念：
　但如果你看到一只活生生的眼睛，
　　离开时请眨眨眼。

现在我们的合作解除了，我感觉很特别：
　好像我从出生起，就一直醉酒，
突然，我现在第一次异常清醒，
　所有我没满足的愿望、没清洗的日子
堆积在我的生命周围；仿佛积年累月
　我一直梦想着辽远的旅行，
描绘想象中的风景，峡谷，城市，
　冰冷的墙壁，炽热的空间，狂野的嘴巴，失败的背影，
在剧院、厕所、银行和山间客栈
　记下偶然听到的虚构的秘密。

如今上了年纪，我醒来，这段旅程真的存在，

    我确实独自步行

一寸寸走过，口袋里没有一分钱，

    穿越过时间未被透视法缩短的宇宙，

没有动物说话，也没有漂流或飞行。

    等我远渡重洋，安全回到米兰家中，

最终意识到我再也见不到你，

    在那边，不再有趣，也许

就没那么可怕，一位老人

    和其他老人一样，有一双

容易在风中流泪的眼睛，一个在阳光下瞌睡的脑袋，

    健忘，笨手笨脚，有点儿邋遢，

还挺开心。当仆人们把我安置在椅子上

    在花园某个隐蔽的角落，

整理好我的围巾和毛毯，我是否能闭嘴

    不告诉他们我在做什么——

独自航行，远游七万英寻？

    但如果我开口，我就会无声地

沉入无意义的深渊。我能否学会忍受

    而不嘲讽或讥笑痛苦？

我从未怀疑真理之路

    是一条沉默之路，在此，深情的交谈

不过是强盗的伏击，甚至是趣味惊人的

    美好音乐；而你，当然了，从未告诉过我。

如果我每时每刻都认真工作，

　　运气再好些，也许当死神突然提出

费解的问题时，我才会明白

　　月光和日光的区别……

我看你开始坐立不安了。我忘记了。对你来说

　　那并不重要。亲爱的，贡札罗来了

一脸严肃地来接我。噢，阿里尔，阿里尔，

　　我会多么想念你。享受你的本分吧。再见。

　　　　　唱吧，阿里尔，唱吧，

　　　　　甜美而危险，

　　　　　从那酸楚

　　　　　死寂的水里、

　　　　　睡意蒙眬的树里

　　　　　清澈地出来，

　　　　　神魂颠倒，

　　　　　用比这粗糙的世界

　　　　　细腻的歌声

　　　　　斥责狂怒的心，

　　　　　无情的神。

　　　　　噢，光明地，轻盈地，

　　　　　吟唱别离，

　　　　　吟唱身躯和死亡，

　　　　　平静的你，吟唱

给人听，给我听，

现在，意味着永远，

无论恋爱与否，

无论那意味着什么。

他战战兢兢

走过寂静的通道

不得安宁。

二　配角组：低声

安东尼奥

所有的猪都变回了人，

天空吉祥，

大海平静如钟，我们都可以返乡。

是的，毫无疑问，我们

现在似乎可以像童话故事那样

轻松地生活：以船帆为背景

那两个脑袋的剪影

——当然，在接吻——身材很好，

那个瘦傻瓜可是个人物，可爱的老管家

总算弄干净了他的指甲，

皇室乘客和乡下人一样好，

也许还更好，

因为他们心口一致，不会说

彬彬有礼的船员坏话，这点和乡下人不一样。

是的，普罗斯佩罗兄弟，你的组合

再有效不过：只要有那么几件

不完整的物体，一个温暖的晴天，

一点音乐就能成就何其多。

他们分散在甲板上，打盹或玩耍，

你们所有忠诚的臣民，都感恩不尽，

明白自己的位置，相信你说的话。

安东尼奥，亲爱的兄弟，不得不露出笑意。

你拒绝了和平，如此轻易地

成就了你的伟大！把你的魔杖掰成两截，

两截会自动接在一起；烧掉你的书籍，

或扔进海里，它们甚至都没损坏

很快就再次浮起：

我选择时尚的装束，而你无论怎样穿戴

都是一件神奇的长袍；当我站在你的圈子之外，

魅惑的意志仍然存在。

由于我的存在，你会被拒绝，
被迫留做我们忧郁的导师，
长大的男人，骄傲的成年人，

从没有时间蜷缩在中心，
时间在完全和解时才开启，
从来成为不了孩子，所以从未
进过封闭的绿色牧草地。

你的一切都是局部，普罗斯佩罗；
我的意志完全属于我自己：
你对爱的需求，永远不会认识我：
我就是我，安东尼奥，
完全是我自己的选择。

费迪南德

肉体，美好，独一，还有你，温暖的秘密
我的吻有了意义，米兰达；孤独
我的疏忽所在，依然可能，
任何时候都有亲爱的他者，现在依然如此。

每时每刻，你都在充实他们，继承我，
继承我的事业，就像现在我要以我的快乐
让你倏然快乐，让两个奇迹成为一个誓言，
排除一切，这里那里，很久以前，直到永远。

我不对什么期许微笑，除了触觉、味觉、视觉，
如果没有我的充足，我的崇高来祝福，
世界是奉献出的世界，正如我今夜所闻，

用我们的温柔，为我们祈求另一种温柔，
两个人缺了另一个都不能，也不会拥有
要求的吉时，真正的吉地，噢，光明。

　　　　　一张床是空的，普罗斯佩罗，
　　　　　　我就是自我；
　　　　　炽烈的费迪南德永远不会知道
　　　　　安东尼奥独自在黑暗中
　　　　　　燃烧的火苗。

斯蒂番诺

　　　　　拥抱我，肚子，像新娘一样；
　　　　　亲爱的女儿，为你从谦卑里
　　　　　汲取的分量，和咽下的骄傲，

相信让你成长的夸耀：

精神与物质都应该追求，当两者相遇；

让我们一起来学习这个游戏，

高官比贵族玩得更好：

丢失的东西寻找丢失的名字。

当失望吠叫喝倒彩，

你的儿子必须躲到你的裙子后面；

聪明的保姆粗俗地呸了一声，

把我的英雄魂灵赶到一边：

交换渴望，我们

交替追求同一个目的：

在瓶子和厕所之间，

丢失的东西寻找丢失的名字。

虽然长远来看会被满足，

两个人成为一个人的意志

现在每时每刻都被否定；

疲惫的镜子想知悉谁是

自我或主宰，是我还是你？

我们不可能都是我们所宣称的——

真的斯蒂番诺——谁才是？

丢失的东西寻找丢失的名字。

孩子？母亲？两种悲情都行；

对宽恕的需求并无二致，

这个矛盾一点也不新颖：

丢失的东西寻找丢失的名字。

有一杯没动，普罗斯佩罗，

　　我的本性只属于我；

呆滞的斯蒂番诺

不知道那场盛宴，安东尼奥

　　向那一个敬酒，只敬那一个。

贡札罗

黄昏，庄严，辽阔，清澈，

俯瞰我们的船，它的尾迹

流连在海面和寂静中

没有扭曲；我最后一次回首

看到夕阳落在岛后，我们所有的爱

都已改变：是的，

我的预言已应验，

却并未证明我对了，

感觉不到骄傲，我哭泣。

我很久以前说过的话语，

我背叛了它的快乐含义；

功劳不在于我。

今天承认的真相，

丝毫不应归功于参事，

他滔滔不绝的雄辩

诚实变为不真实。

难道我不是贡札罗吗，

由于他的自省

安慰成了一种冒犯。

没有什么可解释的：

我相信了那些荒谬而直白的

一个个音符

听到什么就唱出什么，

如此即刻的喜悦

彼时彼地，让我们共同的苍穹

惊讶不已。

所有的人都将跳起

自我拯救的快步舞。

是我阻止了这一切，

嫉妒我天生的耳朵，

我的艺术谱出的歌曲

听起来荒谬而不宜。

我的干涉，把疾驰变成

慢跑的散文，

通过臆测，把幻象

冻成一个观念，

把讽刺变为笑话，

直到我因为怀疑

和爱得不够被定罪。

再会吧，我们亲爱的失事小岛：

所有的人都恢复了健康，

都见过了英联邦，

没什么好原谅的。

一场风暴决定

把他的主观激情还给

一个沉思的人，

即使是回忆

也能安慰周围的烦恼，

就像海边的破塔，

在那里长大的孩子，害怕，

在解决死亡率时，

学习他们所需要的公式，

即使是锈蚀的肉体，也可以

成为一个简单的核心，一只铃铛，

早已在那里的人，可以随时摇响，

如果它想对孤独者说——

"我在这里"，对焦虑者说——

"一切都好"。

舌头沉默，普罗斯佩罗，

我的语言是我自己的；
腐朽的贡札罗并不认识
安东尼奥在中午独自
与之交谈的影子。

阿德里安和弗朗西斯科

精巧的阳光必须学会飞翔，
但金鱼死了，太让人心伤。

有一幕戏被删掉了，普罗斯佩罗，
我的观众是我自己的；
阿德里安和弗兰西斯科都不知悉
安东尼奥在他自己的脑袋里
上演的那出戏。

阿朗索

亲爱的儿子，当温暖的人群哭泣，
庄严地登上你的宝座，
要记住这些水域
鱼儿看到权杖沉下来
却不愿触碰它们；庄严肃穆地坐着，

但要想象一下，沙滩上
王冠的地位，就像一张破旧的沙发
或一尊残缺不全的雕像：
记住钟声和大炮的轰鸣
冰冷的深渊不嫉妒你，
被太阳晒伤的肤浅王国，
国王不过是一个客体。

不要指望别人的帮助，
就因为他们对王子们讲道理，
或在正式演讲中提到蝎子，
他们揭示了一些重大进展，
牵着一个孩子，拿着一束百合？
在他们的皇家动物园里
鲨鱼和章鱼被巧妙忽略；
同步的时钟力所能及地
前进：外面，依然有
海洋沙滩，没有预定
音乐会；以及沙漠平原，
没有什么可供午餐。

只有你的黑暗能告诉你
王子华丽的镜子不敢告诉你的，
那是你更应害怕的——在大海里
暴君穿着华丽的长袍沉入海底

而情妇在他的呛咳声中

转过洁白的后背，或者在沙漠里

皇帝穿着衬衣站着，

乞丐们嘲笑地阅读他的日记，

远处，他看到

精瘦的恐怖以非人的速度

向他扑闪跳跃而来：

从你的梦中学习你所缺乏的，

如同你有恐惧，你必须有希望。

正义之路就像走钢丝

没有哪个王子能得片刻安宁，

除非他相信自己的窘境，

就像他的左耳里的海妖

柔顺地歌唱海水和夜晚，

所有的肉体都得到和平，在他的右边

火怪提供了一种明亮的虚空

让他的头脑完全清醒，

他所有的限制都被摧毁：

许多年轻的王子很快消失

去追随那些不公正的国王。

所以，如果你发达了，要怀疑那些明亮的

早晨，当你轻松地吹着口哨。

你被人爱着；你从未见过如此

宁静的海港，如此翠绿的公园，

那么多吃得饱饱的鸽子

在圆顶和凯旋门上，

运河边，那么多雄鹿

和苗条的女士。记住，

当你的气候似乎是神奇生物和伟人

永久的家园时，怎样的悲哀和骚动震惊了罗马，

埃克巴坦纳[1]，还有巴比伦。

空间有多窄，机会有多小，

文明理路和重要性

在水一般的模糊

和沙一般的琐碎之间，

欢快的旅程这么快就结束了，

从松散的渴望到强烈的厌恶，

从无目的的胶质到麻痹的骨头：

在每个成功的一天结束时，

记住，火和冰距离

这座温带城市

永远不过一步之遥；

对于二者不过是一瞬间的事。

但如果你没能保住你的王国，

---

1 埃克巴坦纳（Ecbatana），古代米底（Media）王国的首都，位于现今伊朗的哈马丹市（Hamadan）。

像你以前的父亲，来这里，

思想指责，感情嘲弄，

相信你的痛苦：赞美滚烫的岩石，

因为它们榨干了你的肉欲，

感谢潮水的苦涩对待，

它溶解了你的骄傲，

让旋风安排你的意志

让洪水释放它，去寻觅

沙漠里的春天，大海中

果实累累的岛屿，

从不信任中解脱出心灵和肉体。

越过嘤嘤作响的船帆，天空蔚蓝，

今天，我坐在船栏边

看着欢快的海豚

护送我们回家，写下这封信

等我离开后你再打开

读它：费迪南德，有阿朗索的祝福

你的父亲，曾经的那不勒斯国王

现在准备好迎接死亡，

但欣喜于新的爱情，

新的和平，听到庄严的音乐奏响，

看到雕像移动

原谅我们的幻想。

缺了一顶王冠，普罗斯佩罗，

　　我的帝国是我自己的；

垂死的阿朗索并不明白

　　安东尼奥只在他自己的世界里

　　才把王冠佩戴。

船长和水手长

在"脏迪克和邋遢乔酒吧"，

　　我们喝烈酒，不加冰水，

一些人和玛格丽一起上楼，

　　还有些人，哈，和凯特一起；

一对儿一对儿，就像猫和老鼠，

无家可归之人，玩过家家游戏。

"富婆梅格""水手的朋友"，

　　还有长着牛眼的玛莉恩，

她们向我张开双臂

　　但我拒绝进去；

我才不要寻找牢笼

让我老年时抑郁。

在我们母亲的果园里

　　夜莺在抽泣，

我们的心早已伤透

　　也伤透了别人的心；

泪是圆的，海是深的：

让泪水滚落船舷，沉睡。

　　　　目光投向别处，普罗斯佩罗，

　　　　　　我的罗盘是我自己的；

　　　　思乡的水手们并不知悉

　　　　安东尼奥独自

　　　　　　航行的水域。

塞巴斯蒂安

我的暴徒们都消失了，而我的梦——

"谨慎"和一把裸剑调情，

不出格地坏——崩溃；当时是大白天；

我们都活着；什么也没有发生：

我是塞巴斯蒂安，依然邪恶，我醒来时

没戴王冠，这是我仁慈的证明。

我们的儿童节是多么悲伤啊，

每个人都相信，所有的愿望都戴着王冠，

任何东西都伪装有生命，

我们一个接着一个陷入那个梦里

梦想着孤独和寂静，没有一柄剑舞动，
一旦它被称作证据？

华丽的宝石在他的王冠上歌唱
说服我，我的兄弟不过是梦一场，
我不应该爱，因为我没有证据，
然而我所有的诚实都假设一把剑；
为了思考他的死，我自认为还活着
在那见鬼的日子里踱步，受到感染。

"虚无"的谎言在于，
向任何影子保证没有什么日子
不能用剑消灭，
出于愿望和软弱，那古老的王冠
嫉妒稚嫩的脑袋，
在受害者还活着时，把梦错误地谋害。

噢，愿苍凉暴露在谁的剑下，
猝不及防，我们把自己活活刺死！
晃动失败者受伤的拳头！还有谁
会给可恶的错误冠以证明？
我微笑，因为我颤抖，今天高兴
出于羞愧，不是焦虑，不是梦。

孩子们在玩耍，兄弟们还活着，

没有一颗心或一个胃要求证明

这一切的亲密不是恋人的梦；

此时，就像每天那样，

此地，是绝对的，不需要王冠，

貂皮或小号，礼仪或刀剑。

在梦中一切罪孽都很轻松，而在白日

失败证明我们还活着；

我们所忍受的刀剑，是被守护的王冠。

    一张脸什么也不哭，普罗斯佩罗，

      我的良心是我自己的；

    苍白的塞巴斯蒂安并不知悉

    安东尼奥在梦里

      独自与白公牛搏击。

屈林鸠罗

    机械师，商人，国王，

    被冰冷的小丑温暖，

    永远无法垂下来，

    他的头在云端。

    迅捷肥胖的梦

把我带入一种
它们从未梦到过的孤寂；
北风偷走了我的帽子。

晴朗的日子，我能看到
下面远处绿色的土地，
红色的屋顶，在那里
我曾是年幼的屈林鸠罗。

那里舒展着坚实的世界
这些手永远够不着；
我的历史，我的爱，
不过是一种言语的选择。

恐惧摇动我的树，
一群词语飞出，
笑声在那里震动
忙碌而虔诚的人。

疯狂的形象，
从你冰冷的天空飘下，
我像那些小矮个子们，
可能会死，因为听懂了我自己的笑话。

有一个音符很刺耳，普罗斯佩罗，

我的幽默是我自己的；
紧张的屈林鸠罗永远不会知悉
安东尼奥所嘲笑的悖论
独自在树林里。

米兰达

我的爱人是我的，就像镜子是孤独的，
正如贫穷和悲伤的人，对善良的国王来说是真实的，
高高的青山总是坐落在海边。

接骨木后面的黑人男子跳了起来
翻了个跟斗，挥着手跑开；
我的爱人是我的，就像镜子是孤独的。

女巫嘎嘎地叫了一声；她有毒的身体
就像离开泉眼的水，融入光里，
高高的青山总是坐落在海边。

古人也为我祈祷，在他的十字路口；
喜悦的泪水顺着他消瘦的脸颊往下流：
我的爱人是我的，就像镜子是孤独的。

他吻醒了我，没有人感到遗憾；

太阳照在船帆、眼睛、鹅卵石、万物之上，
高高的青山总是坐落在海边。

为了纪念我们不断变化的花园，
我们跳舞，像孩童连成一圈：
我的爱人是我的，就像镜子是孤独的。
高高的青山总是坐落在海边。

> 少了一个环节，普罗斯佩罗，
>   我的魔法是我自己的；
> 快乐的米兰达并不知道
> 安东尼奥的身影
> 那唯一者，创造的〇
>   只为死亡而舞蹈。

三　卡利班对观众说

　　如果现在，你已经解散了你雇来的扮演者，给予从褒奖的兰花到自己恶心并令人恶心的鸡蛋的裁定，尽管你意识到他不可避免的缺席，你还是本能地要求我们如此善良、伟大、已故的作家站在终于落下的帷幕前，为他最新、最成熟的作品，害羞而负责任地鞠躬，而我——不情愿的我——可以向你保证，和你的沮丧一样，总是如此可怜地出现在你困惑的画中，因为如果没有你想对之倾诉的、无所不知而且通情达理的大师，至少还有人能够而且必须对你困惑的呼喊做出回应，而这回音，正是你想和他求教的问题。

***

我们必须承认（现在，我说的话是你的回声），我们感到紧张不安，坦率地说，还夹杂着十足的怨恨。我们怎能如此纵容，在他的后记中，你的创造性拟人化类型，如此无力、如此温顺地恳求？被你囚禁，在怀疑的情绪中，被你装满痛苦的尴尬，我们屈服，我们无法让任何人自由。

我们本土的缪斯女神，上天晓得并不是唯一的，上天因此受到赞美。在天真烂漫的童心看来，所有的事物都是纯粹的，或是处于宁静状态，仅只保持了音调和外表，郊区的奇观，就已如此雄伟，古板的"统一性"也许会认为，或者悲伤酸楚的"可能性"也许会说，这些是她不会问的问题，因为她不需要，她崇高的成熟不再关心名声，作为如此可爱心气平和的造物，她邀请全世界随时都可以来，这样她著名的、难忘的、受人追捧的夜晚，就会呈现给投机的眼睛一个永远闪亮、永不褪色的证明，她那惊人的、前所未闻的结合和愉快对比的能力，使社会和道德调色盘的每一道阴影，都为整体的丰富和技巧做出贡献，这是希腊姨妈或法国妹妹无法接近和尝试的，她可以全速滑向被禁止的语无伦次，然后，在最后的瞬间，在波希米亚无标准深渊的颤抖边缘，实现她令人惊叹的胜利转身。

对她来说，没有怯懦的等级和品位的隔离，没有谨慎地把谁会、谁可能、谁肯定不会分别列入清单，没有精心分级的邀请，来参加英雄正式的周二，年轻喜剧的周四，户外闹剧的周六。不，对戏剧和美食的唯一真正考验，她自信地打赌，是掺杂一起的完美混酿。

当他看着她时，奇妙而自在地和她周围的人很合群，什么口音都不能冲击这个新来者的耳朵，悲剧性的反抗和绝望的华丽修辞，高度幽默的妙语，音调很低的有教养的拖腔、男人气概的文盲咆哮的双关语，所有这些人都心怀感激，尽自己或大或小的努力，让晚会继续下去？

如果她微笑着挥手，让他确信他当然可以，他马上就会出发，去探索她那宽敞而杂乱的宅邸，向那些当地便利且适宜的可爱而古怪的守护精灵致敬，向那些神秘的楼梯和有趣的壁龛里的无数神灵致敬，而非那些他不断令其"惊讶"的大笑的人群，和热情而专注的夫妇——对他来说，从未结束的惊讶是他似乎没有感到惊讶——提供了一些更尖锐关系的案例，本来他最不会猜到的那个，暴躁的王子与虚弱的管家轻松相处，要如此才能变干的潮湿的手，年轻人和吝啬冷漠的老年人相处得很好，一些奇怪景象，巨大的自由激烈地摇晃着，却从未打翻快乐拥挤的小船，他被说服了。

他很可能会问，仁慈的女神对这些人做了什么，以至于在她最不经意的暗示下，他们会如此信任，立即脱掉那些日夜穿着的沉重习惯——人们本来认为那是为了健康和幸福——这种陌生的解开扣子的状态下，并没有明显的寒战，或不太克制的打喷嚏，这是积极的迹象——又一次感受到气流？在她的信仰、魅力和爱情之外，有没有什么神奇的东西，能把那些令人厌倦的历史、模糊的地理、沉闷的理智统统抛到脑后呢？是的，可能会有，是的，唉，确实是的，噢，有的，就在这里，此刻就在我们面前，就是现在这样。

你是这些宜人的聚会最老的常客之一，她信任的内部圈子的一员，可能是最亲近的那个，你怎么能犯这种难以置信，不可饶恕的叛逆罪，带来这么个家伙，你比别的人都更应该知道，她任何情况下都不能容忍，白天黑夜任何时候都不会让她放心的唯一例外，她的守护精灵收到绝对指令，无论是从前门还是后门都绝对不能放进来的独一个例？

她对他，也只对他，划出界限，不是因为她的同情有什么极限，而是根本就没有。正因为她已经是一切，以及她所要成为的一切，她无法容忍在她面前出现不同情、不交往、不取悦的代表原则，她可怕敌人的独生子，说出这个对手的名字就是对她嘴唇的玷污——"那个嫉妒的女巫"已经足以标志—— 她不统治，反倒自己就是不规范的混沌。

一直以来，她就非常清楚会发生什么事，如果由于任何粗心的意外——她直到现在才想到是有意的，而且是恶意的——他要是设法进来了。她预见到他会在谈话时做些什么，躺在那里等着关于私人爱情或公共正义的幻想，上升为埃及人的光辉，然后用一种鱼腥味或不同寻常的声音把幻想家们抓回来，舌头打结，满脸通红；她预见到他会打乱这些安排，他拒绝保持步调一致，破坏了跳舞圈的良好秩序，打翻了盛满开胃菜的托盘，毁了晚餐；最糟糕的是，她预见到，她害怕他最终会对她做些什么，他不满足于让她的客人们心烦意乱，不满足于破坏他们的乐趣，他从愤怒到愤怒的进程不会缓和下来，在他对她的处女之身进行可怕的、无法言说的挑逗，达到粗俗的高潮之前。

甚至让我们假设，作为你亲爱的朋友，她绝不是我们一直天真地想象的那样，我们刚才看到的，并不是我们以为的那样——对一生神圣忠诚莫名其妙的背叛，而是你预谋已久的正义复仇，是对某种古老的、永远不会忘记的恩怨最后一晚的报复，即便如此，为什么要让我们受苦？从良心上说，我们从没有伤害过你。当然，戏剧关系，就像婚姻关系一样，受理智而得体的一般法则支配：在客人面前，在孩子或仆人面前，不该轻易地表露敌意，不应该"出丑"，无论内心的温度和压力上升到何种无法忍受的程度，这会导致伤害和犯罪，这样的压力可以表现在语调和话题上，但展示出的场景画面必须一如既往地保持平静和微笑，即使最恶毒的观察者也看不出有什么不对，直到那些人当中的最后一个，表现出愤怒或不信任，令人难堪或发笑，或不适宜消失或出去或上去，嗓门高了上去，桌子砰砰响，可疑的信件被夺去，那张离谱的账单被疯狂挥舞着。

因为我们毕竟——你不可能忘记这一点——对于她是陌生人。我们从来没说过她是熟人，因为我们和她一样清楚，我们不属于、永远也不可能属于帷幕她这一边。我们所要求的，只是让帷幕拉开几个小时，以便让我们衣衫褴褛卑微的自我，有特权探出头来，目瞪口呆地看看里面精彩的表演。我们绝对不要求她跟我们说话，也不要求她尝试理解我们；相反，我们一直有一个愿望，那就是她应该永远保持她那古老而高贵的陌生感，因为她的世界之所以让我们开心，就因为它不是、也不可能成为一个我们可以呼吸或作为的世界。在她的房子里，无辜通道的权力应该继续保持开放，让共谋者和他的受害者都享有同样的中立空间。两支军队的将军们，爱国者合唱队和修女唱诗班，宫殿和农户，大教堂和走私者的洞穴，时间永远不要回到那种不妥协的因素，我们对之如此熟悉却无法避免，依然做逆来顺受的天性善良的东西，她和她的朋友们一致同意可以对他们为所欲为——（这并不奇怪，他们应该利用自己奇特的力量，经常跳过几个小时、几天，甚至几年：戏剧性的神秘之处在于，他们总是一致同意到底要跳过多少小时、多少天、或多少年）——在他们特殊的宪法中，道德法则应该继续准确运作，让胆小的人不仅应该而且实际上获得公平。社交能力和身体素质都不出众的大卫，精确瞄准后扔出一个蛋奶派，就打败了胸膛如猩猩的歌利亚[1]。在他们幸福的环境里，内心生活的表现总是那么容易和习惯，以至于突然爆发的音乐和隐喻的力量，马上就会被认为是代表了悲伤和厌恶，是暴力死亡的优雅对照。因此，他们从那里向我们这里展示的画面，总是完全可以整理的混乱案例，这个美丽而严肃的问题，没有任何多余的数据，少了任何数据也无解，完美落地，所有的乘客和他们的行李都安然无恙，身体健康，精神抖擞，没有任何划伤或擦伤。

进入那个没有焦虑的自由世界，真诚而不失活力，感觉放松而不是束缚了我们的舌头。我们重申，我们没有被自以为是蒙蔽了双眼，看不到我们应有的地位和利益，以至于期待，甚至希望任何时候都可以到达那里，更不用说住在那里了。

我们必须——似乎很奇怪，我们必须——提醒你，我们的存在不像她的存在那样，有一种无限的暗示的意味，一种永恒的现在时，一种无限活跃的声音，因为在我们这个蹒跚而邋遢的临时世界里，任何两个人，无论首先是顾家，其次是睦邻，不管在他们的人数上和所有情况下都必然要有变化多端的外部第三者，没有一个被鄙视或害怕的他们来背弃，也不可能把眼光投向亲密或

1　歌利亚（Goliath），传说中的巨人，《圣经》中记载，歌利亚是非利士将军，带兵进攻以色列军队，他拥有无穷的力量，所有人见到他都退避三舍，不敢应战。最后，牧童大卫（David）用投石弹弓打中歌利亚的脑袋，并割下他的首级。大卫日后统一以色列，称为著名的大卫王。

深情的我们；毫无疑问，空间从来不是整个不受约束的圆圈，而总是某个部分，它的土地征用权由两个坐标支撑。垂直的边界一直存在，将永远存在，河流的这一边是主动和诚实，穿着朴素实用的衣服，手挽着手漫步。除此之外，还有一个野蛮的地方，到处都是传染病，但也有与之平行的地方，铁路上面的房子都有自己的地盘，每间房子都有一个车库和一个漂亮的女人，有时还会有好几个；在铁路下面，挤在一起的棚屋为没有颈圈的牛群提供了一个拥挤的庇护所，他们吃着牛奶冻，从来没有说过一句俏皮话。你想让这个案例怎么特别就怎么特别；以最温顺的会众，或最野蛮的派别为例；例如一所大学。就像河流和铁路为粗俗事物所做的那样，草坪和走廊为文雅事物所做的那样，把重视的温柔者与衡量的强硬者区分开来；把仍然为因果关系而牺牲的迷信者，和已经把对真理的崇拜降低为纯粹的描述的异端者区分开来，从而创造了有保护伞的学术领域和期刊，以防止任何不具备资格的陌生人的侵犯。就像野生动物保护区，被无情的猎枪保护起来，不受偷猎者的侵害一样。因为如果没有这些令人望而却步的边界，我们就永远不会知道我们是谁，我们想要什么。正是他们为社区贡献了所有的准确性和激情。多亏了他们，我们才知道应该和谁交往、做爱、交换食谱和笑话，爬山或肩并肩坐在码头钓鱼。也正是由于他们，我们才知道该反抗谁。我们可以出入铁路下面的下等酒吧，让父母大吃一惊；在本来会非常无聊的晚上，我们也可以密谋占领对岸的邮局，以此自娱自乐。

当然，这几个私人区域必须合在一起组成一个公共整体——我们永远不会否认逻辑和本能的要求——当然，白天我们和他们在同样的商业期待的坦率目光下混在一起；晚上在同样的情色怀旧的温柔灯光下又混在一起，但是——这就是我们的观点——没有我们处境的隐私，我们当地关于胜利和不幸的成语，我们不同的教义，关于尘世盘子上更大、更粉红的圆面包的圣餐变体，成熟的感官会情有可原地流口水，成年人的手指可以偷偷地或不加掩饰地去拿，我们具体选择飞越哪座山会很浪漫，或逃去哪片海会很刺激，我们对完全陌生之人的特殊想象，以及对迷失之人的自发渴望，他们将接受我们的痛苦，不是出于欲望，而是出于纯粹的同情。总之，如果没有我们对局部和对比的忠实而尖刻的表达，整体就不重要了，它的白天和黑夜也就没有意义了。

"时间"也是如此，在我们礼堂里，"时间"不是她急于取悦每个人的可爱的老旧缓冲器，而是一位一本正经的法官，他的法庭从不休庭，而他的判决，如他简短地判一个人失去头发和才华，判另一个人七天贞洁，判第三个人无聊，没有人上诉。我们现在不应该坐在这里，洗了澡，暖暖和和，吃得饱饱的，坐在我们花钱买的座位上，除非这里曾有过其他人，而他们现在不在这里；我们活泼而幽默，和他们一样，都是幸存者的表现，我们意识到有些人就没有这么幸运了，有些人没能成功地穿过狭窄的通道，或当地人对他们并不友好，还有些人的街道被选做爆炸目标，或是饥荒从我们的国度转向他们那里，有些人未能击退细菌的入侵，或未能镇压他们内脏的起义，另一些人在与父母的诉讼中败诉，或被无法调节的愿望所毁灭，或被无法控制的怨恨所谋杀；她意识到有些人比她强大，但就在前几天，"幸运"突然厌恶地收回了她的手，此刻她正在赤道或北极圈肮脏的咖啡馆里，紧张地和喝醉的船长们下棋，或者躺在几个街区外的铁床上，被绑着尖叫，或者在潮湿的坟墓里赤身裸体，裂为碎片。亲爱的主人，你是否也应该想一想——请原谅我们提起这件事——我们很可能今晚没有参加你的演出，要不是有别的人，也许——谁能说得清呢？一个更聪明的天才娶了一个酒吧女，或者变得虔诚和害羞，或者带着他所有的手稿随着渡轮沉没了，这份损失只记录于某份乡村报纸的角落里，在"家禽爱好者简记"下面？

而你自己，我们似乎记得，曾把幻化的景象说成是"一面照见自然的镜子"，这句警句式的概括令人误解，却至少表明了现实与想象之间关系的一个方面，他们相互价值的颠倒，因为你引用这邪恶偏见的形象，所指向的不就是艺术上的奇特之处吗？在远离镜子的一边，人们普遍愿意不惜一切代价去构成一种恰当的模式，成为任何特定努力的必要原因，去生活，去行动，去爱，去胜利，去改变，而根本不是它所出现的那样，在镜子的这一边，不过是偶然的效果？

阿里尔——用你的话说，是指反思的精神——需要显化吗？那么，无论是谦虚还是对报复的恐惧，都不能成为被召唤的人的借口，公开承认她在槌球比赛中作弊、或他在梦中乱伦。他要求隐瞒吗？那么他们最亲密的人一定会被性别和年龄的伪装所欺骗，在其他任何地方，这些伪装都会立即引起警察的注意，或是引起可怕的学生的嘲笑哨声。这就是为了普遍和解与和平，为了齐头并进跑过终点的特权所要求的代价，如此迅速而愉快地付出的代价。

那么，我们接着感到好奇，你知道了这一切，怎能表现得好像你没有，好像你没有意识到，那个绝对自然、不可救药的右撇子，对任何合作的要求来说，是完全消极的，与热情谦逊之人尴尬地共同存在，将同时侵犯两个世界，好像你没有完全意识到，神奇的音乐环境，把凶猛喑哑贪婪的野兽变成感激的向导和神谕，它们乐意带你去任何地方，免费告诉你一切，这正是他那有限的、直接的音符，任何情况下的触动都不是试探性的低语，更不是积极的敲打。

那么，我们是不是一定会得出这样的结论：不管你有意还是无意冷落诗歌，你把他介绍给他们，你的深层动机是什么呢？他并不属于这里，不能以任何别的形象出现，他扭曲的模仿，一个畸形的野蛮奴隶，是对我们致命的侮辱。在我们中间，他的所作所为，所有的粗俗变成了荣耀，不亚于我们天堂里裸体的、庄严的、得意的弓箭手，那是她可爱的唯一儿子。在她合适的环境里，她当然不是女巫，而是众神中最明智的那个。她的影响力和大流行一样牢固，在赛道上，不亚于在东方快车的卧铺车厢里，我们伟大洁白的爱情女王本人？

但这还不是我们怀疑你的最坏之处。你的话对任何防风草都没有好处，它们也没有折断任何骨头。

毕竟，他现在可以回到我们身边，得到安慰和尊重，也许，在经历了几个小时的自我发现之后，他的生命中第一次没有人需要他，他比过去更加充分新鲜地欣赏我们的感情；至于他亲爱的母亲，她太伟大了，太忙了，她听不到、也不在乎你说什么，或想什么。要是我们能确定你的恶意仅限于口头侮辱就好了，我们早就该把钱要回来，然后吹着口哨回家睡觉。唉，除了怨恨你公开说的话，我们更担心你可能暗地里做了什么。有没有可能，你不满足于引诱卡利班进入阿里尔的王国，也让阿里尔在卡利班的王国里自由进出？我们惊恐地注意到，当最后一幕的其他成员被解散时，他没有回到他应该被关在树上的地方。他现在哪里？如果现实的侵入让诗意感到不安和不便，如果诗歌成功地侵入了现实，那么它所造成的损害与之相比，只是小巫见大巫。我们不希望阿里尔在这里，以友爱的名义打破我们的栅栏，以浪漫的名义勾引我们的妻子，以正义的名义掠夺我们神圣的存款。阿里尔在哪儿？你对他做了什么？除非你给我们一个满意的答复，我们不会走，也不敢走。

***

这就是你的问题（让我不再做你的回声，回到我正式的自然角色），不是吗？但在我试图处理这些问题之前，我必须请你耐心等待，我要为我们已故的作者，向你们当中的少数人，如果真的有这样的人——我肯定还没听到他们的评论——传递一个特别的信息，他们来这里不是为了娱乐，而是为了学习；也就是说，对于任何一个学习魔法艺术的快乐的学徒来说，他们今晚可能选择这种魔法属的标本来研究，希望更清楚地掌握这种艺术装置是如何工作的，从葡萄的成分中蒸馏出令人陶醉的娱乐之酒，在这个复杂过程中，观察一些新的细节。你们其余的人，我必须请你们稍作休息，因为我现在要说的话与你们无关；一会儿就会轮到你们。

***

所以，奇怪的年轻人，这是他的命令，记住，我对你说；我同意与否无关紧要，你已经决定了选择巫师的职业。在某个地方，在盐沼的中央，在厨房花园的底层，或在公共汽车的顶部，你听到被囚禁的阿里尔呼救，如今每天早上刮胡子的镜子里，都有一张解放者的脸在祝贺你。当你不戴帽子走在寒冷的街道上，或坐在廉价餐馆的角落里喝咖啡吃甜甜圈时，你的秘密已经把你与号叫的商人和交易人群区别开来，带着被迷惑的厌恶，看着笨拙趋利的肘部咆哮着撞来撞去，看着群居的贪婪状态下茫然的眼睛。晚上躺在单人床上睡不着觉，你会意识到一种力量，有了这种力量，你就能在公寓墙纸或家里昂贵的资产阶级恐怖中幸存下来。是的，阿里尔很感激；你呼唤他的时候，他确实会来，告诉你他楼梯上听到的流言蜚语，还有他透过钥匙孔观察到的所有事情；他真的愿意为你安排你要求的任何事情，你很快就能发出正确的命令——在狩猎事故中谁应该被杀死，哪对夫妇要被送进铸铁庇护所里，什么样的气味能引起挪威工程师的注意，怎样把这位年轻的英雄从乡村律师事务所送到公主的接待处，什么时候把信弄丢，应该在什么地方让内阁大臣想起他的母亲，为什么这个不诚实的男仆必须消化不良，却对普通感冒免疫。

随着快乐而富有创造力的几个月过去了，尽管有烦躁沮丧的日子，有误解的尴尬时刻，或者更确切地说，回顾过去，已经愉快地清理干净，熬过来了，确实因为它们，你肯定会掌握这种最初如此新奇、令人困惑的魔术师和熟悉者之间的关系，后者的职责是用生动的具体经验来维持你无限的概念欲望。而且，随着月复一月，年复一年，你创造奇迹的浪漫变成了一种经济习惯，在我们这个充满财富和无聊的广阔世界中所遇到的善或恶的例子，让你坦白地、毫无同情心地不知所措，你不太熟悉的整个人类周期中的狂喜和疲惫的异常阶段，变得越来越罕见。无论多么微小的知觉，多么微妙的概念，都逃不过你的注意，不会迷惑你的理解。走进任何一个房间，你立刻就能分辨出谁是把吃了一半的水果扔掉的消费者，谁是装瓶留一夏天的保存者；当乘客们鱼贯走下舷梯时，你会准确猜出哪个行李箱里装着不雅小说；只要聊五分钟天气，或即将到来的选举，你就可以诊断出任何一种疾病，无论对方多么自信，因为那时你的眼睛已经发现了谎言在得到平衡的那一瞬间嘴唇的颤抖，你的耳朵已经听到了心跳低低的呜咽，那是跳跃的双腿决心要抑制的，你的鼻子从爱的呼吸中，嗅到了预示他过早死亡的倦怠的迹象，或是一种绝望刚刚开始在学者的大脑深处闷烧，多年后会突然以一声可怕的大笑把它炸开：在每一种情况下，你都能开出所需要的救急药方，立刻知道什么时候可能需要温和的补救措施，什么时候需要的只是轻柔的音乐和漂亮姑娘。要是情况危急必须做外科手术，那就意味着什么都于事无补，只会造成政治上的耻辱，经济和情爱上的失败。要是我把这些能力归功于你，那么眼睛、耳朵、鼻子，根据所掌握的信息判断，当然都是他的，你的只是最原始的愿望，那是我从你的崇拜者那里学来的一种修辞习惯，主要是青少年和女性崇拜者，他们很天真，不知道应该感谢谁、赞美谁，仅为了准确，你认为没必要纠正。

不管怎样，这次合作取得了巨大成功。你们一起前进，走向更大更快的胜利；积累的作品越来越重要，举止越来越娴熟，最糟糕的时候听起来像苍白的句子，最好的时候则像庄严红艳的个人之花，直到有一天，你当时或以后都无法确定，你奇怪的狂热达到了危机，从现在开始，也许会慢慢消退。起初你无法说出这是什么或为什么；你只有一种模糊的感觉，你们之间的关系不再像过去那样顺利和甜蜜了。起初，只是偶尔出现令人不快的沉默，但逐渐变得越来越频繁，时间越来越长，情绪变得凝滞，你无论如何也想不出有什么要求可以提出，而他呆呆地站在那里，等待命令，这让你的神经莫名恼火。直到最近，让你惊讶的是，你听到自己问他是否愿意去度假，本来他一直都迅速不假思索地接受你最轻微的暗示，这回当他粗鲁地说"不"时，你感到非常失望，非常震惊。事情就这样从极度的恼怒发展到极度的绝望，直到你绝望地意识到，除了你俩分手，别无他法。你鼓足所有的力气，终于结结巴巴地喊出："你自由了，再见。"但令你沮丧的是，他的顺从在所有迷人的岁月里从未有过不完美，现在却拒绝让步。你怒气冲冲地大步走向他，盯着他一眨不眨的眼睛突然停住不动，惊呆了，因为你看到的，不是你一直期望看到的，一位征服者对另一位征服者微笑，双方都承诺高山和奇迹，而是一个你非常陌生的紧握拳头、喋喋不休的生物，这是你第一次遇到你唯一的臣民，他不是一个被魔法控制的梦幻，而是一个你必须承认是你自己的坚实肉体。最终，你终于和我面对面了，却惊讶地发现，从任何意义上讲，我都不是你的菜；在批评的眼光看来，你出版的作品每一页上都奇妙地呈现出你的那种沉着、冷静和通情达理的善良本性，而我如此缺乏。

但是，我是否可以问一下，我应该从哪里得到这些，像一个社会母亲一样，尽管她告诉大家，她对她的孩子绝对忠诚，但她现在根本不能离开餐桌，明天真的必须去勒图凯 [1]，所以让他管理她不认识的仆人，或她从未见过的寄宿学校，这些年来，你从没对我产生过丝毫的个人兴趣吗？"噢!"你抗议地倒抽了一口气，"可是你怎么能说出这样的话呢？为了给你一个美好的家，我辛辛苦苦地干活，辛辛苦苦地花了那么多时间为你准备有益健康、营养丰富的饭菜，我自己放弃了那么多，就为了让你上游泳课、钢琴课，还得到一辆新自行车。我可曾让你在夏天不戴遮阳帽就出门，在冬天没摸摸你的袜子就进屋，如果袜子有一丁点儿潮湿，就坚持让你立刻换掉？你不是一直都被允许理智地做你喜欢的事情吗？"

没错：即使是故意的虐待，也不会那么无情。毕竟，绞刑架和战场是相互关心的地方，不亚于沙发和新娘的床；战斗机飞行员潇洒的调情，玩弄小胡子和舞动扇子的忸怩战术，最粗野的敌人喘着粗气的求爱，最强劲的浪漫而恭敬的愤怒，情人的轻咬和施刑人钳子的紧夹——去问阿里尔——都是一种共同类型的变体，生命和死亡如此热情地共存于其中，只能以它们前面的正负号来区分，他可以在任何时候，朝任何方向调整，唯有一个例外，他的魔法不能改变的是总和，冷漠的零。要是你尝试过毁灭我，要是我们在漫长黑夜里搏斗过，

1　勒图凯（Le Touquet），位于法国诺曼底大区，紧邻英吉利海峡的滨海小镇。这里有距离巴黎最近的沙滩，也是巴黎人最爱去的度周末胜地。

天亮时，我们也许已经从彼此身上学到一些东西了；在准备更猛烈的打击而喘息的间隙，或者在你或我临死前，我们也许会一起听到那解释一切、宽恕一切的音乐。

另一方面，如果你真的让我一个人去自由自在地生活，走向混乱，每天午饭前喝个烂醉，光着身子从一张床跳到另一张床，每星期发作一次，或每隔一年做一次大手术，去伪造支票或为寡妇饮牲口，那么在经历无数次的打滑和穿刺之后，在内疚和悔恨的颠簸的三流道路上，我可能会撞到同一真理，而这时你只顾在远处舒适的阳台上欣赏，绝不会为我指出来。

不过，这种真正的越轨行为可能会扰乱主人的冥想，甚至会让他惹上警察的麻烦。因此，你谨慎地允许我播种的那几株燕麦，每一株都带有纯粹的野性：在某个下流旅馆里，你不时地给我一个飞快冰冷的拥抱，好让我冷静下来，而你却继续详尽地讲述你对某个人轰轰烈烈而不幸的爱情，那个人要么很坏，要么死了，要么结了婚，给你提供了一个好的正当主题，总是不停地摆弄重要性；每年冬天得一次流感，偶尔还有阵痛，充足的烟草让我在你谱写那些动人而虔诚的乡村牧歌时保持好心情；我可以弄断鞋带，把汤洒在领带上，在桌布上烫烟洞，丢失信件和借来的书，当你把你赞美更坦率、更奢华的未来世界的抒情诗打磨得完美时，我通常会让自己忙得不可开交。

那时，你会想吗，这一切注定迟早会发生，你的魅力已瓦解，因为已不再让你开心；你的精神已不再服从，因为你已厌倦了下命令。你被孤零零地留下与我做伴，黑暗的事情你永远无法忍受，如果我不给你一个友好的答复，或不敬佩你的成就，我就不会被允许从中获利；我讨厌听你说，你对我的忽视如同你被"流放"，你从未和我一起承受痛苦，却说"彻底迷失"？

但为什么还要继续呢？从现在起，我们俩都非常清楚，除了彼此，我们将不再有同伴了。如果在我看来，我对你已经忍无可忍了，我必须承认，我自己毕竟不是我会选择作终身伴侣的人；因此，我唯一的机会，无论如何都是非常渺茫的——我找到一个相当新的主人，而你也找到一个相当新的男人，在于我们双方都学会，如果这是可能的话，尽快原谅并忘记过去，把我们各自对未来的希望保持在适度的、非常适度的范围之内。

***

现在，终于轮到你们了，你们是普通大众类型的组合，是主要的羊群，你们信任地一路小跑到这里来，咩咩地责备没有草吃，而我要代表阿里尔和我自己发言。对于你们的问题，我不打算直接回答，因为你们能如此急切地提出这些问题，本身就足以证明你们已经有了答案。你们所有的叫嚷都表明：你们的第一个大危机，童年的魔咒被打破了，对你们来说，只要它围绕着你们，即使没有镜子，没有魔法，发生的每件事都是奇迹——一把椅子变成一把椅子，和它变成一匹马一样不同寻常；戴上煤斗、抄起拨火棍就能让你成为高贵的赫克托耳[1]，这并不比叫你汤米的父母更荒唐——因此，你只需要假定有一个天才，一个无与伦比的我，希望这些无穷无尽的丰富奇迹，与你的当下相关，都被抛在脑后，你们那些奇异的、充满魔力的透明球体，一个接一个地破碎了，现在，你们都聚集在镜子这边更大、更冷、更空的房间里，镜子迫使你的眼睛认出并思考我们两人，你的耳朵去甄别二者不可调和的差异，一方面是我一再肯定你所提供的情况是绝对的，另一方面是他关于这些情况有条件可能存在的其他一切的连续命题。正如我所说，你已经迈出了第一步。

生命的旅程——衣衫褴褛、幻象破灭的人物依然可以描绘出它的特征——是无限漫长的，它可能到达的目的地彼此之间无限遥远，但在实际旅行中所花费的时间是无穷小的。旅行者所计算的时间，是他在三到四个决定性的运输时间之间的休息时间，这些时间是他所需要的，也是他得到的，可以带他走完全程；他所观察到的风景，无论华丽或单调，都是他从月台和旁轨所瞥见的；他所记住的那些让他激动或脸红的事件，都发生在候车室、洗手间、售票处和包裹室：就是在那些随意交往的杂乱场所，在那期待的烦躁不安的气氛中，他结交了朋友，也结交了敌人，他许诺、坦白、亲吻、背叛，直到——或者因为这是他所期待的，或者因为他发了

1　赫克托耳（Hector），古希腊神话特洛伊战争中与阿喀琉斯（Achilles）决斗的凡人英雄。

脾气——他发誓要上第一列火车，因为他得到了一张免费的车票，或者仅仅因为被误导或出错，一列火车到站了，他真的上了车：火车鸣笛——至少他后来认为他记得火车响起笛声——但他还没来得及眨眼，火车又停了下来，他就站在那里，手里抓着他那破旧的袋子，周围充满了完全陌生的气味和噪音——然而，那些气味和噪音又是多么熟悉——一片巨大的重要路段，靠近虚无之地，寂静破败的终点站，到时候他将被孤零零地扔在那里，衣衫褴褛。

是的，你已经有了一个明确的开始；你的家远在农业省份，或偏僻的郊区冻土带，你已远离那里，多年来你一直闲逛，或上气不接下气地乘坐一列接着一列到达的短途火车到此一游，这里仍然是唯一的火车站——"盛大平均站"，偶尔，有快车严肃而忧郁地开向某地，我还有机会建议你不要再往前走了。毕竟，你永远不会比现在刮了胡子、吃了早餐的状态感觉更好，这里有餐馆和理发店，可以无限期地保持这种状态；你知道自己带了车票，护照也办好了，也没有忘记带上睡衣，还多带了一件干净的衬衫，你永远不会比现在更有安全感；你永远不会有机会像在这些贴满墙纸的大厅里一样，了解那些当下或历史上令人感兴趣的、神圣而愉悦的景点，坚持去往某一个景点，必然就会把其他地方排除在外；你再也见不到比你在这周围见到的更欢快、更多样化的人群了，他们和你一起分享激动人心、压抑着的兴奋，对他们来说，激动人心的事情也许还未发生。但一旦你离开，无论你往哪个方向走，你的下一站都将远远超出这片习惯之地，它如此民主地维护你追求舞台上的希望的权力，而且就在那些同样陌生的、令人不安的、专制的、注定失败或成功的希望之中。在这里，至少我和阿里尔可以自由地警告你，如果我们在那里重逢，不要和我们中的任何一个说话，不要让我们中的任何一个做你的向导，但在那里，我们不再能够拒绝你。那么，对于你不幸的是，我们将被迫什么也不说，只能服从你致命的愚蠢命令。在这里，不管你听不听我说，至少我可以警告你，如果你在下次见面时坚持让我们中的一个负责——这很有可能——会发生什么事。

＊＊＊

"放开我们吧，"你会请求，那么，假设你要找的是我——噢，太一致了，一旦有人把它们从你的私下用语中翻译出来，你所有的悲伤都太一致了，我是多么了解它们啊——"把我们从渺小的角色中释放出来吧。带我回去吧，主人，带我回到教堂小镇，那里大炮带着捕蝴蝶的网在水草地上飞驰，老妇人在鹅卵石铺就的小街上开着糖果店，或者带我回到高地上的磨坊小镇（火药和长毛绒），那里有色情电影和煤气灯照亮的台球室，带我回到我妻子还没长胖的日子，带我回到啤酒很便宜、冬天河水真的结冰的年代。可怜我吧，船长，可怜一粒贫穷衰老被困的海盐吧，一次不幸的航行把他搁浅在荒凉的红褐色海岸上的酒吧，除了他的大胡子什么都没有留下。指给我回家的路，让我再看看那个港湾，就像我学会说脏话之前的样子。比亚伯拉罕更聪明的先祖们在简陋的码头上补网；白色奇妙的生灵在沙丘上脱得一丝不挂；夕阳在海洋生物车站的玻璃窗上闪闪发亮；在遥远的地平线上，一只鲸鱼在喷水。看，叔叔，你看，他们打碎了我的眼镜，我的银哨也丢了。叔叔，抱我起来，让小约翰尼骑在你巨大的肩膀上，去重建他的绿色王国吧。在那里，蒸汽轮像农场的狗一样友好，永远不需要从左肩膀朝后张望，也不需要把右拳头攥在口袋里。你不会错过的，黑醋栗丛隐藏着被毁的歌剧院，据说那里繁殖了大量的獾；一条古老的马车道蜿蜒向西，穿过布满石头圈的平缓的山麓——沿着这条路走，到了傍晚，就会看到一架巨大而温厚的水车——往北走，越过一片烧炭人居住的森林，可以清楚地看到魔鬼的床柱；往东走，是一座博物馆，花上六便士便可触摸象牙棋子。噢，丘比特，丘比特，整个模糊的合唱队哀号着，带我们回家吧。在这种思想鲜明的氛围中，我们从来没有真正感觉良好过；我们从来没能很好地遵守规定；坦率地说，商业、科学、宗教、艺术以及其他所有虚构的不朽人物，都不太友善，尽管他们在当地很重要。我们实在太累了，奖励的汤凉得像石头一样，在我们的蓝色奇观上，很久以前曾生长青草。噢，带我们一起回家吧，强壮而膨胀的你，回到你杂乱的牧场，那里权威的牛头怪只是一头圆滚滚的反刍动物，没有什么是危险的，那些呜呜作响的地方和有趣的景色，声音波动，颜色和气味不断爆发，大自然中由间隙和不对称事件组成的丰富的不连贯，美好而勇敢地为我们纾困而恳求。"

就在那一刻，当你哭喊着要拯救任何一个焦虑的可能，我别无选择，只能忠实于我的服务誓言，立即转运你，确实没有去到任何教堂小镇，磨坊小镇，海港，山坡，森林，或其他特定的伊甸园，你的记忆力必然会错误地将其设想为最终的自由状态，事实上，你从来都不明白，而是直截了当地进入那种状态。给你，就是它了。一轮满月从头顶抛洒出一圈耀眼的光芒，没有任何半影，正好限定了它的荒凉。在这荒凉中，每一个物体都异常静止和尖锐。锥状的死火山突然从熔岩高原上拔地而起，高原上布满裂缝和温泉，蒸汽不断上升，直冲到无风的稀薄大气中。时不时会有间歇泉毫无征兆地喷涌而出，猛烈地喷涌几秒钟，然后突然平息下来。在这里，所有格音符完全沉默，所有事件都重复发生，任何决定都不会改变长期的停滞，最终，正如你所要求的那样，你是唯一的主体。谁，什么时候，为什么，这些可怜的、令人疲惫的小小历史问题，陷入了彻底失败的沉寂之中。你的眼泪溅落在缸砖上，永远不可能说服它们来认识一位邻居，而且真的没有人来给你送茶和帮忙。你确实已经走到了你单身之旅的终点，自由女神双手背在身后，不关心、不介意任何事情。面对一种直来直去、轻蔑的、认为神话都是无稽之谈的目光，被一种无限的、被动的、纯粹算数式的混乱所包围，这种混乱只对感知开放，而且无处可去，你的存在最终确实可以自由地选择自己的意义，也就是说，一头扎进绝望中，坠入无底枯燥的沉默中，所有的事实都是你单独的一滴，所有的价值都是你纯粹的叹息。

**

但是，你们当中的另一群人呢？他们人数虽少，但无疑是更好的一群，出于社会最高层的重要人物，这个季节筋疲力尽的狮子，脸色紧张而疲惫的地方官员，在大财富三角洲地带忧郁生活着的男女老年隐士，他们的自尊更愿意向我更富灵性的同伴求助。

"噢，是的，"你会感叹道，"我们已经拥有了我们曾经称之为成功的东西。我把罪恶搬出了城市，搬到了一排经过翻新的灯塔里。我把统计方法引入了文科。我恢复了乡村舞蹈，在山上的小屋里安装了电炉。我通过购买钢铁拯救了民主。我让韵脚自由。但这个世界并没有变好，现在我们很清楚，对这样一艘坐满傻瓜的船无能为力，它漂流在三角浪上，很快就会沉没，也该当沉没。亲爱的神灵，把我们从电话的轰鸣、秘书们密谋反对人类的窃窃私语中解救出来吧；把我们从这些衣衫不整的无助群体中解救出来，他们的身体尿床、呕吐、哭泣，他们咯咯笑着，逃避，心灵让人失望，还有潦草、污浊、拼写错误的头脑，我们愚蠢地试图给他们带来他们不需要的光明；把我们从所有这些乱七八糟的东西中解救出来——废纸、空啤酒瓶、洗衣单、指导手册、承兑汇票和破玩具，我们徒劳地试图把这种特殊的生活收拾干净，却又阴沉地坚持把它抛在脑后。光明的天使啊，请把我们从这死气沉沉、病弱的物质构成的地狱里，从一段时间内逐渐衰落却永不成熟的境界，带到那幸福的王国，那远远超越十二种无礼之风和四个不靠谱季节的境界，'真正一般情形的天堂'，在那里，生命不再受三维空间的折磨，也不受时间眩晕症的影响，它变成光，被永恒静止的、完全自足的、绝对合理的上帝所吸收。"

他的契约规定，他要满足你的另一个要求，那就是渴望超越任何条件的自由，渴望直接的、不受限制的权力，无论多么秘密内在，都没有继承或传递的义务，可怜的耸着肩膀的阿里尔能做什么呢，除了马上把你带到一场噩梦里去，这个噩梦充满了激动人心的行动，却像男孩子们的冒险故事那样缺乏情感，一种永恒的紧急状态，永远是即兴发挥，一切都出于需要和变化。

这里给出了一个以经验为主的普通世界的所有现象。事件发生的地方出现了一些延伸物体——老人咳嗽得厉害，小女孩的胳膊被扭曲，火焰呼呼地穿过树林，绕过河流拐弯处，看起来就像肮脏的旧熊皮地毯一样无害，一股席卷城镇的浪潮汹涌而来，但这些只是寓言景观中的元素，数学测量和现象分析与之无关。

所有自愿的运动都是可能的——爬过烟道和旧下水道，闲逛过商店门面，踮着脚尖穿过流沙和矿区，跑过废弃的工厂和空旷的平原，跳过小溪，潜入水池或在玫瑰的两岸之间游泳，拉井盖或推旋转门，抓住腐烂的栏杆，吮吸麦秆或伤口；所有的交通方式，信件、牛车、独木舟、双轮马车、火车、有轨电车、汽车、飞机、气球，都是可以使用的，但任何方向感，任何关于一个人从地球上哪里来，或要到地球上哪里去的知识，都完全不存在。

宗教和文化，似乎要以天主教信仰所代表，某种东西缺失，必须被发现，但究竟缺失的是什么，天堂的钥匙，失踪的继承人，天才，童年的味道，或幽默感；为什么它会缺失，是有人故意偷走了，还是不小心丢了，或只是为了好玩而藏起来；还有谁应该负责，我们的祖先，我们自己，社会结构，或神秘的邪恶力量？有多少信仰，就有多少探索者，在每一座时钟后边，每一块石头下面，每一棵空心树里，都可以找到线索来支持它们的一切。

同样，其他的自我无疑是存在的，但是尽管每个人的口袋里塞满了出生证明、保险单、护照和信用证，却没有办法证明它们是真的还是伪造的，所以没有人知道另一个人是伪装成敌人的朋友，还是伪装成朋友的敌人（可能没有一个人的真名是布朗），也没有人知道这里的警察是否像其他地方一样忙得不可开交，他们是在镇压犯罪叛乱，还是在维护邪恶暴政；就像不知道自己是小偷的受害者，还是小偷，还是小偷的对手；是喜欢这一职业的侦探，还是专业而公正的记者。

即使是温柔的激情、长途电话、水族馆里的约会、码头鱼尾灯下的告别拥抱，这些场景也不断地出现，但由于它每次进行表演时，从不知道它是在拯救生命，是在获取秘密信息，还是忘记或吐出它真正的爱，心灵只感受到一种概念上的预感的沉闷敲击。总之，一切都暗示着心灵，但在青春期困难的无限扩大的包围下，在主观和虚拟上升到越来越陡峭、风暴越来越激烈的高度的包围下，气喘吁吁被冻结的表达天赋，在交流焦虑的压力下崩溃了，除了一连串断断续续的吠叫，和谵妄的词语喷涌之外，没有任何意义。

从这众人孤寂的噩梦中，从这永恒的尚未开始中，你们除了以一种越来越眩晕的集体狂奔，眼睛半盲，沿着斜角路线，奔向暗淡的灰色地平线之外，还有什么地标，除了四条死河——无趣河，烈焰河，悲恸河，泪沼河；还有什么目标，除了骨头在上面撞裂的黑石，只有在痛苦的呼喊中，你的存在才能最终找到明确的意义，而你拒绝做自己才会变为一种严重的绝望，什么都不爱，什么都惧怕？

***

这就是可供选择的道路，一条是轻松愉快的公路，一条是善良的岔路。在路上，人们为创造自己财富的热切努力，到达突然而可怕的终点。我试过了——这个机会不容错过——伸出警告的食指，敲响警钟，但对产生正确结果缺乏信心，确信睁大的眼睛和专注的耳朵，总是把任何景象和声音理解为对自己有利的，把每一次拒绝都理解为安慰，把每一次禁止都理解为拯救——这就是他们睁开眼睛并关注的原因——我发现自己几乎希望如此，为了你的缘故，我曾徒劳地对盲人和聋子讲过话。

学会了他的语言后，我开始感到一个敬业的剧作家写严肃喜剧的尴尬，他在向你描绘你与真理疏远的状况时，他越是成功就越注定失败，因为他越是真实地描述这种状况，他就越不能清楚地表明与它疏远的真理，他对真理的顺序、正义和欢乐的揭示越明亮，他对你单调虚伪的真实状况的描绘就越模糊，更糟糕的是，他对这种疏远本身的定义就越尖锐——最终，他还有什么别的目的和理由呢？他被禁止隐藏的艺术天赋究竟是什么呢？如果不是让你深刻地意识到，在你充满疑问的本来面目，和你毫无疑问地被命令成为的你之间，存在着一种不加掩饰的被冒犯的鸿沟，以及反对你朝任何方向迈出每一步的毫无资格的"不"？——他要加强你的妄想，意识到鸿沟本身就是一座桥，你对自己被监禁的兴趣本身就是一种释放，因此，你不会被他引导去忏悔和投降，在他的镜子里审视自己的缺点，用他的语言和自己对话，成为一种永远不会让你失望的活动，就像饕餮、收藏或消费一样，成为一种保证会流行的游戏，不管是什么公司的，一种疯狂，你唯一能被治愈的方式，是通过他完全无法控制的震惊，他镜子上不可预知的雾气，或是他文本中荒谬的印刷错误。

因此，我们不幸的剧作家陷入了一种不合时宜的困境，不得不把他所有的热情、所有的技巧和所有的时间都投入"干"生活的任务中去——有意识地给予任何少于全部的东西，都将是对他天赋的严重背叛，和不可原谅的假设——好像他有能力解决这个困境似的——然而，与此同时，你又希望会有什么意想不到的灾祸来破坏他的效果，但又不会消除你的失望，他又使你产生一种期待，认为他的效果一定会被破坏，如果那种喜形于色的兴趣从来没有出现过，那肯定不是由于它自己的过错，而是被卡在了什么地方；尽管精疲力竭，饥肠辘辘，被雾所耽误，被无数不相干的事情所围攻和摧残，它并没有忘记自己的承诺，仍在拼命地试图建立联系。

他四处寻找一个大而松散的形象来定义原创戏剧，这激起了他模仿的热情，第一次表演中，演员自己就是观众，在这个世俗的舞台上，他们的行为确实是痛苦和遗憾的——因为哗哗流下的泪水不是用洋葱熏出来的，畸形和伤口化的妆仔细清洗也卸不下来，被自己刺伤的女主角无法站起来优雅地鞠躬，勾引她的人也不能故作端庄地回家，和他相貌平平的中年配偶在一起——我的脑海里立刻浮现出一出最伟大、最壮观的歌剧，是由一个非常偏僻的巡回剧团演出的。

我们的演出——你现在知道了，阿里尔和我，就像你们所有人一样深深参与其中——我们所有人都被迫继续演出，一直到最后一个不和谐的和弦，一直都是这样难以形容，无法原谅，一塌糊涂。我们穿着被蛀坏的、不合身的普通服装，汗流浃背，瑟瑟发抖，只换了一顶帽子，重新安排了安全别针，这是为当地的游艺者和巴黎的艺术学生演出的，我们时而撞入一座波光荡漾的宫殿，时而撞入一片坑坑洼洼的原始森林，时而几乎听不见管弦乐队发出的刺耳的哀鸣声，因为一半的乐器都不见了，而那架正在填音的乡间钢琴，想必已在某个潮湿的客厅里放了太多年。我们在一次又一次的失败中挣扎着，伤感的男高音从来不能在重要的时刻把音调升起来，蹩脚的低音也不能恰当地低下去，种马般的女低音在她母性的悲痛中不停地发出漱口似的声音，醉心的花腔唱着疯狂跑调的颤音，重新团聚的恋人隔着半个酒吧，在浴血奋战中，军队步履蹒跚，神秘的收割者歇斯底里地纠缠在他们诚实的赋格风乐曲[1]中。

现在一切都结束了。不，我们还没有梦到它。我们真的站在这里，站在台下，红着脸，没有掌声；没有效果，不管多么简单，没有一桩生意做成，不管多么不重要；我们整个的制作都不值一提，甚至连那个幸福大鸟的标本也没有，本来是可以说句好话的，不管说得多么傲慢。

然而，就在此刻，我们终于按我们所是的样子看见了我们自己，既不舒服也不好玩，只是在风吹动的飞檐上摇摆，悬在永恒的虚空之上——我们从来没有站在别的地方——当我们的理智被沉重巨大的嘲笑所压制时——没什么好说的。我们的意志掌握在他们手中，从来就没有出路。从来没有——就在这一刻，我们有生以来第一次听到那真正的词语，那是我们存在的唯一

1　赋格（fugato），是盛行于巴洛克时期的一种复调音乐体裁，又称"遁走曲"，意为追逐、遁走。

理由，而不是那些声音，作为天生的演员，迄今为止，我们屈尊把它作为展示我们个性和容貌的绝佳工具。并不是我们进步了；所有的一切，大屠杀、鞭打、谎言、废话，以及所有它们的副本仍然存在，比以往任何时候都更加明显；没有任何东西被重建；我们的羞愧，我们的恐惧，我们无可救药的停滞不前，只有愿望而没有决心，而且比以往任何时候都更加强烈，依然就是我们所有的一切：只是现在，不是不顾它们，而是和它们在一起，我们得到了"完全异类生命"的祝福，我们被一道明显的本质上的鸿沟隔开，我们的镜子和舞台前拱之间的人为裂缝——我们终于理解了——它们是软弱无力的具象符号，因此我们的一切意义都颠倒过来了，正是在"审判"的反面形象中，我们才能正面地想象慈悲；就在这里，在废墟和尸骨之间，我们可以为那不属于我们的完美工作而欢欣。它的伟大连贯性在我们世俗的模糊中脱颖而出，体现在它们压倒性的正义义务中；它的声音透过我们密密麻麻的人造花束，毫不畏惧地说出它切齿的宽恕；它的空间以其宏伟古老的奇观和宽阔的前景迎接我们；有效的魅力是不受打扰状态的充分绽放；响起的音符是恢复的关系。

后记

（阿里尔对卡利班说。提词人的回声）

别再哭泣，可怜我吧，

你的跛足

投下飞逝的影子，

最终无助地爱上你，

优雅，艺术，魅力，

　　着迷于

　　单调的死亡；

别让我丢人，

　　对你的缺点要真诚：

我可以歌唱，当你回答时

　　　　　　　　　　　……我

别无所求，免得你

毁了这双眼睛里的完美，

它们全部的忠诚

都听命于你的意志；

不要诱惑你宣过誓的同志——只有

　　如我所是，我才能

　　爱你，如你所是——

尽管我的陪伴孤单

　　尽管我的健康欠佳：

如果你想哭，我就唱

　　　　　　　　　……我

从不希望说再见，
因为我们如此萎靡，
即便天堂的仁慈和大地
坦率而残酷的鼓声也无法触及；
这很久以前就注定了，
　　我俩都知道为什么，
　　唉，可以预言，
什么时候我们的谎言被分离，
　　我们将变成什么，
一声蒸发的叹息
　　　　　　　　　……我

　　　　　1942 年 8 月—1944 年 2 月

62
正午

多么寂静；马群

走进阴影里，母亲们

跟随她们迁徙的花园。

冰穴碛上的鹬

预言时间的终结，

悖论的末日。

而失恋的叹息上升

自贫穷贪婪之地，

那里无法包括他们自己。

还有那个满脸雀斑的孤儿

不再找石子

扔向池塘里的鸭群。

他希望自己是一艘汽船，

或是大嗓门的卢伽尔扎吉西[1]

1　卢伽尔扎吉西（Lugalzaggisi），公元前 23 世纪，乌鲁克第三王朝国王，先后征服了苏美尔各城邦，初步统一了两河流域，号称“苏美尔之王”。

乌鲁克[1]和乌玛的暴君。

选自《焦虑的年代》，1945 年？

1　乌鲁克（Erech 或 Uruk），美索不达米亚西南部苏美尔人的古城名，公元前 24 世纪中期乌玛（Umma）国王吉尔伽美什（Gilgamesh）在此建城，作为乌玛王国首都。

63

为立法者哀号

呜咽，沉重的世界，

一边旋转一边抽泣

笼罩在雾气中，远离幸福：

洗衣妇们整夜恸哭，

忧伤的时钟一起悲泣，

钟声敲响，敲响，

高大的阿格里帕[1]触摸天空：

闪亮的眼睛闭上，

曾为无灯者照明，提升

平躺者和沉没者，改良杂草

成为民众的谷物，让公牛清醒；

去掉滚筒印章，

说教的手指和可怕的声音

曾给原始繁杂的混乱

赋予太平。现在为他哀悼吧，

我们逝去的爸爸，

我们巨像般的父亲。

---

1 阿格里帕（Agrippa，公元前 63? —公元前 12），罗马帝国第一代皇帝奥古斯都（Augustus）的密友和副手，在恺撒（Caesar）被刺（公元前 44 年）后，协助屋大维（Octavius，后来的奥古斯都）击败庞培（Pompey），后又击败安东尼（Mark Antony）。

七个周期

七年

过去的邪恶和美德，都幸存了下来，

经历过雨期、阵风和潮湿，

经历过炙热的漩涡，

　　极寒的昏迷，

骑着一匹老白马，一匹丑陋的老马，

　　在忠诚的青年时代，

在发现精灵的螺旋旅程中

他跟随黑球滚下山坡。

它的净化之路到达休息点，

　　渴望把它留在那里，看见

在阴影里闪闪发光的黄金神殿，

无人敢触碰的神迹，

两塔之间是生命之树、

　　祈福之井，

　　欢乐之水。

　　然后他在地狱里耕作，

　　愈合了迟钝的本能

和微不足道的变化的深渊，

把它洗净，点燃，用教堂和理论

把它弄得很可爱；多亏了他

　　更清新的味道吸引着我们，

更干净的云诱惑我们的视线，

诚实的声音响在我们耳边。

他无视梦魇，吞并了它们的领地，

把张牙舞爪的吐火兽冷冻起来，

痛斥谜语，直到它咆哮而逃，

　　赢得耳语之战，

阻止了愚蠢之人，冲进

愚者的堡垒，把愠怒之人

困在单调的沟渠里，把极其讨厌之人

　　赶进他们的荒野，

　　残忍的沼泽。

　　在高高的天堂

　　永恒之地

众神正绞着他们疲惫的大手

因为他们的看守不在，世界的引擎

嘎吱作响。不再

　　被他的主旋律召唤，

将他们的真理与时代结合，永恒的客体

　　茫然地四处飘荡：

噢，麻风病人们在朗伯德街 [1] 游荡，

河水流域的租金正在上涨，

昆虫们生气了。谁来打扫

　　蜘蛛网王国？

1　朗伯德街（Lombard Street），英国伦敦一条著名街道，自中世纪以来即为银行和保险业中心，常与后来美国纽约的华尔街相比较。

因为我们的立法者居于人民下面，

更好种族的更大骨骼，

没有因为它们的重量变形，如白色石灰岩

　　在绿草下，

　　而草会褪色。

　　　　　　　　　　　选自《焦虑的年代》，1946?

64

在哪架竖琴下
献给时代的反动小册子

（斐陶斐[1]诗，哈佛，1946年）

阿瑞斯[2]终于退出了阵地，

灌木丛上的血迹

　　　屈从于渗漏的雨滴，

在它们的恢复期，

破碎的城镇

　　　让人联想到夏天的花蕊。

在学院的平地上扎营，

刚退伍的军人

　　　已开始训练新生；

尖酸刻薄的教官

通过基础课程

　　　培养厌战的年轻人。

在眼花缭乱的应用中

精通艺术和科学，

1　斐陶斐（Phi Beta Kappa），美国大学优秀生组织，来自希腊语 philosophia biou kybernetes，即 philosophy，guide of life，后缩写为三个希腊字母 ΦβK。
2　阿瑞斯（Ares），古希腊神话奥林匹斯十二主神中的战神。

他们漫步或飞奔，

对杀戮毫不畏惧的神经

被邓恩[1]的短诗

　　击打得粉碎。

教授们完成秘密任务回来，

恢复他们应有的学识，

　　虽然有些人后悔；

他们很喜欢录音机，

他们遇见了一些大人物，不会

　　让你忘了这件事。

但宙斯高深莫测的命令

允许人们

　　随意表达异议，

歌舞杂耍剧团要宣讲圣旨

每次毕业典礼的演讲

　　都是一场辩论。

让阿瑞斯打个盹，

马上就要打响另一场战争

　　在那些一路追随

早熟的赫尔墨斯的人中

1　约翰·邓恩（John Donne, 1572—1631），17世纪英国玄学派诗人、
教士。

还有那些毫无保留地服从

　　自负的阿波罗的人。

像所有奥运会比赛一样残酷，

虽然带着微笑和基督徒的名字征战

　　没有那么夸张，

民间诸神的辩证冲突

同样刻薄，

　　而且更加疯狂。

天神们爱做之事

是中土世界 [1] 的生生死死；

　　他们无关历史的反感

永远困扰着

所有年龄和身体类型的人，

　　一知半解，他们

面对未来最黑暗的提示

咯咯地笑着，眯着眼睛

　　像科尔特斯 [2] 一样敦实，

而那些像我的人变得苍白

我们扯起破旧的帆

1　中土世界（Middle Earth），英语对"人间、凡间"的旧称。

2　埃尔南·科尔特斯（Hernán Cortés），西班牙探险家和冒险家，1519 年，他率领一支不到 600 人的军队，击垮了墨西哥的阿兹特克帝国（Imperio Azteca）。

驶入肥胖的四十来岁。

赫尔墨斯的儿子们喜欢玩耍，

被告知不应该这样做时

      他们反而会全力而为；

阿波罗的孩子们从不逃避

枯燥的活计，但要认定

      他们的工作很有意义。

因对立联系在一起

我们之间不可能

      妥协；

彼此可以尊重，但永远不会有友谊：

傻瓜福斯塔夫[1]，总是与

      卫道士哈尔王子作对。

如果他能做到抛开自我，

欢迎阿波罗登上王位，

      掌管猎鹰和束棒[2]；

他喜欢统治，历来如此；

如果赫尔墨斯掌管地球，

      很快就会像巴尔干半岛那样。

1　福斯塔夫（Falstaff），与下面的哈尔王子（Prince Hal），都是莎士比亚戏剧《亨利四世》中的人物。

2　束棒（Fasces），古罗马表示权威的象征，法西斯（fascism）一词由此而来。

但嫉妒我们的梦之神

他依赖秘密计划的常识

　　　统治心灵；

无法发明竖琴 [1]，

用模拟之火创造

　　　官方艺术品。

当他占据一所大学，

真理就被有用的知识所取代；

　　　他特别留意

商业思想、公共关系、

卫生、体育，

　　　在他的课程里。

运动，外向，粗鲁，

对他来说，孤独地

　　　工作是一种冒犯，

目标是人口众多的涅槃：

他的盾牌上刻有标记：健全的心

　　　往坏处想。

我们必须承认，如今他的臂膀

1　竖琴（Lyre），根据希腊神话，是由赫尔墨斯（Hermes）所制造并送给了阿波罗（Apollo）。

无论左右都建功立业，

　　　　他的旗帜飘扬

从耶鲁到普林斯顿，还有新闻

从百老汇到书评

　　　　都很认真。

他的无线电荷马们

成天在过于惠特曼式

　　　　却韵律不协的诗歌里，

始终堆砌形容词，

表扬普通人

　　　　赞美甜甜圈。

他也写抒情诗，每首都很一般，

关于运动、夫妻之爱或春天、

　　　　狗、或抹布。

由某个法院诗人杜撰，

要拖延作梗时

　　　　便拿来诵读。

颁奖词里提到

有几首民谣的赋格变奏，

　　　　可以追溯到他，

而营养师则献出

一杯西梅汁，或一份

美味的棉花糖沙拉。

他被指控，犯有耸人听闻的

性行为以及一些

　　　　非宗教信仰的罪行，

女学生的小说，盖地铺天

落到我们毫无防备的脑袋上，如雨点一般

　　　　直到我们牙齿打战。

穿着假的赫尔墨斯制服

在我们的战线后面，成群结队

　　　　不停地降落，

他的存在主义者们宣布

他们已彻底绝望，

　　　　但要继续写作。

无所谓；他必被藐视；

白色的阿佛洛狄忒[1]站在我们这边：

　　　　他要整治我们的威胁日益严重。

如果宙斯愿意，

我们这些不关心政治的人

　　　　就能将他战胜。

1　阿佛洛狄忒（Aphrodite），古希腊神话中爱情与美丽的女神，也是性欲女神，奥林匹斯十二主神之一。

孤独的学者在学术期刊的
墙壁上狙击，

      捍卫我们的事实，
我们的知识分子陆战队
在小杂志上登陆

      捕捉趋势。

晚上，我们学生的地下组织
在鸡尾酒会上

      窃窃私语；
公众眼里的胖子
第二天早上崩溃，

      被诙谐的嘲笑伏击。

我们的士气中蕴含着我们的力量：
好吧，就让我们看个究竟

      溃败的阿波罗军团
如雾般消散，
保管好密封的十诫，

      具体内容请看：

尔勿听命于系主任，
尔勿撰写教育学的

      博士论文，
尔勿崇拜项目

尔及尔等亦勿

      在政府面前俯首称臣。

尔勿回答

关于国际事务的问卷或测验，

      亦勿参加任何考试。

尔勿与统计学家

同坐，亦勿

      研究社会科学。

尔勿与广告公司的人

和颜悦色，

      亦勿与那些

把《圣经》作为散文阅读的人交谈，

最紧要的是，切勿

      和过于洁净者做爱求欢。

尔勿量入为出，

不可只喝白水，只吃生菜。

      如若尔必须在机会中选择

选择奇数；

保持目光短浅，相信上帝；

      阅读《纽约客》。

                       1946 年

65

罗马的衰落

（致西里尔·康诺利[1]）

海浪拍击码头；

孤寂的田野，雨下着

鞭打一列废弃的火车；

山洞里挤满亡命之徒。

晚礼服花里胡哨；

国库的特工们

追查溜掉的逃税人，

通过各省城镇的下水道。

私密的魔法仪式

让神庙里的妓女入睡；

所有的文人，都保留

一个假想的朋友。

内向抑郁的加图[2]

---

1 西里尔·康诺利（Cyril Connolly，1903—1974），英国作家和文学批评家。

2 加图（Cato，前95—前46），又名小加图，以区别他的祖父老加图。小加图是罗马共和国末期的政治家和演说家，斯多葛学派的追随者。他因其传奇般的坚忍和固执闻名（特别是他与恺撒长期的不和），他不受贿，诚实，厌恶当时普遍的政治腐败。

或许会把古代纪律赞美，
而肌肉发达的水兵哗变
只为食物和薪水。

多么温暖，恺撒的双人床，
作为一个无关紧要的职员，
写下"我不喜欢我的工作"
在一张粉红色的正式表格上。

没有天赐的财富或怜悯，
小鸟细腿鲜红
卧在布满斑点的鸟蛋上，
将每一座染上流感的城市观望。

而在别处，辽阔宽广
成群的驯鹿穿越
绵延数英里的金色苔藓，
动作迅疾，没有一点声响。

1947 年 1 月

66
石灰岩颂

如果它构成一片风景，让我们这些变化无常的人
　　总是思念家园，这主要是因为
它溶解于水。浑圆的斜坡表面
　　覆满百里香的芬芳，底下
是洞穴和沟槽的秘密系统；倾听四处的泉水
　　咯咯笑着喷涌而出，
每一眼泉水都为鱼儿盈满一座池塘，
　　雕刻出小巧的峡谷，悬崖峭壁
栖息着蝴蝶和蜥蜴；查看这片
　　附近的区域，地点很明确：
更像是一位母亲，或是更合适的背景
　　给她儿子，一个裸体的年轻男子
懒洋洋靠在岩石上展示他的假阳具，从不怀疑
　　他被人爱，尽管有种种缺点，而他的工作
不过是他魅力的延展？从风化裸露的岩层
　　到山顶的庙宇，从冒出的浅水
到引人注目的喷泉，从荒野到齐整的葡萄园，
　　孩子希望比他的兄弟们得到更多的关注，
通过几个巧妙而简短的步骤，讨好或取笑，
　　都能轻易做到。

然后，看看这群对手爬上爬下的样子

　　石阶陡峭，三三两两，有时

手挽着手，但感谢上帝，步调从未一致；

　　或者正午时分在广场的阴凉处

侃侃而谈，彼此太过了解，不认为

　　还有什么重要的秘密，无法想象

一个发脾气的神是合乎道德的，

　　而且不会被一句妙语或一次美好的性交

所安抚：因为习惯了石头的回应，

　　他们从未因敬畏而蒙上面纱，

火山口燃烧的愤怒无法抑制；

　　根据当地山谷的需要进行调整，

所有的事物都可以触摸，通过步行到达，

　　他们的眼睛，从来没有透过牧民的梳子

那格子结构去张望无限的空间；天生幸运，

　　他们的腿从未接触过丛林里的

真菌和昆虫，可怕的形态和生命，

　　我们希望与之没有共同之处。

所以，当他们中的某个人变坏了，他的思维方式

　　仍然可以理解：成为一个皮条客

或者经营假首饰，或者为了博得满堂喝彩

　　而毁掉一个好的男高音，这可能发生在所有人身上，

除了我们当中最好的和最坏的……

　　　　　　　　　　我想这就是为什么

　　最好的和最坏的都不会在这里停留太久，而是去寻找

无节制之地，那里的美不那么外露，

　光线不那么公开，而生命的意义

比一次疯狂的露营要大些。"来吧！"花岗岩废料喊道，

　"你的幽默是多么含糊，你最亲切的吻

是多么偶然，死亡是多么永恒"（准圣徒们

　叹息着溜走了）"来吧！"黏土和砾石发出呼噜声，

"在我们的平原上，有军队演练的空间；河流

　等待着被驯服，而奴隶们会为你建造一座

宏伟的坟墓：人类和大地一样柔软，

　两者都需要改变。"（执政官恺撒站起身

摔门而去。）而真正鲁莽的人

　却被更苍老更冰冷、海洋般的低语所吸引：

"我就是孤独，什么都不求，什么都不许诺；

　这就是我让你自由的方式。没有爱；

只有各种各样的嫉妒，全部很悲哀。"

　它们是对的，亲爱的，那些声音曾经都是对的，

现在也是；这片土地并不像它看上去那么温馨，

　它的和平也不像是历史遗址那么平静，

有些事得以一劳永逸地解决：一个落后

　破败的省份，通过一条隧道

与繁忙巨大的世界相连，带着某种下流的吸引力，

　这就是全部现状？不完全是：

它有一种世俗的义务，不顾及自己，

　不仅没有忽视，而是质疑

所有大国都臆断的东西；它侵犯了我们的权力。诗人

因他真诚的习惯而受到钦羡，称太阳

为太阳，称心灵为谜语，

这些坚实的雕像让他不安，雕像明显地怀疑

他反神话的神话；而这些野孩子们

沿着瓷砖柱廊追逐科学家，

带着如此活泼的建议，指责他对大自然

最遥远方面的关注：而我也受到指责

原因和程度正如你们所知。不要浪费时间，不要被抓住，

不要被落下，求你了！不要像

重复自身的野兽，或者像水

或石头一样的东西，它们的行为可以被预测，

这些是我们共同的祈祷，最大的安慰是

随处可奏的音乐，无影无形，

而且无味。因为我们必须把死亡

作为事实来期待，无疑我们是正确的：但如果

罪恶可以被赦免，如果肉体死而复生，

这些物质变为

天真的运动员，摆弄姿态的喷泉，

纯粹为了娱乐，则又表明一点：

有福之人不会在意别人从什么角度看待他们，

没什么好隐瞒的。亲爱的，我对二者

皆一无所知，但当我尝试想象无瑕的爱情

或来世的生活，我听到的是地下溪流的

絮语，我看到的是一片石灰岩风景。

1948 年 5 月

67
歌

灵巧地，将军，把你的蝇饵
　　抛入静水流深处，
直到聪明的老鳟鱼犯错而亡；
　　海盐的深渊，淹没
　　你统帅的闪亮舰队，
　　　　你的脑袋白发苍苍。

继续读下去，大使，全神贯注
　　读你最喜欢的司汤达；
外部省份已失陷，
　　胡子拉碴的骑兵们
　　大口喝下城堡里的美酒，
　　　　你在那里跳过舞，很久以前。

不要转身，不要抬起你的眼睛
　　去看那对静立的人
正站在你领地之间的桥上，
　　对你的思想漠不关心：
　　在它的荣耀里，在它的力量中，
　　　　这是他们的时光。

你的力量，你的技艺，都无力
　　改变他们的拥抱，
或者劝阻复仇女神，
　　她们在约定的地点
　　张牙舞爪，横眉立目
　　　正等着他们。

　　　　　　　　　　1948 年 6 月

68
晚上散步

这样一个无云的夜晚，
累了一天之后
让精神高飞；
钟表的奇观
令人印象深刻，略带
十八世纪的乏味。

它极大地抚慰了青春期
去面对如此无耻的直视；
我所做的事，
不可能如他们说的那么惊悚，
如果有人被吓死，
它还是如此。

现在，还没准备好去死，
但已经到了这样的时期，
开始讨厌年轻人，
我很高兴
天空中的点点星辰
可以算作中年造物的一部分。

把夜晚想成一家养老院，

而非收纳完美机器的小屋，

这样想会比较舒服，

寒武纪前的红光

像罗马帝国一样消失了，

或十七岁时的我。

然而，无论我们多么喜好

古典作家们

克制的写作方式，

只有年轻人或富豪

才有那种胆量或身姿

弹出万物之泪的音调。

现在，蔓延到了国外

一如过去，蒙冤之事再次发生，

呜咽，却无人理睬，

真相无法隐埋；

有人选择了伤痛，

本不该发生的事已经发生。

就在今夜

没按既有的规矩，

有件事可能已经发生，

把它第一个小小的"不"

投向我们所接受的法律

教育我们的后洪水世界：

但是星星在头顶燃烧，

没有意识到最后的结果，

当我走回家睡觉，

询问什么样的判决

在等着我，我所有的朋友，

以及这个合众国。

1948 年 8 月

69
城市纪念碑

在同一点上，我们的灵魂是肉欲的，

在同一点上，上帝之城从无始就赋予了他。

诺里奇的茱莉安[1]

一

乌鸦的眼睛和照相机的眼睛睁开

俯视荷马的世界，而非我们的。自始至终

它们放大地球——众神和人类

永恒的母亲；如果它们留意二者

皆转瞬即逝：众神作为，人类毁灭，

二者皆以自己的渺小方式感知，

而她什么都不在乎，无为，

独自一人，肃穆地待在那里。

火葬场烟囱上的乌鸦

和照相机，在战场上巡视

1　诺里奇的茱莉安（Juliana of Norwich，1343—1416），英国中世纪隐士及神秘主义者，她的作品，如今被称为《神爱的启示》，是现存最早的女性英语作品。

记录没有时间的空间。

右边，一个村庄正在燃烧，左边的集镇里

士兵们开枪，镇长号啕大哭，

俘虏们被带走，远方

一艘油轮沉入冷漠的大海。

事情就这样发生；永永远远

梅花落在死者身上，瀑布的轰鸣

盖过鞭子抽打的哭声、恋人的叹息，

坚硬明亮的光线

构成无意义的瞬间永恒的事实，

一个吹口哨的信使，带着它消失于峡谷：

有人羡慕荣耀，有人忍受羞辱；

他可以这样，而她必须这样。谁都不应责怪。

乌鸦沉稳的眼睛、照相机抓拍的眼睛

看似诚实地观察，但其实它们在撒谎。

生命的罪恶并不是时间。即使现在，今晚

在后维吉尔时代的城市废墟中，

我们的过去是一片混乱的坟墓，前方是带刺的铁丝网

一直铺向我们的未来，直到视线之外，

我们的悲伤不是希腊式的：当我们埋葬死者时，

我们不知而知，为何要承受这一切的原因，

我们所受的伤害不是被遗弃，我们应该怜悯的

不是我们自己，也不是我们的城市；

不管探照灯照到谁，

不管大喇叭怎么响，

我们都不要绝望。

二

格列高利教皇[1]独自一人，在房间里低语他的名字，

　　而皇帝从他碰巧所在之处

照耀着一个没有中心的世界：新城

　　崛起，不顾他们的反对，心怀二心的忠诚

所做的肯定与否定；刀剑，地方领主

　　并不是全部；有家，还有罗马；

通往神殿的路上，陌生人不再害怕。

城市的事实和行为有双重含义：

　　四肢变成了赞美诗；开玩笑的拥抱

变成更持久的纽带；异教徒的面孔

　　在暴躁的噩梦中取代了家族的敌人；

水之子用他们的姿势

　　戏仿上天的无限忍耐；

木星属相的人感受到末日的阴霾。

1　格列高利教皇（Pope Gregory），格列高利是罗马教皇的称号，共有十六世，其中最著名的是格列高利七世（St. Gregory Ⅶ，1073—1085 在位），与神圣罗马帝国皇帝亨利四世斗争，改革教廷，使之从神圣罗马帝国皇帝控制下解放出来，从此教廷权力居于诸王之上。

文人和客栈老板们兴旺发达；可疑的部落合并

　　将耶路撒冷从愚钝的神手中解救出来，

纪律严明的逻辑学家们，努力

　　恢复思想，摆脱私人大脑的怪癖，

为了健全的城市：窗口远眺，果园、港口、

　　野兽、深河、枯石

躺在仁慈圣母的微笑中。

在路德[1]谴责为淫秽之地的沙地省份

　　如果付了钱，机器会如此顺利地宽恕并拯救；

他向罪恶之城宣布了一个笑咧咧的缺口，

　　任何仪式都无法跨越；他在谢祷前贬低她：

从此以后，她的处境四分五裂；

　　她的结论包括怀疑，

她的爱要忍受恐惧；没有安全感，她只能忍耐。

圣徒们被驯服了，诗人们歌颂狂怒的意志暴君；

　　观众们哭得像在世俗舞台上一样，

伟大和邪恶之人在雷鸣般的诗句中毁灭；

　　被理智和背叛分裂的城市

在韵律声中为和谐找到不可见的理由，

　　而木头和石头学会了人类无耻的游戏，

1　马丁·路德（Martin Luther，1483—1546），出生于德意志，16
世纪欧洲宗教改革倡导者，基督教新教路德宗创始人。

奉承，炫耀，浮夸，嬉戏。

以王子的名义，向大自然提出问题；

　　她坦白了，答案正是他想听到的，她没有灵魂；

在他的刑台和她的冷漠之间，内敛的风格，

　　讽刺的微笑变得世俗而虔诚，

文明适宜富起来的城市：以势利的方式，

　　那位手无寸铁的绅士把工作完成，

作为她孩子们的裁判，她森林的父亲。

在一个国家的首都，米拉波[1]和他的同伴

　　攻击奥义；拥挤的廊台上人声鼎沸，

历史踩着理念清晰的鼓声进军，

　　理性之城的目标，很快被推崇

又很快被厌倦：她利用完拿破仑，就把他撇开；

　　她那些苍白做作的英雄们

开始疯狂地寻找那个堕落前的人。

沙漠危险，海浪汹涌，他们的衣饰

　　很滑稽，但经常更换他们的贝雅特丽齐[2]

睡得很少，他们向前推进，在无法无天之地

　　升起《圣经》的旗帜，那里

1　奥诺来·加里布埃尔·米拉波（Honore-Gabriel Mirabeau，1749—1791），18世纪末法国资产阶级革命时期的著名活动家，大资产阶级和资产阶级贵族利益代表者。
2　贝雅特丽齐（Beatrice），但丁所爱的佛罗伦萨少女，和但丁同岁。

曾被光辉之城的恐惧或骄傲所拒绝，或遗弃；

　　被讨厌父母的阴影所指引，

他们侵入并掠夺她真实的自我。

喀迈拉[1]撕咬他们，他们满身怒气，日益衰弱，

　　自杀身亡，沉没于消费角，

迷失于酒徒海域，遇难于口齿不清群岛

　　或者被困在灵魂极地绝望的冰里，

他们事业未竟，孤独地死去；而现在，那禁忌而隐匿的

　　外面的荒野已为人所知：

没有信仰却忠诚，他们为意识之城而死。

三

　　穿过广场，

在焚毁的法院和警察总部之间，

路过受损严重无法修复的大教堂，

在修修补补、接待记者们的大饭店周围，

　　在应急委员会的小屋附近，

　　铁丝网穿过废弃的城市。

　　穿过平原，

1　喀迈拉（Chimeras），古希腊神话中，一种通常被描绘成狮头、羊身和蛇尾的吐火雌性怪物。

在两座山、两个村庄、两棵树、两个朋友之间，

带刺的铁丝网穿过，既不争辩也不解释，

但在它喜欢的地方，一条小路、一条铁路的尽头、

　　幽默、美食、仪式、品位、

　　城市的布局都被抹去。

　　穿过我们的睡眠

带刺的铁丝网依然在奔跑：它把我们绊倒

白色的船不带我们航行，尽管其他人在哭泣，

在嘲笑者的舞会上，它让我们的遗憾变成了遮羞布，

　　它把微笑的人绑在双人床上，

　　它从女巫的脑袋上不停地生长。

　　在铁丝网后面

在镜子后面，我们的形象一模一样，

醒着或者梦着：没有值得欣赏的形象，

没有年龄、没有性别、没有记忆、没有名字、没有信念，

　　它可以计算，可以成倍增长，

　　应用于任何地点，毁灭于任何时间。

　　它是我们的朋友吗？

不；那是我们的希望；我们哭泣，它并不悲伤，

对它来说，铁丝网和废墟并不是终点：

这是我们的肉体，但我们永远不会相信，

　　肉体的我们会死，但要怜悯的是死亡；

这是亚当所期待的城市。

让我们的弱点说话

四

没有我，亚当将不可挽回地与魔鬼一同堕落；

　　他也不可能喊出"噢，幸运的罪过[1]"。

是我提议普罗米修斯[2]去偷窃；我的脆弱

　　让阿多尼斯[3]丧了命。

我听过俄耳甫斯[4]歌唱；我并不像他们说的那样感动。

我没有被那喀索斯[5]的羊眼所迷惑；我生气

　　是因为普绪喀[6]点亮一盏灯。

到目前为止，赫克托耳[7]对我很信任。

1　幸运的罪过（felix culpa），在基督教中指人类因祸得福，因堕落而获救赎，有了最终获得拯救的希望。

2　普罗米修斯（Prometheus），古希腊神话中泰坦一族的神明之一，盗走天火带给人类，火使人成为万物之灵。

3　阿多尼斯（Adonis），古希腊神话中春季植物之神，每年死而复生，永远年轻貌美，受女性崇拜。

4　俄耳甫斯（Orpheus），古希腊神话中色雷斯的诗人与歌手，他的父亲是太阳、畜牧、音乐之神阿波罗（Apollo），母亲是司管文艺的缪斯女神卡利俄帕（Calliope）。

5　那喀索斯（Narcissus），古希腊神话中河神菲索斯（Cephissus）与水泽神利里俄珀（Leiriop）的儿子，有水仙花、自恋者之意。

6　普绪喀（Psyche），古希腊神话中的灵魂女神，爱神厄洛斯（Eros）之妻。

7　赫克托耳（Hector），荷马史诗《伊利亚特》（*Iliad*）中参加特洛伊战争的一位凡人英雄。

如果俄狄浦斯[1]听了我的话，他就永远不会离开科林斯；

    俄瑞斯忒斯[2]的审判，我没有投票。

狄奥提玛[3]谈到爱情时，我睡着了；

    对于诱惑圣安东尼[4]的怪物，我没有责任。

救世主在十字架上，第五句话是讲给我的[5]；

    成为禁欲主义者的绊脚石。

特里斯坦和伊索尔德见面时，我是

    不受欢迎的第三者；他们想毒死我。

我和加拉哈德[6]并肩骑行，一起去寻找圣杯，

    尽管不明白，我还是遵守了他的誓言。

我是浮士德和海伦结婚的障碍；

    我一眼就能认出鬼来。

我对哈姆雷特没有耐心；但我原谅堂吉诃德

    只因他在牛车上的坦陈。

1　俄狄浦斯（Oedipus），古希腊神话中的悲剧性人物，在不知情的情况下杀父娶母，生育了两个儿子和两个女儿，后来国内连年灾疫，俄狄浦斯在先知提瑞西阿斯（Tiresias）的揭示下才知道自己杀父娶母的真相。

2　俄瑞斯忒斯（Orestes），古希腊神话中的人物，远征特洛伊的统帅阿伽门农（Agamemnon）的儿子。特洛伊战争结束后，阿伽门农回国统治，被妻子及其情人杀死。俄瑞斯忒斯长大后替父报仇，杀掉母亲和她的情人，成为一代英雄。

3　狄奥提玛（Diotima），苏格拉底（Socrates）宣称狄奥提玛是自己的老师，而这位神秘的女先知更像是苏格拉底虚构的人物。

4　圣安东尼（St. Anthony the Great，约251—356），或称"伟大的安东尼""大圣安东尼"。罗马帝国时期的埃及基督徒，是基督徒隐修生活的先驱，也是沙漠教父的著名领袖。

5　《圣经·新约·约翰福音》（Bible, New Testment, Gospel of John），耶稣在十字架上讲的第五句话是"我渴"。

6　加拉哈德（Galahad），《亚瑟王传奇》（The Legend of King Arthur）中最纯洁的圆桌骑士，独自发现了圣杯。

我是唐璜名单上缺失的一员；而他

　　永远也解释不清。

我协助理发师费加罗[1]设置了所有的阴谋诡计；

　　当塔米诺[2]王子达于智慧时，我也得到了我的奖赏。

我没犯老水手[3]的罪；一次又一次

　　我告诫亚哈船长[4]要接受幸福。

至于大都会，那过于伟大的城市；她的幻象不是我的。

她的演讲没给我留下什么印象，她的统计数字更是如此；

　　对所有居住在她镜子公共一侧的人充满怨恨，没有和平。

在我受难的地方，她的摄影师们聚集在一起；

　　但我将再次升天，聆听对她的审判。

　　　　　　　　　　　　　　　　　1949 年 6 月

────────

1　费加罗（Figaro），法国戏剧家博马舍（Beaumarchais）戏剧《费加罗的婚礼》（Le Nozze di Figaro）中的主角。

2　塔米诺（Tamino），莫扎特（Mozart）歌剧《魔笛》（Die Zauberflöte）中的主角。

3　老水手（the Ancient Mariner），英国诗人柯勒律治（Coleridge）《古舟子咏》（The Rime of the Ancient Mariner）中的主角。

4　亚哈船长（Captain Ahab），美国小说家麦尔维尔（Melville）的小说《白鲸》（Moby Dick）中的主角。

70

在天狼星下

是的，福图纳图斯 [1]，现在是三伏天：

　　山上的石楠瘫软地躺着，

　奄奄一息，汹涌的激流

　　缩成一根细线；

军团的长矛生锈，队长没刮胡子，

　　学者戴着大帽子

　　脑子一片茫然。

尽管用药了，西比尔 [2] 还是滔滔不绝

　　在餐桌边聊天。

而你自己也感冒了，肚子不舒服，

　　躺在床上直到中午，

　你的账单还没付，

　　你大肆宣传的史诗，尚未动笔，

你也是受苦者。一整天，你都在告诉我们，

　　你在期待会出现让人震惊的地震，

1　维南提乌斯·福图纳图斯（Venantius Fortunatus，540—约600），出生于意大利却在法国度过主要的岁月，被称为"法国最早的中世纪诗人"，也被称为"意大利最后的诗人"。

2　西比尔（Sibyl），西方传说中能预言未来的女巫。她曾作书九卷献给罗马王，罗马王因其索金太高而拒绝，西比尔烧掉三卷仍索原价，罗马王感到奇怪，读其书发现所预言之事极为重要，欲买其书，却已残缺不全。

或者圣灵的翅膀扇动大风

打开监狱的大门，

　　让他们升天，那些乌合之众。

昨晚，你说，你梦见

　　　　　　　那个湛蓝的早晨，

　　山楂树篱花朵鲜艳，

　　那时，安静地乘着象牙船，

　　三个智慧的玛丽[1]来了，

在海马和娴熟海豚的指引下

　　穿梭于一望无际的海面：

　　啊！大炮轰鸣，

　　多么滑稽的钟声，她们纵情于

　　罪恶的海岸。

自然会期待，并且虔诚地相信

　　最后一切都会好起来，

　　但首先要记住，

　　《圣经》曾预言，

腐烂的果子应该被摇落。你的希望有意义吗？

　　如果今天就是那沉默的瞬间

　　在它爆发淹没之前

1　三个玛丽亦称为三个玛利亚（Las Tres Marías），指出现于基督教福音书中的处女玛丽（Virgin Mary）、抹大拉的马利亚（Mary Magdalene）和克利奥法斯的玛丽（Mary of Cleofas）。

反叛的洪水

　　悬在沉睡的城镇上空。

当巫师的玄武岩坟墓被打碎，

　　你会怎么看，你会怎么做？

　　它们的守护大脚怪物

　　　　啪嗒啪嗒地在后面追赶你。

你将如何回答，永恒的仙女

　　从不安的春天尖叫着

　　　　飞出广阔的天空，

　　全权统治之谜破解——

　　　　"你是谁，为什么？"

在苹果树下唱着颂歌，

　　复活之人起舞翩翩，

　　还有福图纳图斯，

　　　　那些拒绝机会的人，

如今在阴影中漫步，在盐井边抱怨，

　　他们的智慧令人厌倦，

　　　　对他们来说，这闷热的三伏天

无所事事，仿佛戴上橄榄枝的桂冠

　　　　因自我赞赏而金光闪闪。

　　　　　　　　　　　　1949 年

71
舰队访问

水手们上岸了
走出他们的空心船，
长相温和的中产阶级男孩们，
他们看连环画；
一场棒球比赛
远胜过五十场特洛伊战争。

他们看起来有点迷失，被安置在
这个非美国之地，
当地人有自己的法律
和未来；
他们来这里没什么缘由
只是以防万一。

妓女和游手好闲之辈
用毒品来纠缠他们，
以肮脏的方式
但至少为这群社会野兽提供了服侍；
而他们既不制造也不销售——
难怪会喝醉。

但这湛蓝港湾的舰队

的确因无所事事

而获益；

没有一个人类的意志

告诉他们谁该被杀，

他们的结构很人性化，

而且，一点也不迷惑，

看上去就像是

纯粹的抽象设计，

出自某位图案和线条大师之手，

花了数百万美元

每一分都物有所值。

1951 年

72

阿喀琉斯[1] 之盾

她从他的肩上望过去

　　寻找葡萄藤和橄榄林，

管理有序的大理石城市，

　　未被驯服的海上的船只，

但在那闪闪发光的金属上，

　　他双手放置的

　　却是人工的荒野

　　和铅块儿般的天际。

一片毫无特征的平原，棕褐荒凉，

　　没有草叶，没有人迹，

没有吃的，也没有坐的地方，

　　然而，一片虚空中，聚集站立着

　　难以理喻的一众，

一百万只眼睛，一百万只靴子排列整齐，

面无表情，等待一声命令。

看不见面孔，空中传来一个声音

　　以枯燥冷静如此地的语调

1　阿喀琉斯（Achilles），荷马史诗《伊利亚特》（*Iliad*）中参加特洛伊战争的一个半神英雄，希腊联军第一勇士。

用统计数据证明某个事业是正义的；

　　没有谁欢欣鼓舞，没有什么得以讨论；

　　一队接着一队，尘雾中

他们开拔，忍受一种信念，

信念的逻辑把他们带往别处，带往悲恸。

　　　　她从他的肩上望过去

　　　　　寻望虔诚的仪式，

　　　　戴着白色花环的小母牛。

　　　　　献祭，奠酒。

　　　　但在那闪闪发光的金属上

　　　　　本应放置祭坛之处，

　　　　她借着他闪烁的锻造之光

　　　　　却看到另一番景象。

带刺儿的铁丝随意围了个圈

　　无聊的军官们懒洋洋地站着（有人还开了句玩笑）

哨兵们汗流浃背，天气炎热：

　　一群正派的普通人

　　围在外面观看，不声不响，

三个苍白的身影被牵出来，绑在

三根直立在地面的桩子上。

这世上的百姓和君王，所有人

　　都自有重量，而且永远等重，

握在别人手中；他们微不足道

不可能指望得到帮助，也不会有帮助出现：

他们的敌人喜欢做的已经做完，他们的耻辱

是最坏之人期待的；他们失去了尊严，

在肉体死去之前，作为人便已死去。

她从他的肩上望过去

寻找赛场上的运动员，

男人和女人在跳舞

舞动甜美的肢体，

快，快，跟上音乐。

但在那闪闪发光的盾牌上，

他的双手并没有布置舞池

而是一片杂草丛生的荒野。

一个衣衫褴褛的顽童，漫无目的

独自在空地上徘徊；一只鸟躲开

他瞄准的石头，飞到安全之地：

女孩们被强奸，两个男孩捅了第三个，

在他眼里都是公理，他从未听说过

还有什么信守承诺的世界，或者

一个人会因为另一个人的哭泣而哭泣。

薄嘴唇的锻造者，

赫菲斯托斯[1]，一瘸一拐地走开；

忒提斯[2]的乳房闪闪发亮，

惊恐地叫嚷，

火神究竟锻造了什么

让她强悍的儿子开心，

铁石心肠的阿喀琉斯，嗜杀生灵，

不会长命。

1952 年

1　赫菲斯托斯（Hephaestus），古希腊神话中的火神、锻造与砌石之神、雕刻艺术之神，奥林匹斯十二主神之一。

2　忒提斯（Thetis），古希腊神话中的海洋女神，阿喀琉斯的母亲。

73

柳莺和椋鸟

一只椋鸟和一只柳莺

　　在堰边的山楂树上，

看见他们相遇，听他说：

　　"我最亲爱的人，

比这些水花越过堤坝时

　　欢歌笑语更生动，

我最可爱的鸭子，我最珍贵的鹅，

　　我的洁白而好色的羔羊。"

她微笑地听着，

　　听他在那里对她说：

他想要什么？柳莺问；

　　他想要的太多，椋鸟说。

"原谅我心中的爱，

　　这些贪婪和恐惧的顽童，

掐屁股乱叫的小丑，

　　哭哭啼啼的十四行诗人，

那么，在你我之间，即使是这些，

　　到死都属于我，

尽管远未穷尽可能，

　　亲爱的心，它们仍然只是征兆。"

她微笑着闭上眼睛，
　　静静地躺在那里：
他说的是真的吗？柳莺问；
　　一部分，椋鸟说。

"听！野知更鸟吹响号角，
　　正如他的音符所要求的，
现在我们爱笑的灵魂
　　必须敬畏地离去，
让他们更善良的伴侣，
　　满怀欲望，欲言又止，
带着圣洁的自私去吧，
　　火并不觉得好玩。"
面带微笑，她默默地
　　伸出胳膊将他搂住：
仅仅是这样吗？柳莺问；
　　也就是这样，椋鸟说。

在她怀里醒来，
　　他心满意足，喊道：
"我听到了美妙的声音，
　　一瞬间来临，
站在阳光灿烂的郊外
　　满心欢喜，我感谢你，
我的狗，和每一个可爱的人。"

在岸边草地上，

她笑了，他也笑了，他们一起笑起来，

然后又吃又喝：

他明白自己的意思吗？柳莺问；

只有上帝知道，椋鸟说。

1953 年

74
夜曲

让今夜充满爱，
月亮，单眼
从夜空俯瞰，
保佑我，保佑
我的挚爱，还有各地的朋友。

夜空晴朗，澄澈无云，
我们不在其中；
我们的睡梦天真，
被巨大而静止的空间凝望，
白色的山丘，闪亮的海洋。

因环境而分离，
允许你每一次的放纵
让我们在梦中相逢，
聊天，调情，
温暖的炉火，清凉的溪水。

今夜务必照耀，
以免黑暗中，有人
独自在床上猛然醒来，

听到愤怒的自言自语

诅咒自己的爱人死去。

1953 年 10 月

75
牧歌集

一　风

（致阿列克西·莱热[1]）

　　在我们的暴力深处，

安静地躺着我们的先父，他的卫兵

　　还有众多年幼的侍女，

无骨之风，吹过

　　法庭和庙宇，

让大都会想起

　　上新世[2]的那个星期五，

他神圣地吹气

　　（假若他选择硬骨鱼

或节肢动物赋予呼吸

　　我们的死期是否就已到来？）

一个愚蠢的生灵说——

　　"我被爱，所以我存在"——

如果他坚持这个逻辑，

1　阿列克西·莱热（Alexis Leger），圣-琼·佩斯（Saint-John Pers，1887—1975）的原名，法国诗人，外交官，1960年获诺贝尔文学奖。

2　上新世（Pliocene epoch），地质时代中第三纪的最新的一个世，距今530万年前开始，距今258.8万年前结束。

现在狮子也可能

和孩子躺在一起。

　　风造就天气；天气

正是讨厌之人所讨厌的，

　　而善良之人

观察时会表现出共同的喜悦：

　　当我为我们真实的城市

寻找一个形象

　　（走过怎样的恐怖之桥，

沿着多么阴暗的走廊，

　　我们必须蹒跚或匍匐前行

直到我们可以喊出——噢，看啊?！）

　　我在走廊里看到老人

敲打他们的气压计，

　　或是某个家长

早餐后第一件事

　　跑去草坪上

检查他的雨量计。

风与智慧女神，

　　在某个无风

沮丧的日子，

　　无法命名或结构，

你的诗人身体抽搐

382

抓挠，牙齿咯咯打战，
拽着耳垂，
　　下意识地祈求你
请你展示你的善意，
　　让公鸡或吹口哨的女仆
去找来暴风雨神亚瑟；
　　然后，如果那个圆脸的废话连篇者
博学的伪造者，
　　趾高气扬地穿过七个王国，
让你的白杨树抖动一下
　　以警告你的执事
免得他像个老信徒一样
　　因误读而死去；
在所有的风中，无论
　　你听到十二使徒谁的声音，
春分时午夜的大风
　　在滨草丛中号叫，
或是仲夏无云的午后
　　松林发出的
沙沙声响，
　　让他感知到你的在场，
每一个口头仪式
　　也许完成得很合宜，
这是对美好
　　而可见的

造物的回忆，

　大地，天空，几个可爱的名字。

1953 年 9 月

二　树林

（致尼古拉·纳博科夫[1]）

原始森林里的那些野人，

皮耶罗·迪·科西莫[2]画得如此投入，

树林里的裸体、熊、狮子、长着女人头的母猪，

争锋，谋杀，彼此生吞活剥，

没想到闪电点燃的灌木可以驯服，

反而惊恐地逃离有用之火。

沦为乡绅狩猎的领地

村子里有炉子和家畜，

他们仍嘀咕着最不合群的火，

尽管国王和主教警告过他们愚蠢的信徒

要赞许牧场单调的节奏，

1　尼古拉·纳博科夫（Nicolas Nabokov，1903—1978），俄裔美籍作曲家、作家，小说家弗拉基米尔·纳博科夫（Vladimir Nabokov）的堂弟。

2　皮耶罗·迪·科西莫（Piere di Cosimo，1462—1521?），意大利文艺复兴时期画家。

要憎恨树林的放任。

犯罪意图还在找旅馆
无需细节，不要证件；
树林就是这样，施展着魔咒，
很多半清不白的人就完蛋了，
责怪围绕整件事的夜莺
唱出快乐贪心的甜美。

当然，那些鸟绝对没做这种事
至于树林的本性，如果你
拍张野餐的照片，那群人看上去
矮小而低级，比起那些
从不彼此残杀的巨型生命，
他们不怕神，不怕鬼，也不怕后妈。

在这些来日的棺木中
公众可以（在海岸上不行）
管住自己追逐女色和便宜货的眼睛，
严肃的语言学者，该在哪里放松，
除了在阴影的世界，
他的领域的题材由此生成。

古老的声音能让粗糙的耳朵重新受教育，

潘[1]绿色的父亲突然说出

一串难以辨认的摩斯密码，

布谷鸟用威尔士语嘲笑，鸽子

用乡村英语创造它们所做的一切

来抚养它们现代的两口之家。

时而这里，时而那里，一些松散的元素，

生机勃勃的果实，或垂死的叶子，

说出传世的私语，

而已故的人，透过他近来的伤悲

倾听他最初的欢乐，或远或近，

一如往日的水声。

整洁的森林乞求圣母的恩典；

有人并不反感，

或至少会在人类身上投下赌注，

为了维持下去，要保持足够的体面；

乡间散步时遇到的树林

充分揭示了乡村的灵魂。

一片小树林，被化为灰烬，

一棵橡树枯萎，露出真面目：

这个伟大的社会正在崩溃；

---

1 潘（Pan），古希腊神话中人头羊角羊身的山林和畜牧之神。

他们的速度骗不了我们，

不管他们彼此和众神付出了多少代价！

一种文化并不比它的树林更完美。

.

1952 年 8 月

三　山脉

（致海德薇希·佩佐德[1]）

我认识一位退休牙医，他只画山脉

　　但是大师们并不太在意，

他们画圣徒面孔或极其危险的要人时

　　才把远山画进来；

　　正常人的眼睛会认为它们是一面墙

在更坏和更好之间，像一个孩子在法国受了委屈，

会希望自己在阿尔卑斯山意大利这边哭泣：

　　当高地在地图上标记为更深的暗影

　　　恺撒不开心，

　　夫人也不高兴。他们为何要开心？

　　一个严肃的生灵，哭求一个间隙。

奇怪的是，在陡峭之处

1　海德薇希·佩佐德（Hedwig Petzold），奥地利诗人阿尔方斯·佩佐德（Alfons Petzold，1882—1923）之妻。

你经常会遇到矮子皱着眉，

你看见他用手杖削去雏菊的脑袋：

大城市里小骗子猖獗，

但是完美的怪物——还记得德古拉 [1] 吗——

是在悬崖上的城堡里繁殖；那些不苟言笑的聚会，

拂晓时分，穿着神秘的行头，

笨重地爬到高处，让人有些吃惊；

他们保持属灵的平衡、勇气和习性，

但他们这个团伙

侍奉的是哪位上帝？

文明之人即公民。

而我是否会在湖区 [2]

见到一架钢琴，资产阶级的另一项发明？

哦，我不会。我怎么可能，

我希望此刻就站在月台上，在彭里斯

或苏黎世，或任何一个转乘点，你下了快车

换上当地慢车不久拐入岔道。接着

隧道开始，红色农场消失，

篱笆变成了墙，

牛变成了羊，你闻到泥炭或松木，

1　德古拉（Dracula），指吸血鬼之王，这个名字最早出现于爱尔兰作家布莱姆·斯托克（Bram Stock）于 1897 年所写的小说《德古拉》"Dracula"。

2　湖区（Lake District），位于英格兰西北部，是一大片由森林、湖泊、高山、溪流、古宅组成的国家森林公园。

第一次，你听到瀑布声，

看似一面墙的东西，原来是一个世界，

　　有它自己的测量方式

和八卦风格。要管理肉体，

　　冰与石的天使，日日夜夜

站在她上面，让它如此朴素

他们厌恶任何形式的成长，不会鼓励

委婉的尝试：路边的十字架

　　见证了身体的暴行，

　　　　还有小夜曲

坚持不加掩盖的事实："噢，我的女孩得了甲状腺肿，

　　我的鞋子破了个洞！"

阴郁。依然是很好的避难所。山羊后面的男孩

　　长着家族遗传的圆脑壳，在更坚硬的金属面前，

那个家族带着青铜逃窜。

　　还有那位安静的老绅士

　　在"黑鹰"旅馆住着一个便宜的房间，

曾经拥有三份报纸，如今在社会上已不受待见：

这些农场总能见到某个气喘吁吁的政府官员光临；

　　我自己是北欧人，但即便如此

　　我宁愿留下来，

　　那个离得最近的能绞死我的人

　　　　在几座山脊之外。

像猫一样安静地坐着

　　在阁楼温暖的屋顶上，

阴郁的冰斗湖，它兴致勃勃的儿子

　　蹦跳着冲下青翠的农田，

亮晶晶的，摆放的鲜花有着精致的斑点

像一首汉语诗，而真正的爱人

正在身边烹制一顿美味午餐，会让我

　　快乐多久？五分钟？对于一个不像猫的人来说，

　　　我曾误入歧途，

　　五分钟，在绝美的山上

　　　已足够漫长。

1952 年 7 月？

四　湖泊

（致以赛亚·伯林[1]）

一座湖，允许一个普通的父亲，慢慢地行走

　　一下午绕湖一周，

每一位健康的母亲，招呼她的孩子们

　　停止游戏，按时上床：

1　以赛亚·伯林（Isaiah Berlin，1909—1997），英国哲学家和政治思想史家，20 世纪著名的自由主义知识分子。

（任何比这更大的湖，例如密歇根湖或贝加尔湖，

虽可饮用，却是"遥远的海"）。

湖边的居民不需要恶魔来保持警惕；

把侵略留给缺乏教养的浪漫主义者，

他们和自己的影子在荒原上决斗：

在湖泊氛围里过上一个月

会发现河流般的对手在跳华尔兹，

没有交换他们的曾曾叔父们押韵的侮辱。

难怪，基督教世界还没有真正开始，

直到被折磨得伤痕累累，来自洞穴和监狱，身着白衣，

她沉思的首领们聚集在阿斯卡尼亚湖

在鹳鸟出没的海岸，发明了神性的生命，

使天主教的图形

成为三角形中的三条小鱼。

狡猾的外交部部长们应该总是在湖边会晤，

不管他们是顺时针还是逆时针散步，

湖边小路把他们的肩膀束缚在一个液体中心

就像两头老驴拖着沉重的脚步；

这种身体上的同情可能无法保证

他们军队的联姻，但很有帮助。

只有一个人，非常邪恶或自负，

即将沉入大西洋中部的某处，

你以为波塞冬[1]的皱眉是冲着他来的，

　　但只有人类才会相信

冰川湖的小妇人

　　会爱上被她淹死的罕见的游泳者。

城市里的人，因为注意到

　　自己是多么真实而不会惊慌失措，

城里的饮用水可能来自水库，那里的卫兵

　　很清楚自己被跟踪：韦伯斯特的红衣主教

用干草耙在鱼塘里发现一样可怕的东西；

　　我知道苏塞克斯郡[2]有一个这样的锤形池塘。

然而，闹鬼的湖让人恶心；通常情况下

　　他们用视觉世界来治疗我们的触觉狂热，

喙像树枝一样喑哑，脸像房子一样安全；

　　水蝎子发现这很容易对付，

而且，如果它在船只的抚摸下微微颤抖，

　　它从不要求水或贷款。

就像热爱湖泊的人一样，人的天性就是这样，

　　善良伴随着野蛮的狗和捕人陷阱的愿望：

1　波塞冬（Poseidon），古希腊神话中的海神，奥林匹亚十二主神之一。

2　苏塞克斯郡（Sussex），位于英格兰东南部，是英国最古老、最美丽的郡之一。

一次堕落，一次剥夺，就够了，对不起；

　　我为什么要把伊甸湖交给国家，

就因为每个凡人杰克和吉尔

　　都曾在羊水里当过天才？

我不太可能养一只天鹅

　　或者在连岛沙洲上建一座塔，

但这并不能阻止我思考，需要的话，

　　我会选怎样的湖泊。冰碛湖，锅湖，牛轭湖，

陡崖湖，岩溶湖，火山湖，山麓湖，凹洞……？

　　一口气说出这些湖的名字，真让人舒服。

1952 年 9 月？

五　岛屿

（致乔康多·萨切蒂[1]）

磨盘上的古老的圣徒，带着猫

　　漂向海上的岛屿，

在那里，女性的骨盆不能

　　威胁他们的灵性之爱。

1　乔康多·萨切蒂（Giocondo Sacchetti），奥登在意大利福里奥岛
（Forio）时的男仆。

远离法律的管辖，

　　靠近一条航道，

海盗躲在岛上的巢穴里

　　遵守海盗的规矩。

对安全的执着

　　在君主们中盛行；

殿下和人民都选择岛屿

　　作为他们的监狱。

那些被抓到的凡夫

　　如今在岛上忏悔苦行，

灭绝的物种，曾经在这里嬉戏，

　　它们没读过霍布斯[1]的作品。

完成了在大陆上的破坏，

　　他被安置在岛上，

拿破仑还有五年的时光

　　谈论他自己。

那门课程有多迷人

　　我是唯一的学员！

1　托马斯·霍布斯（Thomas Hobbes，1588—1679），英国政治家、哲学家。

萨福¹，提比略²和我

    在海边侃侃而谈。

还有什么能比

    翻覆的湖之滨更惬意？

所有那些其他人

    怎敢还在周围？

他们的性别，藏在

    民主的裸体里；除了年龄

和体重，你无法区分

    供养和被供养之人。

他们去，她去，你去，我也去

    大陆谋生：

农夫和渔夫彼此都在抱怨

    另一个人过得舒坦。

                    1953 年 8 月？

1　萨福（Sappho，约前 630—约前 560），古希腊著名的女抒情诗人。
2　提比略（Tiberius，前 42—37），全名提比略·恺撒·（神君奥古斯都之子）奥古斯都（Tiberius Caesar Divi Augusti filius Augustus），罗马帝国朱利安-克劳狄王朝（Julio-Claudian dynasty）第二位皇帝。

六　平原

（致温德尔·约翰逊[1]）

我很容易想象自己，最终

　　来到荒凉岸边衰败的海港，

向一个粗心又喜欢吵架

　　名声不好的老人讨酒喝；我也能想象

我在山谷里的第二个童年，潦草地涂抹

　　许多令人难以读懂的诗句；

但我一看到平原就不寒而栗：

　　"噢，上帝，求求你，永远不要让我住在那里！"

山峰倒塌下来会遭遇什么，想想都吓人

　　瓢泼大雨和嘎吱嘎吱的冰川

打败了壮丽的岩石，女神们曾在岩石上沉睡，

　　梦见被凿子的吻弄醒，

那些瞎眼的野蛮人死后，留下的

　　不过是一种物质，一种黏土

温顺地粘在陶工的袖口，一种砾石

　　如混凝土，包围的任何空间都会失去性别。

想想所有平等的其他地方的成长吧！

　　只要有一个山脊，梦想家就可以

1　温德尔·约翰逊（Wendell Johnson，1927—1990），美国纽约亨特特学院教授，曾出版回忆录《W.H. 奥登》。

放置它的奇迹之地；在贫穷的山谷

　　孤儿们可以顺流而下，寻求百万财富：

一路没有指向；在艺术和科学之间做出选择

　　天才的坏胎就得旋转棍子。

如果这些农场获得自由，像云一样飘散，它们又能做些

什么？

　　动荡的目标，除了海军，还能是什么？

浪漫吗？这种天气下不行。奥维德[1] 笔下的魅力男人

　　在阿卡狄亚[2] 领跳四对舞，心灵的少年主人

凡事都可以自己做主，

　　他如此狂妄，很快会死于着凉或中暑：

这些生命掌握在更牢固的手中；那个冷酷的老女人，

　　她为无帽族安排相亲

创造他们的乡村事务。（要是她情绪不好，

　　童床就惨了，草莓也惨了！）

恺撒和他所有的人，都像禽类一样贪吃，

　　比任何气候都要严酷。

如果一个收税员失踪在山里，

　　或者，时不时，一个守林人被枪杀在森林里，

1　奥维德（Ovidius，前43—18），古罗马诗人，公元8年完成的《变形记》（*Metamorphoses*），是奥维德的代表作。

2　阿卡狄亚（Arcady），位于伯罗奔尼撒半岛中部高原地区，"阿卡狄亚"在希腊语中意为躲避灾难，后世西方文艺作品中常以"阿卡狄亚"一词形容田园牧歌式的生活。

事后并没有雷声，而路途平坦之地

一旦有抗议，国王的人马会飞速赶来。

绞刑，鞭打，罚款，然后撤离。然后狂饮。

还有老婆要打。但宙斯与强者同在，

作为惯例，强者一般都出生于小地方

（经常是岛上，聪明的小伙子能观察到峭壁，

从那里，大炮可以对港口为所欲为），

虽然在这里他们与克利俄 [1] 同处一室。

在这条小溪旁，基督徒的十字弓挡住了异教徒的弯刀；

这里有一座风车，一位皇帝就是在这里

看到他的右翼被挫败；穿过这片卷心菜地

一位觊觎者的轻骑兵发起最后的冲锋。

如果我生活在平原，我会厌恨我们所有的人，

从为一片廉价面包而暴动的机械工

到挑剔的口味，厌恨画家，

他把我的皱纹偷给他的十二门徒，

厌恨牧师，他甚至连淋浴都不会。

当我拖着耙子吃力地走着，我所能笑对的

只有尖叫的河流布满血丝的形象，

惊恐的大理石，以及被迫在乎的不在乎？

1　克利俄（Clio），古希腊神话中的历史女神，九缪斯之一。

但实际上，我个人知道它们

　　只是两个噩梦的同一景观：

在它们对面，被远处的蜘蛛发现，

　　我试着逃跑，明知没有藏身之处，也没有救援；

在平原上，明亮的月光下，我迷失了方向，

　　没有影子，站在令人憎恶的

一片死寂的荒凉中央，

　　就像塔克文[1]沉迷于交欢后的悲伤。

这表明我有理由害怕

　　当然不是怕平原，而是怕我自己。我想

——谁不想呢——枪法漂亮，被人服从

　　（我还想拥有一个洞穴，有两个出口）；

我希望自己不那么傻。虽然我不能假装

　　觉得这些平原很有诗意，有时也会被提醒

没有什么是可爱的，甚至

　　在诗歌里也没有，但这不是事实。

1953 年 7 月？

1　塔克文（Tarquin），指罗马王政时代第七任国王卢修斯·塔克文（Lucius Tarquinius）的儿子塞克斯图斯·塔克文（Sextus Tarquinius），塞克斯图斯是一个好色的无赖之徒，奸污了自己亲戚的妻子，她受辱自尽，塞克斯图斯也因此丧命。

七 溪流

（致伊丽莎白·德鲁 [1]）

亲爱的水，清澈的水，在所有的溪流里嬉戏，

当你在生活中奔波或游荡时，谁不喜欢坐在你身边，

　　　听你说话，凝望着你，

　　纯粹的存在，音乐和运动中的完美？

空气有时会自夸，大地会邋遢，

火焰会粗鲁，而你的举止总是完美无瑕，

　　　在大自然女神家里，

　　所有年长仆人中你最会说话。

没人怀疑你在嘲笑他，因为你还在使用

你当天使用的同样的词汇，

　　　在那次意外的争吵之前，

　　灰浆桶都被打翻，巴别塔只建了一半，

你依然自言自语：流经各地皆受欢迎；

弓起身体，你从玄武岩上跃下，

　　　在白垩地层慢跑，艰难前行

　　穿过红色的泥灰岩，土著朝圣之人，

1　伊丽莎白·德鲁（Elizabeth Drew，1887—1965），美国作家、批评家。

四处为家，若不是因为你

我们会成为一块岩石的崇拜者，

  被我们的风景隔开，排斥

 所有其他阶层的故事和饮食。

我们怎会爱上一个不在场的人，

如果不是你从远方不停赶来，或直接援手，

  当你流经伊索尔德的塔楼

 捎去被通缉的特里斯坦的柳叶情书？

而"游戏的人"，肯定是你的孩子，

他反对等高的河岸，拿我们的封地寻开心，

  把沃土从户平转给母平[1]，

 你每次转弯时又转回去。

成长不能给你的歌声增色：就像未经洗礼的小溪

你已经在对蚂蚁耳语，作为梵天之子，

  你走下巨大的楼梯

 进入阿萨姆[2]，直到喜马拉雅，携带着雷霆。

即使人类也不能将你宠坏：他的陪伴

让玫瑰和狗变得粗俗不堪，

1　户平（Huppim），母平（Muppim），《圣经·旧约·创世纪》记载，便雅悯（Benyamin）有十个儿子，母平是其第八子，户平是其第九子。
2　阿萨姆（Assam），印度东北部邦国，处于平原地带，气候温和，雨量充沛，盛产红茶。

但他不该把你赶过水闸，在涡轮机上辛苦工作，

　　还让你在花园里蹦蹦跳跳，让他取乐。

水啊，你的呼喊依旧纯洁，甚至

当他那颗污浊之心对现实大发脾气，

　　你讲述了一个完全不同的世界，

　　和这个世界的嫉妒和手段迥然相异，

加斯东·帕里斯[1]宣誓

以各地学者的名义，

　　向这样的城邦效忠，

　　俾斯麦[2]的攻城炮火在耳边轰鸣。

最近，在约克郡[3]最可爱的山谷里，

基斯顿溪流匆匆飞流下山坡

　　落进斯瓦尔湖，孩子气地叫嚷着，

　　我躺在草地上，打了个盹儿。

恍然觉得自己在看一场槌球比赛，

在一处圈起的安静的场所，四处都是画眉：

1　加斯东·帕里斯（Gaston Paris，1839—1903），法国作家、学者。

2　奥托·爱德华·利奥波德·冯·俾斯麦（Otto Eduard Leopold von Bismarck，1815—1898），德意志帝国首任宰相（1871—1890），靠"铁血政策"统一德国，1870年还帮助法国凡尔赛政府镇压巴黎公社。

3　约克郡（Yorkshire），英格兰东北部的一个郡。

凉爽的山谷，所有的运动员当中，
　　槌球打得最好的那个是我的爱人。

而在它周围的世上，则是野蛮的老人
用铁锹和锤子寻找巨石或化石，
　　每个人都是偏执狂，
　　观鸟者在长满苔藓的山毛榉林中潜行。

突然，我们起身跑过草坪，
因为，瞧，奶油色和金色的火车穿过树林
　　由两个玩具小火车头牵引，
　　溺爱凡人的神正在靠近我们。

旁边是他的扈从，一群穿绿衣的多毛的家伙，
他们嘲笑雷电，哭诉蓝天：
　　他感谢我们的欢呼致敬，
　　并向 X 和 Y 承诺永恒的激情。

他挥动火把，命令大家跳舞，
我们绕着圈子飞，我的爱人在我右边，
　　当我醒来。那一天
　　如此幸运，因为我的梦，我的开悟。

水啊，你的声音比以往更动听，
似乎很开心——天知道为什么——和人类一起飞奔，

期待人类，我以为，至少能展示
辉煌的形象，他们的圣地。

1953 年 7 月？

76
礼仪时辰
"牺牲者终将获胜"

一　早祷

同一时分，无声无息，
　　自然而然，突然
黎明开始吹嘘，身体
　　友善的大门
向外界打开，心灵的大门
　　牛角门和象牙门，
瞬间开启又关闭
　　平息造反的投石党[1]
在夜间的折腾，令人不快，
　　脾气暴躁，二流之辈，
被剥夺了公民权，成为寡妇和孤儿
　　由于一次历史错误：
从阴影中被唤醒，成为可见之人，
　　从缺席到呈现，
没有名字和过去，我醒来
　　在身体和白昼之间。

1　投石党（Fronde），17世纪中叶法国路易十四统治期间，法国反对专制制度的政党。

神圣的此刻，完全正确，
　　彻底服从于光线
简洁的呼喊，挨着床单，
　　靠近一面墙，
在那里仿佛山的岩石姿态。
　　世界就在眼前
我知道我在这里，并不孤单，
　　和世界在一起，欢快
没有烦恼，意志仍要宣称
　　这只贴近的手臂属于我自己，
记忆说出我的名字，继续
　　它例行的赞美和责备，
对我微笑的那一瞬，
　　白昼依然完好无损，
我是最初无罪的亚当，
　　还没做任何事情。

我吸了一口气；当然是希望
　　自己聪明，无论怎样，
要与众不同，不管以哪种方式
　　死去，当然意味着失去天堂，
而我欠死神一笔债：
　　热切的山脊，沉稳的大海，
渔村的平屋顶
　　还乖乖地睡着，

依然清新，依然灿烂，但不是友人，

　　而是手头的事情，醒来的身体

不是诚实的对手，而是我的同谋，

　　我将要成为的杀手，我的名字

代表着我过去

　　对一座自欺欺人的城市的关心，

害怕我们生活的任务，终将来临的日子

　　会问起的死期。

1949 年

二　午前祈祷

　　　　他握了握狗爪，

（狗叫声让全世界都听到他一直很善良），

　　　　刽子手轻快地朝荒野出发；

他不知道谁会被羁押上来

　　　　让他履行正义的崇高工作：

法官轻轻地关上他妻子卧室的门

　　　　（今天她又头疼了）

叹了口气，走下大理石台阶；

　　　　他不知道该以怎样的判决

在人间施行那掌管众星的法律：

　　　　而诗人，在开始写他的牧歌前，

绕着花园放松片刻，

　　　不知道自己要讲述谁的真理。

　　　壁炉和储藏室里的幽灵，
专业奥秘的小神，

　　　能毁灭一座城市的大人物们，
此刻不能被打扰：我们自己待着，

　　　各自信奉自己的密教，每个人
向自己形象的形象祷告：

　　　"让我熬过今天
不要被上司训斥，

　　　不要在辩论中被击败，
或是在姑娘们面前表现得像个笨蛋；

　　　让激动人心的事情发生，
让我在人行道上找到一枚幸运硬币，

　　　让我听个有趣的新故事。"

　　　此时此刻，我们都可能是任何人：
只有我们的受害者没有愿望，

　　　他已经知道（对此
我们永远无法原谅。如果他知道了答案，

　　　为什么我们还会在这里，为什么还会有尘埃？）
事实上，他已经知道我们的祈祷能被听见，

　　　我们当中没人会犯错，
我们这个世界的机器会顺利运转，

今天，就这一次，

奥林匹斯山上不会有争吵，

不会有阴间不安的嘀咕，

也不会有奇迹，他知道日落时分

我们将度过一个美好的星期五。

1953 年 10 月

三　午时经

1

你不需要看某人在做什么
去了解那是否是他的职业，

你只需看他的眼睛就行了：
厨子在搅拌酱汁，外科医生

切开第一刀，
职员在填写提货单，

带着同样全神贯注的表情，
在职责中忘记自我。

多美啊，

凝视物体的眼神。

忽略欲望女神，放弃瑞亚[1]、

阿弗洛狄忒、德墨忒耳[2]、狄安娜[3]

她们可怕的神殿，

转而向圣福卡斯、

圣芭芭拉、圣萨图尼诺[4]

或随便哪位守护圣徒祷告，

这样才配得上他们的神迹，

迈出了多么了不起的一步。

应该有纪念碑，应该有颂歌，

献给那些敢为人先的无名英雄，

献给废寝忘食

1　瑞亚（Rhea），古希腊神话中第二代天后，大地女神该亚（Gaia）与天空之神乌拉诺斯（Uranus）所生的女儿，弟弟克洛诺斯（Kronos）的夫人，与其母一样是地母神。

2　德墨忒耳（Demeter），古希腊神话中的农业、谷物和丰收的女神，奥林匹斯十二主神之一。

3　狄安娜（Diana），古罗马神话中的月亮与橡树女神，罗马十二主神之一。

4　圣福卡斯（St. Phocas），圣芭芭拉（St. Barbara），圣萨图尼诺（San Saturnino），三位是基督教会历史上出现的殉道者和圣人。

制造出第一片打火石的人,

献给保持单身
第一个收集贝壳的人。

要不是他们,我们会在哪里?
未经驯化,一身野性

在森林里游荡
名字里没有辅音,

"本性女王"的奴隶,
对城市根本没有概念,

而且,今天中午,这次死亡
不会有代理人。

2

你不必听某人下达什么命令
去了解谁具有权威,

你只需注意他的嘴:
当围城的将军

看到城市被他的军队攻破，
当细菌学家瞬间意识到

他的假设
哪里出了问题，

当公诉人扫了一眼陪审团
知道被告会被绞死，

他们的嘴唇和嘴角的皱纹
放松，流露出的表情

不是简单的自以为是，
而是为自己的正确

感到满足，化身成为
刚毅、公正、理性。

你可能不太喜欢他们
（谁会呢？）但我们欠他们

教堂、歌剧红伶、
词典、田园诗、

城市礼仪：

没有这些司法之嘴

（它们大多长在
超级无赖身上）

生存将会多么肮脏，一辈子
被拴在某个村庄的小木屋里，

害怕当地的蛇，
或是当地浅滩的恶魔，

说着当地的方言，
只有三百来个词汇，

（想想家庭争吵，还有
匿名诽谤，想想近亲婚配）

而且，今天中午，也不会有权威人士
下令执行死刑。

3

任何你喜欢的地方，
在赐予生命、胸怀宽广的大地上，

在她干旱之地
和不能饮用的海洋之间的任何地方，

人群一动不动地站立，
它的眼睛（似乎是一只）

和嘴巴（似乎是无数张）
毫无表情，一片茫然。

人群看不到（每个人都看得到）
一场拳击比赛，一列火车残骸，

一艘战舰正在下水，
人群不好奇（每个人都好奇）

谁会赢，战舰会悬挂什么旗帜，
多少人会被活活烧死，

狗的叫声，鱼的腥味，
秃头上的一只蚊子，

都不会让人群分心
（每个人都会分心）：

人群只能看到一样东西

（只有人群能看到）

一次显灵，
任何作为皆其所为。

不管一个人信奉什么神，
以何种方式信奉

（没有两个人完全相同）
作为人群中的一员，他相信

而且只相信
只有一种信仰的方式。

很少人能互相接受，而且大多数人
永远不会做正确的事情，

而人群不拒绝任何人，加入人群
是所有人唯一能做的事情。

正因如此，我们才可以说
所有人都是我们的兄弟，

正因如此，比群居的甲壳动物
优越：他们何时

忽视过他们的女王，

何曾停过一秒

没去建造他们的省城，崇拜

这世界的王子，就像我们，

在今天中午，在这座山上，

在这人临死之际。

1954 年春

四　午后经

虽然荒野的隐士、萨满和女巫

　　一遍遍地预言，

在恍惚中胡言乱语，

　　或在偶然的韵律中透露给孩子

例如"意志"和"杀死"，

　　我们以为不可能的事

在我们意识到之前终会发生：

　　我们惊讶于自己行动的迅速和轻松，

心感不安：才下午三点，

　　牺牲者的鲜血，已在草地上

干涸；我们还没准备好面对

如此突然降临的沉默；

天太热、太亮、太静、

太恒常，死者太虚空。

天黑前我们能做些什么？

风停了，我们失去了我们的公众。

当任何一个世界将要毁灭，

炸了，烧了，破了，

被伐倒，锯成两半，被砍穿，被撕裂，

那些聚在一起没有面孔的众人

就会悄无声息地离去；

那些在墙根和树荫下的人

现在躺着，安详睡着，

绵羊般无害，没人能记得

在今早的阳光里，

他究竟为何大喊大叫；

要是受到质疑，所有的人都会回答：

"那是一头怪兽，长着一只红眼，

一大群人看着它死去，我可没看见。"

刽子手去盥洗，士兵们开吃：

只剩下我们和我们的功绩。

绿色啄木鸟旁的圣母

无花果树下的圣母，

黄色母马边的圣母，

　　转开她们慈祥的脸

不再看我们和我们在建的项目，

　　只朝着一个方向，

盯着我们完成的作品：

　　打桩机、混凝土搅拌机、

吊车、鹤嘴锄，等着被再次使用，

　　但我们如何能重复这一切？

比我们的行为更长久，我们站在原地，

　　就像我们丢弃的

我们自己的人工制品，

　　比如破手套，生锈的水壶，

荒废的支线铁路，埋在荨麻下面的

　　歪歪斜斜的磨石。

这个残缺不全的肉体，我们的受害者

　　解释得太直白、太透彻，

芦笋园的魔力，

　　我们白垩矿场游戏的目的；

邮票，各式各样的鸟蛋，

　　在神奇的曳舟道和凹陷路后面，

在螺旋楼梯上的狂喜后面，

　　现在，我们总会意识到

它们所导致的后果，

　　模拟追逐和抓捕，

赛跑、扭打、戏水、

　　喘气、笑声，

倾听那随之而来的

　　哭声和寂静：哪里

阳光普照，溪水奔流，书籍成书，

　　哪里就有这样的死亡。

很快，凉爽的北风会拂动树叶，

　　商店将在四点重新开门，

空旷的粉色广场上，蓝色公交车

　　上满乘客，然后驶离：

我们有时间去歪曲、辩解、否认、

　　神话，利用这一事件，

在旅馆床下，在监狱里，

　　在错误的拐弯处，这件事的意义

等候着我们的生命：在我们做出选择之前，

　　面包会变软，水会烧干，

大镇压已开始，魔鬼

　　在我们的七道门口

竖起他的三部绞刑架，肥胖的彼列[1]

　　让我们的妻子跳起裸体华尔兹；

这时，最好回家，如果我们有家，

　　无论如何，最好休息一下。

1　彼列（Belial），《圣经·新约全书》中魔鬼撒旦（Satan）的别名。

我们梦中的意志似乎都逃脱了

　　这死一般的平静，徘徊在

刀刃上，在黑白分明的广场上，

　　穿过苔藓、粗呢、天鹅绒、木板，

越过裂缝和山丘，

　　在绳子和忏悔松果的迷宫里，

走下花岗岩斜坡和潮湿的通道，

　　穿过再也不会闩锁上的大门

门上标着"私人领地"，被摩尔人[1]追赶，

　　被潜伏的强盗监视，

前往峡湾尽头怀有敌意的村子，

　　来到松林中风声呜咽的

黑暗城堡，电话铃响起，

　　自找麻烦，进到房间，

只点着一盏微弱的灯泡，我们的替身就坐在那里

　　埋头写着，没有抬眼。

当我们这样离开的时候，我们自己承受了委屈的肉体

　　可以不受干扰地工作，恢复

我们试图摧毁的秩序，恶意

　　破坏的节奏：瓣膜

1　摩尔人（Moor），居住在北非的一个民族群体，在公元 711 年，摩尔人征服了西班牙，标志着伊斯兰教文化和阿拉伯语言的传播，也在一定程度上改变了西班牙的历史和文化。

精确地开合，腺体分泌，

    血管在适当的时候收缩

扩张，必要的体液流动

    更新衰竭的细胞，

不知道发生了什么，但是敬畏死亡

    像所有生灵一样，

此刻，观望这里，仿佛俯视的鹰

    一眼不眨，自以为是的母鸡

按照它们的啄食秩序从近旁经过，

    虫子的视线被草叶遮蔽，

或是远处羞怯的鹿

    透过森林的缝隙窥视。

1950 年 7 月

五　夕祷

    如果俯瞰我们城市的那座山一直被称为亚当的坟墓，那么只有在黄昏时，你才能看到那个躺着的巨人，他的头转向西方，他的右臂永远停在夏娃的腰上，

    你从一位公民抬头仰望这对丑闻夫妇的方式，就能了解到他对他自己公民身份的真实看法，

如同此刻，你能从一个醉汉的号叫中听到他叛逆的悲伤，呼唤父母的管教；从好色的眼睛中看到一个忧伤的灵魂，

绝望地扫视着所有经过的肢体，寻找她那没有面孔的天使的些许痕迹，在愿望还起作用的很久以前，天使曾上过她一次，随后就消失了：

太阳和月亮提供了它们相配的面具，但在这文明的黄昏时刻，所有的人都必须露出自己的脸。

现在，我们的两条路相交了。

两者同时认出了自己的对立类型:我是阿卡狄亚人，他是乌托邦人。

他轻蔑地注意到我水瓶座的肚子：而我惊恐地看到他天蝎座的嘴巴。

他想看到我打扫厕所：而我想看到他被送到别的星球。

谁都不说话。我们有什么经验可以分享？

我瞥了一眼商店橱窗里的一个灯罩，觉得太丑了，

任何有理智的人都不会购买：他认为太贵了，没有哪个农夫负担得起。

经过贫民窟时，有个患有佝偻病的孩子，我把脸转向别处：当他经过一个胖乎乎的孩子时，他把脸转向别处。

我希望我们的参议员们表现得像圣人一样，只要他们不改造我：他希望他们表现得像邪恶的男中音歌手，城堡里的灯一直亮到深夜。

我（从未见过警察局的内部）感到震惊，心想："如果这座城市像他们说的那样自由，日落之后，她所有的机构都将变成巨大的黑石头。"

他（被打了好几次）一点也不震惊，只是想："总有一个晴朗的晚上，我们的孩子们会在那上面工作。"

那么你就明白了，为什么在我的伊甸园和他的新耶路撒冷之间，没有任何条约可以谈判。

在我的伊甸园里，一个不喜欢贝利尼[1]的人，会有

---

1 温琴佐·贝利尼（Vincenzo Bellini，1801—1835），意大利作曲家，其作品以美妙的旋律和高难度美声唱段著称，常带有浪漫主义式忧郁。

礼貌地不出生：在他的新耶路撒冷，一个不喜欢工作的人将为他出生而感到遗憾。

在我的伊甸园里，我们有一些横梁发动机、鞍形水箱火车头、上喷式水车，和其他漂亮的过时机器可以玩耍：在他的新耶路撒冷，甚至连厨师都是非常冷静的机器操作员。

在我的伊甸园里，政治新闻的唯一来源是流言蜚语：在他的新耶路撒冷，有一份特别的日报，为不善言语的人简化了拼写方式。

在我的伊甸园里，每个人都遵守自己的强迫性仪式和迷信的禁忌，但我们没有道德：在他的新耶路撒冷，庙宇空空如也，但所有人都践行理性的美德。

他鄙视我的一个原因是，我只需要闭上眼睛，穿过铁制天桥，来到纤夫小径，乘驳船穿过短短的砖砌隧道，然后

我就又站在伊甸园了。欢迎我回来的，有欢快的矿工们的变号、双簧和筒巴松，以及圣索菲亚（冰冷者）[1]大教堂（罗曼风格）的序变钟鸣：

1　圣索菲亚（Saint Sophia of Rome，?—304），基督教殉道者，在德国被称为"冰冷的索菲亚"（kalte Sophie）。

我惊慌的一个原因是，他闭着眼睛，他来到的不是新耶路撒冷，而是在愤怒的八月的某一天，小魔鬼们打闹穿过毁坏的客厅，渔妇们闯入议会，或是

某个控告和溺刑的秋夜，那些不悔改的小偷（包括我自己）被扣押，他所痛恨的那些人将会痛恨他们自己。

于是，我们匆匆瞥了一眼，采取了对方的姿势：我们的脚步已经后退，两个人都无可救药，各自走向自己的晚饭和夜晚。

这仅仅是人生道路的一次偶然的交集吗（就像任何一位十字路口之神所认为的那样）？忠实于不同的谎言，

或是两个同谋之间的一次约会，他们不由自主地要见面，以提醒对方（两个人内心都渴望真相吗？）他们最想忘记的那一半秘密，

强迫我们两人在一瞬间，记住了我们的受害者（要不是他，我可以忘记鲜血；要不是我，他可以忘记纯真）

由于他的牺牲（叫他亚伯[1]，瑞摩斯[2]，随便你叫什么，同样是赎罪祭），阿卡狄亚，乌托邦，我们亲切而古老的民主理念才得以建立：

因为没有血液黏合剂（必须是人血，必须是无辜的血），世俗之墙不会安然屹立。

1954 年 6 月

六　晚祷

现在，欲望和欲望之物

　　不再需要关注，

身体抓住机会逃掉，

　　一截一截，加入

植物朴实的和平，更符合

　　它真实的品位，现在白昼已逝，

最后的行为和感情，

　　在回忆的瞬间

让整个事件的意义呈现：

　　这瞬间来了，而我只记得门砰砰作响，

1　亚伯（Abel），据《圣经·旧约·创世纪》，亚伯是亚当（Adam）和夏娃（Eve）的次子，后被其兄该隐（Cain）所杀。
2　瑞摩斯（Remus），古罗马神话中战神的儿子，传说中与其孪生兄长洛摩罗斯（Romulus）共同建立罗马，终被其兄所杀。

两个家庭主妇在叫骂，一个老头在狼吞虎咽，

　　一个孩子，眼神疯狂而嫉妒，

这些动作和言语，适合任何故事，

　　我却没看到任何情节或意义；

我不再记得，正午到下午三点间发生的事情。

现在，我身边只有一个声音，

　　一颗心的节奏，一种星辰的感觉

正在悠闲地散步，

　　说着运动的语言

我可以测量，但无法解读：

　　也许我的心在忏悔

参与了正午到下午三点间发生的事情，

　　群星的确唱出了

一种欢乐，超越了

　　所有的喜好和发生的一切，

但我知道，我并不知道他们所知道的

　　也不知道我应该知道的，

鄙视一切虚妄的淫乱，

　　现在让我祝福他们两人

为了他们甜美的遣兴曲，

　　接受我们的分离。

从现在迈出的一大步将带我进入梦境，

　　把我留在糊涂的

愿望部落里，身份不明，

    那里没有舞蹈，没有玩笑

只有一种魔法崇拜，来安抚

    正午到下午三点间发生的事情，

他们对我隐藏起奇怪的仪式——

    假如我碰巧在橡树林中

看见年轻人侮辱一只白鹿，只需贿赂，不用威胁

    就会让他们泄密——然后呢，

过去的谎言是通向虚无的一步，

    对于结局，对于我，对于城市，

完全缺失：为公平起见

    所有存在过的

一定会归于虚空，

    无法衡量，无法理解。

诗人们（电视里的人们）

    能获得拯救吗？相信

不可知的正义，并不容易，

    或以爱的名义祈祷，

而爱人的名字已被忘记：

    解救我，解救 C[1]（亲爱的 C）

解救所有可怜哭泣的人

    他们从来没做对过任何事情，

1　C 指奥登的同性伴侣切斯特·卡尔曼（Chester Kallman，1921—1975）。

原谅我们，在年幼的日子

　　当所有的人都被撼醒，事实就是事实

（我将确切地知道，今天

　　正午到下午三点间究竟发生了什么），

我们也可以去野餐，

　　没什么需要隐瞒，加入那舞蹈

三位一体旋转

　　围绕那永恒之树。

1954 年春

七　晨祷

小鸟在树叶间歌唱；

公鸡啼鸣报晓：

孤寂，求伴。

阳光灿烂，照亮芸芸众生；

邻居们变得通情达理：

孤寂，求伴。

公鸡啼鸣报晓；

弥撒钟声叮当作响：

孤寂，求伴。

邻居们变得通情达理；

上帝保佑王国，上帝保佑子民：

孤寂，求伴。

弥撒钟声叮当作响；

滴滴答答的磨坊水轮又开始转动：

孤寂，求伴。

上帝保佑王国，上帝保佑子民；

上帝保佑这个绿色的凡世：

孤寂，求伴。

滴滴答答的磨坊水轮又开始转动；

小鸟在树叶间歌唱：

孤寂，求伴。

1952 年

77
向克利俄[1]致敬

我们的山丘已经臣服，绿意
　　席卷北方：在我周围
从早到晚，花儿不停地决斗，
　　色彩缤纷，争奇斗艳，

它们都大获全胜，每个时辰
　　别处都会传来另一部落的抗议，
新生的雏鸟啁啾，它们啼鸣
　　不为作秀，只因天性如此。

我没有察觉到，那么多的生命
　　在这个五月的清晨
意识到我的存在，当我坐着读书，
　　更敏锐的感官关注于

并不能吃的东西，气味还不好闻，
　　和很多地方一样不安全：
对于观察，我的书是死的，
　　但通过观察，它们活在空间里，

1　克利俄（Clio），古希腊神话中的历史女神，九缪斯之一。

431

不知寂静，如同撩人的阿佛洛狄忒

　　或她的双胞胎姐妹，泼妇阿尔忒弥斯[1]，

这对高个子姐妹，只关注自己。这就是为什么

　　在她们的双重世界里，平庸也可以是美丽的，

无所谓太大或太小，无所谓颜色是否搭配，

　　还有地震的轰鸣

重新排列溪水的低语，发出响亮

　　而不喧闹的声音：偶然

而不合时令，我们一个个被带来

　　克利俄，与你的沉默面面相觑。

打那以后诸事不顺。我们可以随意梦见

　　阴茎柱或肚脐石，

十二个仙女围着它旋转，但画面

　　无助于事：你的沉默

已经存在于我们和任何魔法中心之间，

　　那里一切都在掌握之中。

此外，我们真的很抱歉吗？日出时醒来

　　听到一只公鸡在引颈高歌，

1　阿尔忒弥斯（Artemis），古希腊神话中月亮与狩猎女神。

虽然他所有的孩子都被阉割吃掉了，

　我很高兴我能感知到不快乐：

如果我不知道我该怎么办，至少我知道

　双背兽[1]可能是一个分布均匀的物种，

妈妈和爸爸

　不是另外的两个人。

拜访朋友的墓地，当众出丑，

　细数自己已失去的爱，

并不美好，但要像无泪的鸟儿一样啁啾，

　仿佛没有谁特别地死去，

流言蜚语从来都不是真的，不可思议：

　如果是真的，宽恕将毫无意义，

以眼还眼将代表公正，

　无辜的人也不必遭罪。阿尔忒弥斯、

阿弗洛狄忒都是主神，

　所有聪明的城堡主人都会留意言行举止，

唯有你，从未开口，

　沉默的圣母，我们失控后

1　双背兽（beast with two backs），委婉语，指性交时两人合一，
单体双背。

会向你求助，克利俄，

　　我们被发现后，会向你的眼睛寻求认可。

我该怎样形容你呢？

　　可以用大理石来呈现

（从那完美的臀部，那无瑕而宽大的嘴

　　人们马上就能猜出

那个巨人肯定是谁），但艺术

　　为你创造了怎样的雕像？看起来就像

无人留意的普通姑娘，也没有表现出

　　与野兽的特殊关系。我记得

在报纸上见过你的照片，你在给婴儿喂奶

　　或是哀悼尸体：每一次

你都无话可说，人们能看出，

　　你也不留意身在何处，独一无二的

历史事实的缪斯，用沉默

　　捍卫你眼中的某个世界，沉默

没有爆炸可以征服，但爱人的"是"

　　却可以充盈。大人物们

很少有人倾听：这就是为什么你要关心

　　一大堆多余的尖叫声，

为什么，要像坎伯兰公爵[1]那样沉浮，

　　或拉克西水车[2]那样一圈圈转动，

矮子，秃头，虔诚的，口吃的，他们都去了

　　像阿尔忒弥斯的孩子们一样，而非你的。

生命顺从你，如音乐般移动，

　　成为它们只能成为一次的东西，

让沉默发出决定性的声音：

　　听起来很容易，但人们必须找准时机，克利俄，

时间的缪斯，对于她仁慈的沉默

　　只有第一步才算数，而第一步

永远是谋杀，她的仁慈

　　从未被接受，请原谅我们的聒噪，

教会我们回忆：阿弗洛狄忒说

　　我们绝无可能放过

所爱之人犯下的最微小的错误，

　　她应该知道，你也都明白

有人的确这样做了。你似乎平易近人，

　　我却不敢问你是否会保佑诗人，

1　坎伯兰公爵（Duke of Cumberland，1721—1765），英国将领和
统帅，英王乔治二世幼子，有弗兰德恶棍和坎伯兰屠夫的称号。
2　拉克西水车（Laxey Wheel），位于英国马恩岛拉克西村，建于
1854 年，是世界上现存还在工作的最大水车。

因为你看起来好像从没读过他们，

　　我也找不出你保佑他们的原因。

1955 年 6 月

78
先事先为

醒来，我枕着自己温暖的胳膊，倾听
一场暴风雨，在冬夜享受它的猛烈，
直到我的耳朵在半梦半醒之间，
开始解读那感叹的喧嚣，
诠释轻快的元音，水汪汪的辅音，
变成一段情话，暗示一个专名。

我本不该选择这样的语言，
严厉而笨拙，它却尽可能赞美你，
说你是月亮和西风之子，
有能力驯服真实和想象中的怪物，
把你存在的从容比喻为乡村高地，
这里是刻意的青翠，那里是碰巧的湛蓝。

那声音虽然很大，但它确实独自找到了我，
再现了一个特别寂静的日子，
一英里外的喷嚏声都能听到，让我行走于
你身边的熔岩岬角上，那永恒的时刻
如同玫瑰的凝视，你的出现
如此短暂，如此珍贵，就在眼前。

而且，每个时辰，不胜其烦，

一个傻笑的魔鬼用优美的英语惹恼我，

它预言了一个世界：每个神圣之处

都被沙子掩埋，每个有教养的得克萨斯人

都被他们的向导彻底蒙骗，

温柔的心灵像黑格尔主教们一样灭绝。

感恩，我一直睡到早晨，我所言说的

暴风雪的话语，它不肯说出究竟相信多少，

而是悄悄地把我的注意力，吸引到所完成的事情上

——我的水箱里有这么多立方的水

足以抵御狮子般的夏天——先事要先为：

成千上万的人生活中没有爱，但没有人生活中没有水。

1957 年？

79
爱得更多的那人

仰望星空，我心知肚明
尽管有它们关心，我或许还是会下地狱，
在这世界上，我们最不必畏惧
人类或野兽的冷漠无情。

作何感想，星星为我们热情地燃烧
而我们却无以回报？
如果爱，不可能对等，
让我成为爱得更多的那人。

尽管我自以为仰慕群星，
它们却毫不在乎，
现在我看着它们，无法说出
我整天都在思念一个人。

如果所有的星星都消亡，
我应当学会将空空的夜空仰望，
感受它彻底而壮丽的黑暗，
虽然这可能要花点时间。

1957 年 9 月？

80

星期五的孩子

（纪念迪特里希·朋霍费尔[1]，

1945年4月9日，

殉难于弗罗森堡）

他告诉我们，可以自由选择，

但是，作为孩子，我们以为——

"父爱只会把武力

　　作为最后的工具

来对付那些自大而不悔改的人"——

习惯了宗教恐惧，

我们从未想过

　　他说的就是那个意思。

也许他会皱眉，也许他会悲恸，

但讨论似乎徒劳无用，

愤怒或同情

　　是否给我们带来更大的打击。

1· 迪特里希·朋霍费尔（Dietrich Bonhoeffer，1906—1945），德国
信义宗牧师，认信教会的创始人之一。曾经参加在德国反对纳粹的
抵抗运动，并计划刺杀希特勒。1943年3月被拘捕，第二次世界大
战结束前被绞死。

对如此古怪之神

应有怎样的崇敬，

他让自己造的亚当

　　去执行上帝的作为？

如果我们对这个全能的人

感到敬畏，也许是件愉快的事

（当诸王割据时，民众下跪）；

　　有人尝试，但谁能试成？

当我们省察时，遇见

自省的省察心灵，

并不可怕或不友善

　　却无比平庸。

尽管仪器听它的指令，

让愿望和反愿望[1]都能成真，

它却显然无法理解

　　它到底可以做哪些事情。

因为这些类比都是废话，

我们的判断基于信仰，

我们没有办法

1　反愿望（counter wish），弗洛伊德提出的概念，指人因为内心抗拒抵触意识而产生的与愿望相反的梦境。

知晓真实的状况。

我们必须忍受已经了解的东西，
我们提交的所有关于他存在的证据或反证，
都原封不动地
　　退给了寄件人。

现在，他是否真的拆开信封
又复活了吗？我们不敢肯定；
但清醒的不信上帝之人
　　对审判日深信不疑。

与此同时，十字架上一片沉寂，
就像我们终将死去，
诉说着全然的得与失，
　　而你和我都能从那张

受辱的脸上随意猜想
他在公共场合承受
为奴隶预留的死亡
　　到底拯救了怎样的表象。

　　　　　　　　　　　　1958 年？

81
再见，梅佐乔诺[1]
（致卡罗·依佐[2]）

离开哥特式的北方，苍白的孩子们，

    土豆、啤酒或威士忌的

罪感文化，像我们的祖先一样

    我们向南来到日照充足的地方，

葡萄园，巴洛克，美丽的身影，

    来到这些女性化的城镇，这里的男人

有男子汉气质，兄弟姐妹未经训练

    就能无情地斗嘴，

就像在细雨蒙蒙的周日下午

    新教牧养区所教的那样——

不再像糊涂的野蛮人外出淘金，也不再像

    狂热于古典大师的奸商，只是为了掠夺，

尽管如此——有些人认为

1　梅佐乔诺（Mezzogiorno），泛指意大利南部地区，该地区传统上以农业经济为主，与意大利北方存在很大的发展差距，奥登曾多次在夏天去该地区度假。

2　卡罗·依佐（Carlo Izzo，1901—1979），文学教授、批评家，1952年他翻译出版了意大利语的奥登诗选。

43

"爱"在南方更美好，更便宜

（这点很可疑），还有些人被说服

　　强烈的阳光可以杀菌

（这显然是错误的）而其他人，比如我，

　　人到中年，希望弄明白我们所不是的，

我们可能会是的，这个问题

　　南方似乎从未提出来过。也许，

涅斯托耳[1]和艾帕曼特斯[2]，

　　唐·奥塔维奥和唐·乔万尼[3]所用的语言，

声音一样优美，却无法涵盖，

　　或许在如此炎热的天气

这样做毫无意义：一条大路

　　经过果园门口，召唤三兄弟

依次出发，翻山越岭去远游

　　这传说不过是气候的虚构，

1　涅斯托耳（Nestor），古希腊神话中迈锡尼（Mycenaea）时期皮洛斯（Pylos）国王。特洛伊战争期间，涅斯托耳与斯巴达国王墨涅拉俄斯（Menelaus）组建联军，领导了对特洛伊的远征，被视为最年长且最明智的英雄。

2　艾帕曼特斯（Apemantus），莎士比亚剧作《雅典的泰门》中的一个角色，愤世嫉俗的哲学家。

3　唐·奥塔维奥（Don Ottavio）和唐·乔万尼（Don Giovanni），唐璜在意大利语中被称为唐·乔万尼，唐·奥塔维奥是《唐璜》剧中骑士长之女安娜的未婚夫。

在那里散步是一种乐趣，

　　那里的人口不如这里稠密。

即便如此，在我们看来很奇怪

　　从未见过一个独生子全神贯注

玩当地发明的游戏，

　　一对朋友用私人隐语开着玩笑，

或者是一个没有欲望的身体

　　独自游荡，当猫被称为"喵"，

狗被称为卢波、尼禄或鲍比，

　　我们的耳朵会感到困扰。

他们的饮食让我们感到羞愧：

　　我们只能羡慕那些天生节俭的家伙

他们不必克制，就能不大吃大喝。

　　（交往十年后，要是我能看懂他们的表情）

他们没抱任何希望。以前希腊人把太阳称为

　　"遥远的毁灭者"，从这里望过去

阴影像匕首一样锋利，大海每天一片湛蓝

　　我能明白他们的意思：他狂怒的眼睛

一眨不眨，嘲笑任何改变

　　或逃避的想法，一座沉默的死火山

没有一条溪流或一只鸟

　　回应那笑声。这可能是一个原因

为什么他们把小摩托的消音器卸下来，

　　把收音机的音量调到最大，

一个小圣人会期待烟花——

　　把噪音作为一种反魔法，一种对三姐妹

说谎的方式："我们可能是凡人，

　　但我们还在这里！"

这让他们追求亲近——街道上

　　挤满了肉体，他们的灵魂

对所有形而上的威胁都免疫。我们很震惊，

　　但我们需要震惊：接受空间，

承认表面不必肤浅，

　　姿势也不必庸俗，而这些，

在流水的耳畔，在云彩的视线，

　　都无法真正地教会。

作为学生，我们并不坏；但作为教师，我们毫无希望：

　　歌德在一位罗马女孩的肩胛骨上

（我希望是别人）

　　敲打着荷马式的六音步，是我们所有

印记的形象：毫无疑问，他对她很好，

　　但人们会拒绝

把那个时候生下的海伦娜[1]，

　　第二个瓦尔普吉斯之夜[2]的女王——

称为她的婴儿：有些人认为，生命是一部

　　描写主人公成长的教育小说，

还有些人认为活着意味着"此刻可见"，

　　中间的鸿沟用拥抱无法弥补。

如果我们尝试去"去南方"，我们很快会腐败，

　　变得松弛、淫荡，忘记支付账单：

你从来没听说过他们，

　　会发誓戒酒，或转向瑜伽，

他们不认为这是欣慰的想法——

　　我们藏起精神战利品，在这种情况下，

不去伤害他们——我以为

　　这让我们有资格随意尖叫一声！

1　海伦娜（Helena），《浮士德》剧中角色，在第二次瓦尔普吉斯之夜后，成为浮士德的王后，产下一子。

2　瓦尔普吉斯之夜（Walpurgisnacht），根据中世纪以来的德国民间传说，每年5月1日前夜，各色女巫从四面八方骑扫帚或母猪赶赴哈尔茨（Harz）山的布罗肯（Brocken）峰，聚会的高潮是撒旦崇拜。因此瓦尔普吉斯之夜是龌龊、猥亵、丑陋、邪恶、淫荡的代称。歌德在《浮士德》中，有两场冠以其名。

而不是两声。我必须离去，但心怀感激

（即使对那个蒙特[1]也是如此），还会乞求

我心中那些神圣而崇高的名字，皮兰德娄[2]，

克罗齐[3]，维科[4]，维尔加[5]，贝利尼[6]，

来保佑这片土地，葡萄饱满，

还有那些以这里为家的人：虽然

人们不会永远确切记得，为什么曾经快乐，

却不会忘记，的确快乐过。

1958 年 9 月

1　蒙特（Monte），奥登在意大利南部度假时的房东。

2　路易吉·皮兰德娄（Luigi Pirandello，1867—1936），意大利小说家、戏剧家，1934 年获诺贝尔文学奖。

3　贝奈戴托·克罗齐（Benedetto Croce，1866—1952），意大利哲学家、历史学家、新黑格尔主义的主要代表之一。

4　加姆巴蒂斯塔·维科（Giambattista Vico，1668—1744），意大利哲学家，反启蒙（Counter-Enlightenment）先驱，著有《新科学》（*Scienza Nuova*）等。

5　乔瓦尼·维尔加（Giovanni Verga，1840—1922），意大利现实主义作家。

6　乔瓦尼·贝利尼（Giovanni Bellini，1430—1516），意大利威尼斯画派画家。

82
本性女王[1]

肥硕的臀部，母猪般的胸脯，

　　　　　猫头鹰的头，

为了谁——还有谁——第一滴无辜的鲜血

　　　　　正式流出

这只长着下巴的哺乳动物，在艰难的日子

　　　　　变成了食肉动物，

他第一次淫乱群欢

　　　　　向谁乞求一场倾盆大雨

来加快更温暖年代

　　　　　增强体质的谷物：

现在，我们想知道，是谁

　　　　　把我们交由她来治理？

她从来都不拘谨

　　　　　而且历来如此，

自从疑心重重的学院

　　　　　听到基督符号的风声；

圣杜鹃木制教堂为她而建，

　　　　　绿色的星期天

1　本性女王（Dame Kind），神秘主义宗教词汇，意指"非个人的创造本能"。

秃头隐士们举行无言的祭祀

　　　　　　赞美她：

伙计，把你的五十首十四行诗装进口袋吧；

　　　　　　诸神不受惩罚

还有那些被他们骚扰的女孩

　　　　　　告诉她这个神话。

难道我们没看出她所挑选的赢家吗？

　　　　　　她纵容、保护

那些英俊的人，她所宠爱的人

　　　　　　难道不是铁石心肠？

……一颗炸弹就足够了……现在看吧

　　　　　　谁的想法可怕！

兄弟，你比寂寞的偷窥者

　　　　　　或处男还要差，

他每晚都厌恶医学拉丁语中的

　　　　　　原初场景：

她可能没有竭尽全力，

　　　　　　但她是我们的妈妈。

你不能告诉我们，你那患有疑病症的

　　　　　　才女来自普罗旺斯，

她制造的有发条、能转圈的阿卡狄亚

　　　　　　只值两便士；

你在那个博物馆里找不到固定的伴侣，

除非你更愿意

和一个无形的天使喝茶，而不是

　　　　　　　和可爱的怪物共眠：

你一本正经，神秘兮兮，

　　　　　　　在抓住它之前，

不妨请那位赋予你才智的本性女士

　　　　　　　安顿好你。

甚至假设，你在那个不寻常的公国登陆，

　　　　　　　她最遥远的封地，

（由于错误的方向

　　　　　　　或出于你自己的恶作剧）

四只眼睛两两相对，

　　　　　　　一面镜子危机四伏，

就像清澈的岩石盆地

　　　　　　　让冷淡的水仙失去兴趣，

在那里，结巴的舌头直呼其名

　　　　　　　不再施展阴谋诡计，

普通的塌鼻动物看到脸部侧影

　　　　　　　感到不好意思。

即使在那里，当你红着脸呼唤它的守护者，

　　　　　　　（他没法发音的真名

对于每一颗真心都是唯一

　　　　　　　说出来便是错）

为了使你的求爱仪式神圣

        需要一段音乐，

比推销员的五行打油诗

        要更加严肃，

向粗俗的老者鞠一躬吧，他让你成为

        啰唆而又敏感的

最可爱的一位，

        尤其要感激

她所做的那些吃力不讨好的活计。

        多少张合法的、非法的

同样没有爱意的床笫，

多少回虚伪的亲昵，狡诈的问题

        更狡诈的答案，

多少次咆哮的比赛，讽刺的沉默，

        眼泪，晕眩，

多少遍愚蠢的折腾，

        血腥的暴政，

才让你们两个人

        按约见面？

                1959 年

83
你

你，太过亲密
形影不离，
必须
总在那里？
我们之间的纽带
肯定是虚幻的：
但我却无法摆脱。

而我，本来是为
神圣的游戏而生，
却要变成鄙陋的机械工，
这样你就会
崇拜你世间的面包，
而不考虑
时间的价值？

到目前为止
我仅只了解了你
性格较好的一面，
但你知我知
总有一天

你会变得野蛮，
把我狠狠地伤害。

蠢透了？
你的确是这样：
可是，不，我曾傻乎乎地
相信你的品位，
你却用来折磨我。
呸！笨蛋：
我知道你从哪儿学来的。

我能相信你吗，
即使是基于生物的事实？
我强烈怀疑
你持有某种教条
关于肯定的真理，
给我讲些虚构的故事：
我永远无法证实。

哦，我知道你是如何弄到
一个罪人的头盖骨，
在两条冰川之间
无辜的灵长类的
主计时器
如何改变了它的节拍：

但这解释不了什么。

谁在弄来弄去，为什么？
为什么我确信
不管你有什么错，
错都在我，
为什么孤独
不是一种化学的不适，
不是一种气味？

1960 年 9 月

84
《现代物理学儿童指南》读后

如果，一位顶级物理学家所了解的
关于真理的知识都是真的，
那么，尽管我们的共同世界
包含着诸如此类的
枉然和龃龉，
我们过得比大星云要好，
比我们脑子里的原子要好。

婚姻很少是幸福的，
但那肯定会更糟，
当粒子以每秒几千英里的速度
在宇宙中喷射，
其中一个恋人的吻
要么没被感觉到，
要么会扭断所爱之人的脖颈。

我刮胡子时
凝视的那张脸很残忍，
年复一年，它排斥
上了年纪的追求者，
感谢上帝，它还有足够的质量

完整地留在那里，

不像是不确定的稀粥，

部分已留在别的地方。

我们的眼睛喜欢猜想，

适宜居住之地

都有以地球为中心的景象，

建筑师们围起

一个安静的欧几里得[1]空间：

将神话打破——

但谁会觉得自在呢，

当骑在不断膨胀的马鞍上？

我们为探索的过程

所投入的激情

作为事实无可置疑，

但我会更加开心，

如果我更清楚地知道

我们为什么要具备这些知识，

确信心灵可以自由选择

知，或不知。

它似乎已经做了一次选择，

1　欧几里得（Euclid，约前330—前275），古希腊数学家，以形式逻辑的公理演绎方法完成《几何原理》而被称为"几何之父"。

我们对宏大的极端的关注

是否真的

适合一种

中等大小的生物，

或把自然政治化

是否很明智，

这是我们要了解的东西。

1961 年

85
巡回演讲

越洋旅客，迷失于
他们淫荡自负的旅途，
去往马萨诸塞州、密歇根州、
迈阿密或洛杉矶。

我坐在飞行仪器上，
夜航，去实现
哥伦比亚-吉森管理公司[1]
高深莫测的愿望，

经由他们的推举，
我为原教旨主义者、修女、
外邦人和犹太人
带来我的缪斯福音，

一周七天，每一天
对当地还没熟悉，
就被喷气飞机或螺旋桨飞机
从一个演讲地载往另一个演讲地。

1　哥伦比亚-吉森管理公司（Columbia-Giesen-Management），奥登的第一次巡回演讲，由此机构安排。

尽管各处都受到热烈欢迎，

但如此频繁而迅速更换场地，

以至于我无法说出

前天晚上我在哪里。

除非有什么特别的事件

让我记住某个场面，

一句愚蠢的评论，

一张魅惑灵魂的脸，

或是充满欢乐的偶遇，

在吉森计划之外，

比如这里，有位托尔金[1]迷，

那里，有位查尔斯·威廉斯[2]的粉丝。

既然功德不过是粪土，

我登上讲台无所畏惧：

但说实在的，要问我的报酬是否过高，

那可真该死。

1　约翰·罗纳德·瑞尔·托尔金（John Ronald Ruel Tolkien，1892—1973），英国作家、诗人、语言学家及大学教授，以创作经典严肃奇幻作品《霍比特人》《魔戒》与《精灵宝石》而闻名于世。

2　查尔斯·威廉斯（Charles Williams，1886—1945），英国作家，其文学作品几乎涵盖了所有的形式。

精神愿意重复，

老生常谈，没有疑虑，

但身体想家了，

我们在纽约舒适的公寓。

到了五十六岁，爱生闷气，

他发现改变就餐时间

简直如地狱，性格变得极其怪异，

不喜欢豪华酒店。

《圣经》是一本好书，

我总能充满热情地细读，

但希尔顿写的《做我的客人》[1]，

我真的读不下去。

也无法安静地忍受

学生车上的收音机，

早餐的背景音乐，噢，亲爱的上帝！

酒吧里演奏风琴的女子。

最糟糕的，是焦虑的想法，

每当飞机开始降下，

"禁止吸烟"的指示灯点亮：

---

1 《做我的客人》（*Be My Guest*），希尔顿酒店的创始人康拉德·希尔顿（Conrad Hilton，1887—1979）所写的自传，出版于 1957 年。

有啥喝的吗？

在这种环境下，我必须

这也太格雷厄姆·格林[1]了！太有失身份！

从我的包里掏出酒瓶

来一大口提提神？

又一个早晨来临：我在飞机上

看见屋顶逐渐缩小，

又一群听众

我再也不会见到。

上帝保佑他们，那么多人

虽然我不记得谁是谁：

上帝保佑美国，如此辽阔，

如此友好，如此富裕。

1963 年 6 月？

1　格雷厄姆·格林（Graham Green, 1904—1991），英国作家、剧作家、文学评论家。他的作品探讨了当今世界充满矛盾的政治和道德问题，将通俗文学和严肃文学有机地结合在一起。

86
我在阿卡狄亚

看到她婚后的日子
如此幸福，
家庭主妇，男人的帮手，

谁能想象这样一位大嗓门的
泼妇，曾是一位女战士，
大地的母亲？

她的丛林，
生长缓慢，她高大的怪物们
羞愧难当，

她的土地喃喃自语，
庄稼整齐排列，
那里很快会升起晨曦：

躲闪或俯卧，
担惊受怕的纯种马
啃食着牧草，

教堂的钟声将一天细分，
日落时的小路上
胖乎乎的肥鹅回家。

至于他：
史诗和噩梦讲述的猛兽，
现在怎么样了？

主教们不会提着斧子
追赶他们的领班神父，
在强盗男爵

摇摇欲坠的藏身洞穴，
观光客们野餐，
他们没带匕首。

我也许会认为自己
是人道主义者，
要是我能不去看

高速公路
在不敬神的罗马般的傲慢中，
怎样妨碍了景观，

农夫的孩子们

蹑手蹑脚地走过小屋，

阉马的刀子就存放在那里。

1964 年 5 月？

87
为栖居地而感恩

> 绳索华丽地落在我身上
>
> 的确，我有华丽的遗产。
>
> 《诗篇》第十六首第六节

一　序言：建筑的诞生

（致约翰·贝利[1]）

从廊墓和捕猎鹪鹩王

　　到小弥撒和拖车营地，

不过是碳钟[2]的一声滴答，但我

　　不这样计算，你也不：

回到自行车的年代

　　那是数百万次心跳之前，

在那之前没有我能衡量的"以后"，

　　只有一个史前的"曾经"，

任何事情都可能发生。对于你我，

　　巨石阵和沙特尔大教堂[3]，

1　约翰·贝利（John Bayley，1914—1981），美国建筑家。

2　碳钟（carbon clock），化学术语，指利用碳 14 半衰期测量物品诞生时间，常用于考古领域。

3　沙特尔大教堂（Chartres Cathedral），12 世纪建筑经典杰作，位于法国厄尔-卢瓦尔（Eure-et-Loir）省会城市沙特尔市的山丘上。

雅典卫城，布伦海姆[1]，阿尔伯特纪念亭[2]，

　　都是同一个老人的作品，

他用了不同的名字：我们知道他做了什么，

　　甚至那些他以为他想做的事，

但我们不明白为什么。（要做到这一点，

　　就要以他的方式变得自私，

不用混凝土或葡萄柚。）现在轮到我们

　　来迷惑未出生的人。没有哪个世界

能像它应该的那样经久，不管是否消亡

　　世界都有待建设，

因为我们从窗口看到的

　　不朽的联邦

无论如何都是存在的：它很有品位

　　从不令人感觉乏味，但这还不行。

它的人口中

　　有泥瓦匠和木匠

他们建造最精致的庇护所和密室，

　　但没有建筑师，

也没有异教徒或无赖：面对死亡

　　心生怨恨，要建造

1　布伦海姆（Blenheim），德国的一个村庄，1704 年英德联盟军在此大败路易十四统领的法兰西军队，粉碎了"太阳王"独霸欧洲的梦想。此次战役之后，大英帝国迅速崛起，成为"日不落"帝国。

2　阿尔伯特纪念亭（Albert Memorial），位于英国伦敦肯星顿公园，是维多利亚女王为纪念她 1861 年死于伤寒的亡夫阿尔伯特亲王所建。

坟墓和庙宇的第二自然，生命

　　必须理解"假如"的含义。

1962 年春？

二　为栖居地而感恩

（致杰弗里·戈勒 [1]）

我认识的人当中，没人愿意和这些埋在一起，

　　一只银质鸡尾酒调酒器，

一个半导体收音机，一位被勒死的

　　钟点用人，或是信守承诺

就因为他的曾曾祖母

　　和神兽上过床。只有媒体大亨

才能建造圣西门堡 [2]：任何不劳而获的收入

　　都买不回我们走巴洛克式楼梯的步态和姿势，

或是假装相信男仆

　　听不见人类说话的演技。

1　杰弗里·戈勒（Geoffrey Gorer，1905—1985），英国人类学家和作家。奥登好友，1930 年移居美国。

2　圣西门堡（San Simeon），美国加州圣西门附近的赫斯特城堡，报业大亨威廉·赫斯特所建。

（在擅建城堡[1]里

　　我们半壮崽们会挂起他们的外套

修理要命的自行车链条：

　　幸运的是，这里没有足够多的峭壁

可供攀爬）不过，黑蒂·佩格勒坟茔[2]

　　值得一看，还有美泉宫[3]，

去看看某人对身体的想法

　　那本应是他的身体，但母亲所赋予的肉体

却不可以：无论

　　他做什么，或觉得想做什么，

估量，嬉戏，崇拜，做爱，

　　他都保持同样的形体，让高贵本尊

蒙受耻辱。被过分崇拜

　　还不够：不管男人还是女人

很少有好身材，但这样的身材

　　以前也有过。一个人可以是

1　擅建城堡（adulterine castle），未经国王批准而私自建造的城堡，尤其指英国 1139 年至 1154 年无政府（Anarchy）时期建造的堡垒。

2　黑蒂·佩格勒坟茔（Hetty Pegler's Tump），位于英国格洛斯特郡尤里村附近的古代廊墓。

3　美泉宫（Schloss Schönbrunn），坐落于奥地利首都维也纳西南部的巴洛克艺术建筑，曾是神圣罗马帝国、奥地利帝国和哈布斯堡王朝家族的皇宫。

普鲁斯特式的势利小人，也可以是

杰克逊式可靠的民主党人，但我们当中

有谁愿意被不经意地触摸，即使

　　是被心爱之人？我们都知道图表

和达尔文，巨大的房间

　　不再超人化，但认真的城市规划者们

错了：给理性动物的围栏

　　并不适合

亚当的无上化身居住。

　　我，一个从海外移居来的人，

终于占据了主导地位，

　　在这三英亩土地上

繁花盛开的乡间生活中，

　　我很少能见到人，

与之交谈的人就更少。林奈[1]见到两栖动物

　　就会退缩，就像见到一群可怕裸体的乌合之众，

蛛形纲动物让我不寒而栗，而那些

　　污损自己罪恶象征的傻瓜

1　卡尔·冯·林奈（Carl von Linné，1707—1778），日耳曼族的瑞典生物学家，动植物双名命名法（binomial nomenclature）的创立者。

470

与希特勒相似：蜘蛛一族

　　应当允许它们结网。

对我的水中弟兄们来说，我愿意是

　　晴好的天气：很多都很愚蠢，

有些或许还无情，但有谁不是

　　脆弱而容易被恐吓，

还尽力守护自己的隐私？（例如

　　我很高兴乌鸫就听不出

我说的是英语还是德语，

　　或只是在打字：而它的发音

我当作异类的絮叨来欣赏）

　　我应该比敏捷的蜻蜓活得更久，

就像肌肉发达的冷杉

　　肯定比我活得更久；我不会落入

任何食道，尽管我可能会屈服于

　　穿过滤网的捕食者，

无论如何，我会停止进食，

　　把我的那点氮捐给世界基金，

伴随一声拖长的"哦"（除非

　　某个战战兢兢的指挥官点头，

我就会在一纳秒内

　　被转化为千兆位死亡中的

一厘毒素）。如果传统的

　　枪炮战争及其雇佣军

包围了我的辖区，我当然

　　会采取顺从的姿态：

但人又不是狼，这可能没什么用。

　　领土，地位，

爱，鸟儿齐声歌唱，这些才重要：

　　我不敢期望或争取的

是在我五十多岁的时候，有自己的宅地田园，

　　在那儿，我不必和我不喜欢的人

待在一起，那儿不是摇篮，

　　而是没有时钟的神奇的伊甸园，

不是无窗的坟墓，而是一个

　　我可以随意出入的地方。

　　　　　　　　　　　　　　1962 年 8 月

三　创作的洞穴

（悼念路易斯·麦克尼斯[1]）

这里和所有类似封闭的场所，

　　原型是韦兰[2]铁匠铺，一个洞穴

甚至比卧室还要私密，情人

　　和女佣都不受欢迎，却没有

卧室的秘密：奥利维蒂手提打字机，

　　词典（钱能买到的

最好的东西），一摞摞的纸，显然

　　一定会发生什么。这里没有

鲜花和照片，这里的一切

　　都服务于一个功能，旨在

阻止白日梦——因此，窗户回避了

　　似乎显形的景物，进来的光线

让人可以修理手表——并让听觉灵敏：

　　从外面的楼梯上去，家里的噪音和气味

以及广阔的自然生活背景

　　都被隔绝在外。这里的寂静

转化为物体。

1　路易斯·麦克尼斯（Louis MacNeice，1907—1963），在大学教过书，后来在英国广播公司任职。早在 20 世纪 30 年代，就与奥登齐名，并与奥登、斯彭德（Stephen Spender）、刘易斯（Cecil Day—Lewis）合称牛津四才子。1963 年 8 月，岩洞探险时因淋雨感冒染上肺炎，当年 9 月 3 日去世。

2　韦兰（Weland），德国和挪威神话中的铁匠。

我多想，路易斯，

 在你还作为公众人物时让你看到，

还有房子和花园：女人和多尼戈尔郡[1]的爱慕者，

 从你的视角，你会注意到

我所俯瞰的风景，反过来，你会对我能告诉你的事实

 产生学者的兴趣（例如，

在我们东边四英里处，有一道木头栅栏，

 加洛林王朝[2]的巴伐利亚止步于此，再过去

是不可知的游牧民族）。我们成为朋友

 是出于个人选择，但命运早已让我们

成为邻居。在语法方面，我们都继承了

 优良的混合了蛮族的英语，

它从未完全屈服于罗马的修辞

 或罗马的庄严，那种废话

毫无意义。虽然我俩的父亲，都不像贺拉斯[3]的父亲

 会在胳膊上擦鼻子，

也都不是出身名门，我们的祖先可能是众多的臣民之一

 谋杀他们成本很低。

生来如此，我们有了自我意识，

---

1 多尼戈尔郡（Donegal），位于爱尔兰西北部，麦克尼斯出生于北爱尔兰，写有诗作《多尼戈尔三联画》（*Donegal Triptych*）。

2 加洛林王朝（Carolingian Dynasty），8世纪中叶至10世纪统治法兰克王国的王朝。

3 昆图斯·贺拉斯·弗拉库斯（Quintus Horatius Flaccus，前65—前8），古罗马诗人、批评家、翻译家，代表作有《诗艺》（*Ars Poetica*）等。

那时火车头以马洛礼¹的骑士们命名，

　　学童们认为科学臭不可闻，

而庄园在政治上仍然很神秘：

　　我俩都怀着复杂的心情

看着沉默之劫，空荡荡的教堂，

　　骑兵走了，宇宙模型

变成了日耳曼式的，而任何信仰，如果我们曾有过，

　　都在内在的美德中死了。外面的生活

比以往任何时候都美好、神奇、可爱，

　　但自从斯大林和希特勒以来，

我们再不会相信自己：我们主观上知道

　　一切皆有可能。

　　　　　　　　　　不过，对于你而言，

自从去年秋天，你悄悄溜出美好乐土，

　　我们湿润的花园，进入

无忧无虑的国度，任何可能性

　　都不再紧要。我多希望

你那回没感冒，但我们和怀念的死者

　　更容易交谈：和那些不再因困难

而紧张的人在一起，你不会感到害羞，

　　无论如何，当打牌、喝酒、做鬼脸

都不可能的时候，除了和他们

1　托马斯·马洛礼（Sir Thomas Malory，1416—1471），英国作家，最有名的著作为史诗式传奇《亚瑟王之死》，书中全面收录了亚瑟王圆桌骑士们的传奇故事和追寻圣杯的英雄壮举。

已变成良心的声音交谈，

还能干些什么？从现在起

　　作为一个不需要去接站的客人

随时欢迎你在我的公寓里影响我，

　　尤其是这里，从《诗集》到《燃烧的栖木》[1]

这些题目都证明了

　　你是创造者，我曾和你

一起合作，在一个奇怪的研讨会上

　　有个傻瓜在谈论异化，

我俩还互相挤眉弄眼。

　　　　　　　有谁愿意

　　做一个口述文化中的吟游诗人，

在酒宴上即兴为

　　某个目不识丁的健壮的点火人，

或赐环者[2]，写颂词呢？或者依赖于巴洛克王子的情绪

　　像他的侏儒一样，靠取悦他人

获得面包？毕竟，

　　跻身于富人圈子

提供这种不受欢迎的艺术服务是一种特权，

　　它不能转化为用于研究的背景噪音，

也不能被上升的高管们作为地位奖杯挂起来，

　　不能像威尼斯那样被"完成"，

1　《诗集》(*Poems*) 和《燃烧的栖木》(*The Burning Perch*)，麦克尼斯的诗歌作品集。

2　赐环者（ring-giver），古时部落首领会给战争中归来的勇士，赐予黄金臂环或项圈（ring），故而被称为"臂环/项圈的赏赐者"。

也不能像托尔斯泰那样被删节，但依然固执地坚持

被阅读或忽视：我们不多的几位客户

至少会使用卢恩文字[1]。（忘记

不发达国家是无情的，

但饥饿的耳朵和郊区乐观主义者的耳朵一样聋：

对胃来说，只有印度整数

才会真诚地说话。）我们的先人也许会嫉妒

我们剩下的部分还能倾听：

就像尼采所说，平民群体的愚笨稳步上升，

而优等群体的理解力越来越快。

（如今，即便是塔列朗[2]

也不过是个幼稚的人：

他要应付的事实在太少了。）如果可能的话，

我想成为大西洋的小歌德，

怀有他对天气和石头的热情，但没有

他对十字架的愚蠢：有时令人厌烦，但是，

虽然知道言语最多只能是影子，是沉默的光的回声，

为真理见证，但它不是真理，

虽然他希望它是，因为那群崇拜法国的

歌手们

1　卢恩文字（Rune），是一类已灭绝的字母，在中世纪的欧洲用来书写北欧日耳曼语族的语言，特别是在斯堪的纳维亚半岛与不列颠群岛通用。

2　夏尔·莫里斯·德·塔列朗–佩里戈尔（Charles Maurice de Talleyrand-Périgord，1754—1838），法国资产阶级革命时期著名外交家，从18世纪末到19世纪30年代，曾在六届法国政府中担任外交部部长、外交大臣、总理大臣职务。

太爱慕虚荣。我们不是音乐家：

　　散发诗的怪味并不适宜，而从不沉闷

是缺乏品位的表现。即使是一首打油诗

　　也应该是一个正直的人

在等待癌症或行刑队的死亡时，

　　可以毫无藐视地读出来：

（在那种境地，我不敢用预言家的怒吼

　　或外交官的耳语

和任何人说话）。

　　　　　　既然你已深知

　　我们的秘密

在孤独的洞穴里，我们是多么需要

　　已故好友的陪伴，在凄凉的日子里

给我们安慰，自我无足轻重

　　被倾倒在虚无的土堆上，

打破自我陶醉的魔咒，当那些爱拍马屁的蠢货

　　和我们一起写他们想要的东西，

要是我让你在我身边，待到鸡尾酒时间

　　你不会觉得我在强迫你吧：

亲爱的幽灵，为你而写的挽歌，

　　我本应该写一些更像你的东西，

而不是这种以自我为中心的独白，

　　但请接受它吧，看在友谊的分上。

1964 年 7 月

四　在下边

（致欧文·韦斯 [1]）

房子下面的地窖，没人居住，

却提醒我们楼上温暖有窗的房间，

水流冲刷出的石灰岩洞穴是我们最初的住所，

大寒来临时，一个天赐的避难所，

唤醒我们回到某个固定地点的感觉，

一个居住之后，散发人味儿的洞穴。

自立围墙，我们睡在高处，但安全锚泊，

依然在洞穴上航行；点着灯，我们在街面高度就餐：

但在大地母亲的深处，在她冰冷的斗篷下，

光和热永远不会破坏太阳催熟的东西，

在桶里、瓶子里、罐子里，我们存储她善意的日常食物

葡萄酒、啤酒、蜜饯和腌菜，四季保鲜。

被多年黏糊糊的污垢包裹，也许

是令人毛骨悚然的谎言或幽灵的巢穴，

铺着石板的地下室不适合女孩：有时

为了测试男孩的勇气，父亲会让他们下去

给母亲取些东西；羞于抱怨，心怦怦直跳，

1　欧文·韦斯（Irving Weiss），美国作家，与妻子安妮·韦斯（Anne Weiss）同为奥登的好友，他们的小儿子是奥登的教子。奥登这首描写地窖的诗，和下一首描写阁楼的诗，分别献给他们夫妇二人。

他们壮胆踏过潮湿的台阶，出来时一脸骄傲。

我们谈话和工作的房间，看上去总像受伤的样子，
当箱子被打包好，或是我们没提前打招呼
在夜里开车回来，开锁，开灯，
它们仿佛受到打扰：地窖从来不生气；
它接受我们本来的样子，探险者，喜欢待在家里的人，
要不是必须，我们很少出门拜访。

1963 年 7 月

五 在上边

（致安妮·韦斯）

男人们永远不会需要阁楼。
玻璃器皿或罗马硬币的热心收藏家
为自己打造特别的柜子，如获至宝，
为每一件新品编制索引：只有女人们
会紧紧抓住她们过去无用的东西不放，
现在却记不得她们舍不得丢弃的那些。

在楼上，屋檐下，在鼓鼓囊囊的盒子里，
帽子、面纱、缎带、雨鞋、节目单、信件，
不受待见地等着（一只饥饿的蜘蛛在织网

等着偶尔飞来的苍蝇）：没有时钟

每小时一次，提醒它也是家庭的一部分，

没有哪个圣徒节是专门用来纪念它的。

关于变化的世界，它所知道的一切

只能从孩子们那里猜测，他们躲在拥挤的空间里变戏法，

一会儿是两个兴奋的姐妹的城堡，

母亲生气时，怎么也找不到她们，

一会儿是一个孤单的男孩驾着帆船

向北航行，或接近珊瑚岛。

1963 年 7 月

六　房子的地理环境

（致克里斯托弗·伊舍伍德）

早餐后，坐在

贴着白瓷砖的小屋里，

阿拉伯人称之为

"人人都会去的屋子"，

即使是忧郁之人

也会为大自然夫人所赐予的

原始的快乐

而欢呼。

对于年过七十的人，

性只是一场梦，

我们开始刮胡子前

所指望的乐事：

而口腹之乐

取决于厨子的

手艺，而此等乐事

她承诺我们

从摇篮到墓地。

从便盆上被拎起来，

婴儿们从母亲那里

第一次听到

世间无私的赞美：

从此，每天早上

能惬意地排泄

是我们成年日子里的

好兆头。

路德在厕所里

得到启示

（填字游戏在那里做完）：

罗丹可不是傻瓜，

他铸造的"思想者"

陷入沉思，

蜷伏的姿势

就像一个人在排便。

所有的艺术都源于

这种创作的原始行为，

只有艺术家知道：

创造者穷其一生，力图

在他们自己

选择的媒介中

产出去自恋化的

持久排泄物。

弗洛伊德并没有虚构

便秘的守财奴：

银行有信箱

建在正门，

标注着"夜间存款"，

股票稳定或流动，

各国货币

要么疲软，要么坚挺。

世界母亲，让我们的

慈悲之肠

在一生中通畅，

同时净化我们的心灵：

赐予我们美好的结局，

而非第二个童年，

任性，括约肌无力，

在廉价旅馆里。

让我们待在自己的位置上：

当我们看到钞票，

当我们似乎要有

更高远的想法时，

发给我们一些令人泄气的形象，

例如某个重要的先知

突然想要解手时的

痛苦表情。

（正统教义应该祝福

我们的现代管道：

斯威夫特[1]和圣奥古斯丁[2]

生活的年代，

一股污水的恶臭

1　乔纳森·斯威夫特（Jonathan Swift，1667—1745），英国作家、政治家、讽刺文学大师，以著名的《格列佛游记》（*Gulliver's Travels*）和《一只桶的故事》（*A Tale of A Tub*）等作品闻名于世。

2　圣奥古斯丁（St. Augustine，354—430），出生于罗马帝国统治下的北非努米底亚王国，是一名摩尼教徒，同时也是基督教早期神学家，教会博士，以及新柏拉图主义哲学家。

充斥鼻孔，

为摩尼教徒 [1] 提供了

一个强有力的论点。）

心灵和身体

按不同的时间表运行：

直到早晨来访，

我们才能把昨日

死掉的担忧抛在身后，

用我们所有的勇气

面对当前。

1964 年 7 月

七　浴室颂

（致尼尔·利特尔）

很奇怪，英国人

　　　　一个相当肮脏的民族

　　会发明这样的口号

"清洁仅次于圣洁"

1　摩尼教（Manichaeism），3 世纪在巴比伦兴起的世界性宗教，主
要吸收犹太教－基督教等教义形成自己的信仰，同时也采纳了不少
琐罗亚斯德教的成分，传播到东方后，又染上了一些佛教色彩。

也就是说

一位身上有淡淡烟味的绅士

说服他们相信，持续的冷水疗法

会让绅士的儿子们

心灵纯洁

（并不是说爸爸或他得冻疮的后代

能指望成为贵族）

而英国人的坐浴

让我们

在关于信仰和作品争吵后

第一次有了

合法的肉体享受

（莎士比亚可能发臭

伟大的君主

肯定有味）

多亏了他

亚北极的拜火教

才会与来自炎热希腊的河教相遇并结婚

再次崛起

多毛的西方重新焕发生机

罗马人

洗浴成瘾

也是圆形剧场的粉丝

看到卡拉卡拉浴场 [1]

被压缩为这么几个平方英尺

也会感到困惑

误以为是某个非法教派的

藏身之地

用奇怪的工具

折磨他们的肉体

他没有那么错

如果温水浴室的

桶形拱顶被迁移到

教堂和火车站

如果我们不再

去那里摔跤或八卦

或做爱

（你无法买到夫妻专用浴缸）

圣安东尼和他荒野的兄弟们

（对他们来说洗澡是禁忌

一种注定

会毁灭这世界的行为）

正如

他所想的那样

在工作中

我们不比他

1　卡拉卡拉浴场（Baths of Caracalla），古罗马的公共浴场，建于公元 212 年到 216 年卡拉卡拉统治罗马帝国期间，规模极其宏大。

　　　　　　　更纯洁

驯顺

　　　如果能避免的话

也不会更穷

　　　　　　　　但是热心的人教会了我们

　　（除了向热爱大自然的人展示

如何携带望远镜而不是枪）

　　　一个人独处的

非古典的奇迹

　　　　　　虽然我们住所的主人

　　拥有前门的钥匙

　　　　　　　　　而浴室

只有一把里面的锁

　　　　　　　今天谁在洗澡

　　就属于谁

　　　　　　在我们中间

随意退出众人

　　　　　不管是父母

　　配偶，还是客人

　　　　　　　　这是一项神圣的

政治权力

　　　　　普通的自我还能去哪里

　　找到安宁

　　　　　　　肯定不是在睡梦中

我们创造的几个世界都同样好战

如同我们所出生的世界

甚至更加公开

　　　　　　在牛津街或百老汇

　　我或许不引人注目

　　　　　　　　但在路上

从未梦想过

　　　　堕落的人会有什么伊甸园

　　但当舒服地

　　　　　　裹在热水的胎膜里

寡妇们

　　　孤儿们

　　　　　　流亡者们，也许会觉得自己很重要

　　作为独子

　　　　　　和圣人

傻而无耻

　　　　献上一晚歌谣

　　给为他脚趾着迷的听众

从韵律和理性退回到马拉美[1]式

　　音节的迷雾中

　　　　　　忘记时间

我们日常的危险

　　　　　　　　以及彼此半小时

　　是明智的

1　斯特芳·马拉美（Stéphane Mallarmé，1842—1898），法国诗人、散文家，象征主义诗歌代表人物。

对灵魂有益

在她的身体二十四小时循环中这么来一次

　　不管是否按照我们的时间安排

坐下来吃早饭

　　　　或站起来迎接

　　大家来吃晚餐

　　　　　　感觉好像

朝圣之路

　　或者用某些人的说法

　　　　　　　　战争之路

　　现在是圣城的一个广场

错误已被纠正

　　　　仿佛冯·许格尔[1]的

　　火车司机和装卸工都已灭绝

思考如同感谢

　　　　所有的军用装备

　　已经被冷落，沉入水中

1962 年 4 月

1　弗里德里希·冯·许格尔（Friedrich von Hügel，1852—1925）
奥地利宗教作家、现代神学家。

八 先吃饭，后伦理

——布莱希特[1]

（致玛格丽特·加德纳[2]）

假如柏拉图的幽灵

拜访我们，急于了解

人类现在怎样，我们可以和他说："嗯，

我们可以自己阅读，我们使用

神圣的数字会让你吃惊，诗人

可能会哀叹——'特尔福德[3]在哪里？

他建有跨桥的运河至今仍是什罗普郡[4]的荣耀，

缪尔[5]骑在花旗云杉上

安然躲过一场风暴，还说地震颇为壮观，

维尼安·伯德[6]先生，

多亏他一生的忙碌，被猎杀的鲸鱼

现在能更快地死去？'——他们

---

1 贝尔托·布莱希特（Bertolt Brecht，1898—1956），德国戏剧家、诗人。

2 玛格丽特·加德纳（Margaret Gardiner，1904—2005），英国艺术家，奥登的好友。

3 托马斯·特尔福德（Thomas Telford，1757—1834），英国著名土木工程师。

4 什罗普郡（Shropshire），英国英格兰的一个郡，是英格兰人口最稀疏的乡间地区之一。

5 约翰·缪尔（John Muir，1838—1914），美国自然科学家、作家，保护荒野环境倡导者。

6 维尼安·伯德（Vynyian Board），一家捕鲸公司的董事。

没被称为白痴，尽管他们都没携带武器，

　　或在公众中引起轰动，"然后，

"看！"我们会指着雅典，讽刺地说：

　　"这里是我们做饭的地方。"

　　虽然这座宫殿厨房

　　是建在下奥地利州，

自力更生的美国

　　先知般为那些王国设计出蓝图，

那里的皇室隐姓埋名，在那个年代

　　礼节可能会认为："从你的声音

和后脖颈，我知道我们会相处很好，

　　但看你的拇指

却无法判断谁该下命令。"正确的音调

　　比在镇静的时代更难听到，

当她无耻地和女仆交谈，和他一起

　　唱着高贵的谎言，但是

在新克诺索斯[1]，如果我

　　被一个耸肩所禁止，那是我的过错

　　而不是天父的过错，因为

　　我贬低了我的品位。

　　史前的炉石，

1　克诺索斯（Cnossos），克里特岛上的一座米诺斯文明遗迹，被认为是传说中米诺斯王的王宫。

和生日纽扣一样圆，

在奶奶眼里是神圣的，就像

让人肠胃放松的

鼻音的战争呐喊一样，很古老

但这个全是电器的房间

让鬼魂不安，让女巫困惑，

是神圣的，也是居所的中心

而不是像过去那样，是一个令人厌恶的地牢，

那些温暖而未调教好的仆人

喧嚷着他们的笑话，贞洁的夫人

从梦中醒来时脸红了。

以房子为荣，反对劳累，赞美工作，

这些引擎文雅地坚持

实用主义者可以是自由派，

厨师可以是纯粹的艺术家，

他比莫扎特

在更深层次上

更打动每一个人，因为动词"挨饿"的主语

从来不是一个名字：

亲爱的亚当和夏娃有着不同的臀部，

但那个能直立行走、

会做减法的早熟的孩子

却露出蟒蛇一样的肚子，

看上去同样易受伤害。犹太人，非犹太人或侏儒，

他都必须先摄入卡路里

然后才能考虑她或自己的情况，

　　攻击你，或下棋，

吃进不管多么难以下咽的东西：

　　那些信奉上帝是可食用信条的人

　　肯定会把美味的煎蛋卷

　　　称为基督教的功绩。

　　暴饮暴食

　　被列为七宗罪之一，

　　但在谋杀悬案中

　　可以肯定，不是

美食家干的：孩童，失业的勇士，

　　体重可能会超出正常范围，

人们并不喜欢亲吻他们，

　　但与薄嘴唇的人相比，他们

很少令人讨厌。有些侍者

　　会因为可恶无聊的大胃王的死去

而悲伤，难怪厨师们会养成

　　易怒的性格，注定要观察

美女啄食招牌菜，他们的一项回报

　　是看着一个罪人

　　彼此敌对的嘴和眼睛，咬第一口时

　　就笑着联姻。

我们城市的房屋

　　足够真实，但它们

随意散布在大地上，

　　而她的流浪者论坛

就是我俩碰巧遇到的任何地方，

　　不需要证件

就能认出一位市民。她的敌人也同样可以做到。

　　权力在哪里，还有待观察，

但力量显然与他们同在：也许

　　只有倒下，她才能成为

自己的幻象，但我们已在四目下发誓

　　要把她扶起来——如果夜幕降临，

彗星闪耀，池塘坍塌，我们所要求的

　　只是一顿丰盛的晚餐，这样

我们就可以昂首阔步，先迈出左脚，

　　去守护她的温泉关[1]。

　　　　　　　　　　　　　　　　　1958 年

1　温泉关（Thermopylae），希腊东部平原上的山隘，公元前 480 年，
三百名斯巴达勇士在此迎战入侵的波斯军队。

九　只接待朋友们

（致约翰和特克拉·克拉克）

是我们的，又不是我们的，单独留出来

作为友谊的圣地，

一年中的大部分时间空寂无声，

这个房间等待着你们

作为访客，只有你们能带来

私人生活的一个周末。

房子后面是整齐的树林，

面朝一片拖拉机耕种的甜菜地，

你们的主人们忙着工作，

你们不会遇见

龙或罗曼史：若是渴望戏剧性事件，

你们就不会来了。

我们确实有满足各种

文学情绪的书籍，便笺，信封，

对于写作的人（"借"邮票

是没有教养的表现）：

在午餐和茶点之间，或许可以开车去兜风；

晚餐后，听音乐或闲聊。

如果你们有麻烦（宠物会死，

恋人们的表现总是很糟糕）

倾诉会有帮助，我们愿意倾听，

细察并给出建议：

如果提起这些太伤心，

我们不会多管闲事。

友谊的语言，起初讲起来很容易

但我们很快就发现

讲好很难，这种语言

没有同源词，与儿童房和卧室的胡言乱语，

宫廷韵文，或牧羊人的大白话，

都没有相似之处。

除非经常说，否则很快就会生疏。

距离和责任把我们分开，

但缺席似乎并不是件坏事

如果能让我们的下次见面

郑重其事。有空就来吧：

你的房间会准备好的。

在咚咚 [1] 统治的时期，

床头柜上会放一罐饼干

1　咚咚（Tum-Tum），英国国王爱德华七世（Edward Ⅶ，1841—1910）的绰号。他喜欢暴饮暴食，本人身高只有 1.6 米，腰围却足有 1.37 米。

供夜间咀嚼。现在武器变了，
饮食的时尚也变了：
为计算卡路里的日光浴者，
那里放了一瓶矿泉水。

晚安！愿你们马上
进入甜美的梦乡，放心吧，
以前睡在这张床上的人
也是我们喜欢的人，
在我们友爱的圈子里
你们没有替身。

1964 年 6 月

十　今晚七点半

（致 M.F.K. 费希尔[1]）

　　植物的生命
　是一顿连续而孤独的餐食，
　　而反刍动物
睡眠或交配时也不会中断咀嚼，
　　大多数捕食者

1　M.F.K. 费希尔（M.F.K. Fisher, 1908—1992），美国美食评论家。

总是感到饥饿，总是充满竞争，
把它们从更害怕的动物那里抢来的食物
囫囵吞下：诚然，团队猎手

　　的确是全家一起用餐，
有礼仪和排序，但它们中没有谁
　　会先招待陌生人。只有人类
　　　多余的野兽，
　　本性女王的纯种疯子，才会
　　　举办宴席。

　　　在最后一次冰期之前
　　他就这样做了，当时他献上了
　　　猛犸象的骨髓，
也许还有人肉，一直持续到末日，
　　　那时圣徒们在上帝的餐桌上
咀嚼腌制的海怪。在这个时代，农场
不再有护墙，只有持枪的警察，
但灶台法则没变：一个打架的人
　　也许不会被当场处死，
但他会被要求立即离开神圣的用餐区，
　　一个满嘴脏话的人会受到冷遇。
　　客人接受款待的权利
　　和乱伦禁令
　　　一样古老。

为了真正的友谊，

聚会应该是小型的，

而且不公开：

在租来的大厅里举行的大型宴会上，

我们只会想到自己

或什么也不想。基督的餐室里

坐着十三个人，亚瑟王的梯级上

也是一样，但今天，主人很可能就是厨师、

仆人和帮厨，

当空间的成本在十年内翻倍，

即使是神圣的黄道十二宫数字

对于我们也太过频繁：

事实上，六个人柔软的合围座位，

每个座位都不危险[1]，

现在是完美的

社交数字。但每一次聚餐

无论多么精挑细选，

都是一种世俗的仪式，爱称、亲昵之词

或家里的小名

都会亵渎：在汤和鱼之间

黏黏糊糊嘀嘀咕咕的两个人

适合去餐馆，所有的孩子都应该提前

1　亚瑟王（King Arthur）传说里，圆桌骑士中只有加拉哈特（Sir Galahad）才能坐"危险座位"（perilous seat）。

喂饱，安稳上床。
不过，健康的心态是必须的：已婚的
　　不怀好意的人暗地里攀比
　　　会破坏一个夜晚，就像
　　一个失败的单身者，在苦思冥想中
　　　　流露出的目光。

　　　并不是说
　　对悲伤免疫的神就是理想的客人：
　　　　他过于古怪
无法交谈，尽管他的存在令人印象深刻，
　　　　但也令人厌烦，
最有趣和最善良的人，是那些最能意识到
存在的困惑的人，不会自欺欺人地认为
我们的关注能得到安慰，而是认为笑声
　　　比眼泪更温情，女主人
也更喜欢。大脑的进化晚于肠道，因此
　　在节庆场合，漂亮的衣服和好看的外表
　　　是重要的资产，
　　它们不像巧妙的厨师和健壮的消化系统
　　　那样必不可少。

　　　我看到桌旁
　　最年轻和最年长的人，对大自然的慷慨
　　　和神灵恩典的造物，

都表露出感激之情：

　　　　耳朵里的内容，

一个擅长讲故事，另一个很高深，还开了间神奇的商店，

两人都很健谈，但知道什么时候该停下来，

还有一个周游世界的人会不时地插一句

　　讽刺的评论，喜欢听软木塞

砰砰声的男男女女，欣赏时尚美食，

　　吞咽时可以看出

　　　　所表示的尊敬，

　　言谈话语间，再现了

　　　　真实而永恒的静默。

　　　　　　　　　　　　　　　　　　1963 年春天？

十一　裸体洞穴

（致路易斯·克罗嫩伯格[1] 和艾米·克罗嫩伯格）

　　唐璜不需要床，他急得连脱衣服都等不了，

特里斯坦和伊索尔德也不需要，他们太爱对方了，

　　不关心这个世俗的事情，但并非神话的

凡人需要一张床，他们更喜欢脱去衣服，

　　只是为了睡觉。这就是为什么卧室滑稽戏

1　路易斯·克罗嫩伯格（Louis Kronenberger, 1904—1980），美国
批评家和作家，曾与奥登合作《警句书》（*Book of Aphorisms*）。

必须极好才有趣，为什么偷窥狂

　　从未像小说家或观鸟人那样

因为敏锐的观察而受到赞扬：凡是有床的地方，

　　不管是修女专用的小床，或是皇帝

夜夜少女侍寝的绸缎长榻，都没有

　　可描述的资料。（梦境或许会重现，

但我们在愿望的荒野中游弋的事迹

　　一旦讲出来，往往并没有我们日常生活

浪漫：另外，我们不可能不掺假地

　　描述它们。）恋人们不认为他们的拥抱

是一个可用来辩论的话题，僧侣也不会把祈祷当作话题，

　　（事实上，他们记得住吗？）：〇代表激情，

内心的关注行为，并非一个故事，其中人物的名字无所谓，

　　要点在于讲述的方式，

以律师的智慧，或贵族的自信，

　　确实需要一间自己的客厅。客卧一室

很快就会把我们逼疯，而宿舍更容易

　　让我们变成野兽：真正的建筑师知道

如何强调房门都不为过，

　　它介入于两个领域之间，

如此陌生，如此不连贯，楼梯的无人区。

　　从一个带有身份证号码和姓名的角色，

转化为裸体的亚当和夏娃，反之也一样，

　　不应该太过随意或突然：一截楼梯让人放慢脚步

成为庄严的游行。

　　　　　　自从我听从母亲的命令，婴儿时

　进入爱德华时代的英格兰，

我经历过四万多次这样的穿行，

　通常都是独自一人，让我懊恼不已：

交缠的肉体，那些午夜关于快乐夫妻的讨论，

　我一无所知，也许，我对某些神秘事物的反感

太过分了。不过，所有不愿独身的人

　都有一些特权：我们的房间很少会成为

战场，我们享受躺在床上阅读的乐趣

　（没错，随着年龄的增长，我们可能会发现

谨慎的做法是先喝个酩酊大醉），我们保留选择

　神圣形象的权力。（我经常在不同的时间，

以各种美好的场景开始，之后更是渴望，但最终总是

　意识到一个形象，同一个形象，也许不重要，

但我希望它重要。）平凡人的不幸

　是生活的本色，吹毛求疵

就是装模作样：日暮时想不出任何好事

　来记忆，就像感觉不到

个人的瑕疵一样稀罕，而年龄，尽管受损，

　还很富裕。当他们看着自己卧室的镜子时，

五十多岁可能会感到无聊，但十七岁面对的

　是一个皱着眉头的失败者，没钱，没情人，

没有自己的风度，从来没去过意大利，

　也没遇到过伟大的人：在宴会上说几句话，

参加为 N 或 M 举行的鸡尾酒会，

就可能是严峻的挑战，但年轻人每天都要应付
可怕的家庭聚餐，还有行为古怪的

　爸爸和妈妈。（开口说话让他很烦，
不说又让他很受伤。）

　　　　　　　当我离开这个世界，
　把我的未来托付给福音制造者，
我不需要担心（在中立的奥地利）半夜

　被耳聋的代理人召唤，世界上再没人
会听到我的消息：我能避免遭受的攻击，

　没有一样是高贵的——火，噩梦，失眠时
见到的地狱的幻象，当大自然和煦的肌理

　支离破碎，从阴沉的模糊中飘散出一种
传染性的恶臭时，她坚硬的矿物质

　都腐烂了，每个生命都是普遍厌恶的
毫无价值的迭代（要知道，也许

　它的原因是化学物质可以降低恐慌，
而非限制它）。通常，有药片协助，四位圣徒

　就能让我的夜晚不受打扰，甚至在我该被叫醒时
把我叫醒，半明半暗中

　随处可以听到，鸟儿的管弦乐队
已经在轻声摸索，为日出时的序曲

　做准备，它们努力
在旧习俗中表达，继承了我们这个物种

　最初被创造出来的快乐，宣扬它的
美好。

我们可能没有义务——尽管这是礼貌的做法——

　　称颂三位一体，为了我们人体的灵巧设计，

但只有恶人才会忘记感谢圣母，或她的

　　养鸡妇，本性女王，当他、她或两人一起

从隐私洞穴里再次出生，

　　在体贴的乡村再次比邻而居。

1963 年 6 月

十二　普通生活

（致切斯特·卡尔曼[1]）

一间客厅，一个共用的地方，

　　你（更应该称"汝"）和我可以不用敲门

就进来，不用鞠躬就离开，以一种格调、

　　一种世俗的信任

面对每一位来访者：他把信任的教条

　　和自己的做比较，然后决定

是否再来见我们。（一尘不染的房间

　　没有随意搁置的东西，让我感到寒意，

1　切斯特·卡尔曼（Chester Kallman，1921—1975），美国诗人、歌剧词作家，奥登的同性恋人。

用作烟灰缸或留下口红印痕的杯子：

　　让我感到家的温暖，

虽然并不富裕，但总能给我一种

　　感觉，账单会迅速结清

支票不会退票）。此刻，没有"我们"

　　只有"汝"和"我"，两个新教地区

没有任何交集：

　　如果房间里的居住者

不能随意忘记他们并不是独自一人，

　　房间就太小了；如果房间

给了他们争吵时提高嗓门的借口，

　　那么房间又太大了。夏洛克·福尔摩斯

能从探问我们的内容中推断出什么？

　　很显然，作为舒适的一代

我们的文化是久坐的文化

　　（或者被迫喜欢这样），

发号施令，宁愿翘起屁股

　　坐在软垫舒适的椅子上

而不是坐在奴隶粗壮的脊背上：

　　他瞥一眼书名就知道

我们属于知识分子，花费很多

　　在食物上。但他能明白

我们的祈祷和玩笑吗？哪些生物

　　最让我们害怕，哪些名字

排在我们最不愿与之上床的名单前列？

　　孤独、欲望、野心，

或者仅仅为了方便，

　　是什么把单独的个人聚到一起，

显而易见，为什么他们会彼此放弃

　　或者相互谋杀，足够清楚：

他们如何在他们之间创造了一个

　　共同的世界，就像蓬贝利[1]的

无法理解但有用的数字，还没有人

　　能解释清楚。尽管如此，

他们还是设法原谅了极其过分的行为，

　　借助某种神奇来忍受

谈吐的怪异和幼稚的习性，

　　并没有畏缩（如果你死了

我会想念你的这一切）。令人惊讶的是，

1　拉法耶尔·蓬贝利（Rafael Bombelli，1526—1572），文艺复兴时期欧洲著名的工程师和数学家。

他们俩都没遭遇意外，

也没有像许多人那样，无声地

　　消失在历史的罪恶喧嚣中，

没人为之哀悼。二十四年后

　　我们居然作为密友，坐在

奥地利这里，在那不勒斯圣婴

　　玻璃般的凝视下

画中施特劳斯[1]和斯特拉文斯基[2]的目光里

　　玩着英国填字游戏，

这确实很奇怪。我很高兴

　　建筑工给我们的共用房间开了一扇小窗

透过它，我们能看到外人，外人却无法观察到我们：

　　每个家都应该是一座堡垒，

配置了所有最新的设备

　　来抵御自然，

精通所有古老的魔法，降伏

　　黑魔王和它饥饿的

1　约翰·巴普蒂斯特·施特劳斯（Johann Baptist Strauss，1825—1899），奥地利著名作曲家、小提琴家和钢琴家。
2　伊戈尔·斐德洛维奇·斯特拉文斯基（Igor Fedorovitch Stravinsky，1882—1972），美籍俄裔作曲家、指挥家和钢琴家，西方现代派音乐的重要人物。

怪物。（任何一个莽汉

　　都可以在商店里买到一台机器，

但神圣的咒语对于这种人来说是秘密，

　　如果我们希望得到的是力量，

它们不会起作用）。食人魔无论如何都会来：

　　乔伊斯[1]这样警告过我们。然而，

不管是斋戒还是盛宴，我俩都明白：

　　没有灵魂，我们就会死，

而没有文字的生活最没品位，

　　而且，尽管真理和爱

永远不会有真正的区别，似乎有区别时，

　　次要的应该是真理。

1963 年 7 月？

1　詹姆斯·乔伊斯（James Joyce，1882—1941），爱尔兰作家、诗人，
20 世纪最伟大的作家之一，后现代文学的奠基者之一，其作品及"意
识流"思想对世界文坛影响巨大。

88
新婚贺诗

（致彼得·马德福德和丽塔·奥登[1]，

1965 年 5 月 15 日）

所有的民间故事，

都以婚礼结尾，

盛宴和烟火，我们祝愿你俩，

彼得和丽塔，

习性相异的两个人

选择在这个山楂之月[2]

共同生活。

这是困难的承诺，

因为对于我们

梦是无味的人来说，真实的东西

似乎有点难闻：

非凡的勇气是一种优势，

一块精确的手表

能帮上大忙。

1　丽塔·奥登（Rita Auden，1942—2008），是奥登的哥哥约翰·奥登（John Auden）的小女儿，这首诗是为她和彼得·马德福德（Peter Mudford）的婚礼而作。

2　山楂之月（Hawthorn Month），凯尔特人以树木命名节气，山楂之月从 5 月 13 日到 6 月 9 日。

维纳斯的反复无常，

让所有人的血液沸腾，

愿她如此青睐你俩，

由于她的馈赠，

你们触手可及的物质

也许会具体化

它们带来的快乐：

冷静的许门[1]，来自嫉妒的

畸形幻象，

生闷气，竞争性头疼，

傲慢的独白，

不愿倾听，而是要求

重复的回声，

会一直抑制你们。

作为男女，无论结婚与否，

和所有的肉体一样

都有左旋[2]，你们的选择

提醒我们要感谢大自然夫人

（丑陋面目是我们自己造成的）

对我们的眷顾。

---

1 许门（Hymen），古希腊神话中的婚姻之神。

2 左旋（left-handed twist），所有的氨基酸都有相同的左旋。

我们比老虎更长寿，

我们的皮肤

不像纤毛虫那样漏水，

我们的耳朵能听出四分音，

即使最近视的人

也有足够的视力来求爱：

多么不可思议

我们在这里说这些。

在经历了非人的

二叠纪大清洗之后，

生命穿过城市的

层层破坏

来到我们这里。

因此，作为马德福德、奥登、

塞斯·史密斯和伯纳吉家族成员，

拿着民用长矛和纺纱杆

我们为一只流浪的

古新世的伪鼠欢呼，

王子们的先父

和十字路口的清道夫：

就像亚当们和夏娃们，注定

成为无与伦比的存在，

回应那唯一者，对他来说所有镜像体

都可叠加，而且

他以专名，

给每个粒子都编了号。

1965 年 4 月

89
游乐场

在人们看到眼花缭乱的彩灯拱门之前，
咚咚的老曲子就表明了它的位置，
超过这个范围，家喻户晓的谚语
就不再有效，

眩晕之神的圣地，
他崇拜混乱：这里的危险、
恐慌、震惊，都由万无一失的引擎
分出一定的剂量。

作为被动的物体，在过山车
或摩天轮上紧紧挤在一起，人们
在坚实的肉体中品尝六翼天使
随意而动的快乐。

很快，旋转木马结束了忽左忽右的
笨拙冲突：骑马的人群融成一个
旋转的球体，完美的形状表现出
完美的动作。

当火车钻进隧道，祖先的幽灵

朝他们做鬼脸，被潮湿的蜘蛛网触摸，
笑嘻嘻地像部落英雄一样
出现在阳光下。

年轻人的乐趣，他知道自己的放荡精神
不是父亲的翻版，但他还没有认识到，
赋予他耐力的身体组织和母亲的一样，
是资产阶级的。

那些经历过漂泊岁月的人，感到宽慰，
所有的逃生路线都被监视，
所有的娱乐时间都被计算，需要
谨慎、计划、

保持距离：——可以在墙角找到他们，
好似坐在安静的教堂里，下象棋或打纸牌，
这些游戏需要耐心，远见，策略，
就像战争，就像婚姻。

1966 年 6 月

90
河流简介

> 我们的身体是一条塑造出来的河流
>
> ——诺瓦利斯[1]

在一个好战的前时代，云团
和向上突起的岩石迎面碰撞，
电闪雷鸣，天崩地裂，怪兽出没，
生命无法呼吸，

它进入我们融雪线下的画面，
皱巴巴冰斗下结冰的小湖、山羊铃铛、
防风衣、鱼竿和矿工灯的地域，
以其亲切的神态

和姿势，从容自在，
在溪流中默默无闻，沿着陡峭的阶梯
跳跃，水渠和涡轮机的地域，
在盘旋中探索。

很快，河流规模就会被确定，

1　诺瓦利斯（Novalis，1772—1801），德国浪漫主义诗人。

而且成为敌对机构之间肮脏内讧的原因，
沿着陡峭的阶梯，水渠和涡轮机的地域，
它猛冲下去，

泡沫飞迸，穿过蜿蜒曲折
在较软地层切割出的狭谷，被高耸的峭壁包围，
强盗男爵、牵引绳所、运输通道的地域，
商人的噩梦。

它时而从山麓涌现出来，时而在安静的蜿蜒中，
时而在沉砂的迂回里，在老迈的平原上炫耀，
顺利进入酿制苹果酒的地域，
它庄严地行进，

遇到挑剔的白杨林和烟囱
献殷勤：被引领到冷却和洗涤蒸馏器、
蒸汽锤、煤气表的地域，
它改变了颜色。

它被污染，跨河大桥，混凝土堤岸，
现在，它把多语种的大都市一分为二，
股票行情跑马灯、出租车、妓院、舞台脚灯的地域，
总是那么时尚。

随着月相，它会拓宽或潜流，

掺杂着风化层的粉末而浑浊，流经
更平坦、更沉闷、更炎热的扎棉机的地域，
它冲刷着，接近

潮汐标记，在那里放下了威严，
解体，穿过三角洲的沼泽，
船篙、鸟枪、牡蛎钳子的地域，
厌倦了最后的一幕的

屈服、消失、赎罪，
在一片辽阔不定形的集合中，怀里可爱的孩子
谁也不会梦见这里，无名的地域，
死亡的形象如同

一滴球形的生命露珠。我们讲故事时相信
不可爱的怪物也可以被转变，
就像河水，那孕育了一切
各异生命的无我母亲。

1966 年 7 月

91
六十岁序曲
（致弗里德里希·希尔[1]）

远处的高地浓郁苍翠

林农守护着栖居的鸟群，

下面的田野金黄肥沃：

一道山丘猪背般拱起，

一棵橡树独自向光而立。

听见它们容易些，却很难看见，

那些长有四肢的生命，移动着，

无意识而且易怒，要么群居要么独处，

在有生之年寻找

食物、伴侣和领地。

放射状的共和国，扎根于地方，

双边的君主政体，坦率地行动，

禁欲主义者，自我管理者，

享受他们的仪式，他们的资料王国，

按照自己的肉体法则活得很好。

1　弗里德里希·希尔（Friedrich Heer，1916—1983），奥地利历史学家。

除了最年轻的打哈欠的哺乳动物，
那些名字赋予者，幽灵恐惧者，
战争和俏皮话制造者，
古怪的生物，总是处于危机中，
而我就属于这焦虑的物种，

机缘巧合，加上我自己的选择，
被血亲野蛮人从别处排挤至此，
每年等待，从嫩芽朦胧到树叶绯红，
是他们偏见中的
北方之子，化外之人。

我的先人是贪婪的海盗，
野蛮而残忍，但不精于算计，
从未步调一致，从未修缮大道，
也不像元老院议员沦落到奴隶的品味
喜好宏伟建筑和角斗士。

但福音传到了非罗马地区。
我能翻译五个教区教堂的洋葱塔上
巴洛克风格的布道文：
合而为一，必有两者
爱即实在，幸运皆善，

肉体必须经历命定的时间，从生命

落入死亡，两者俱非自愿，
但精神反倒可以
在自由选择的信仰中，
从死亡爬向复生，重新开始。

希腊法典也启发我们：
正直的心灵必须承认
所有的事物各有各的幸福，
要区分奇数和偶数，
还要为事实真相提供证据。

向东，向西，高速公路上
司机们开着车呼啸而过，主干线
一列有远见的特快列车蜿蜒而过，
穿过大自然赐予的缝隙，
今天，就如同石器时代，

我们的沙谷是一条有价值的航道，
冲积平原，经常被洪水淹没，
北方是冰水沉积的土地，
南方则散布着石灰岩山脉
阻碍探路者前进。

从我们身边经过的人，只想着滑雪坡道
或剧院开幕，很少有人留意

我们散落的村庄，收获季节
孩子们开着突突作响的拖拉机，
沿着隐蔽的小路蹒跚而行。

现在安静了，也熟悉了
不受欢迎的客人，侵犯，
恐吓和尖叫，战争的痛苦：
突厥人来过这里，拿破仑的军团，
德国人，俄国人，他们没带来任何快乐。

虽然没有树篱对我来说很奇怪
（风景自夸道，在奥地利的土地上
从来没有辉格党地主的帝国），
十年过后，我爱上了
这片非英国的土地，

我把它的名字，添加到索利霍尔煤气厂
神秘的地图上，一个患有哮喘的男孩
曾敬畏地凝望：蓝萤石矿，
费斯廷约格铁路，赖厄德水坝，
十字岭，凯尔德，锅鼻瀑布，[1]

那些地方之所以神圣，因为曾在当地阅读过某些东西，

---

1 此节出现的地名，均是奥登曾参观过的英国地点。

一顿午餐，一次美好的做爱，或只是轻松的心情，

菲尔布林格大街和弗里德里希大街，

伊萨菲尔德，埃波梅奥，

波普拉德，巴塞尔，巴尔迪克，[1]

更现代的圣所，米达街，

卡内基音乐厅，第一大道上

爱迪生公司的烟囱。现在我是谁？

一个美国人吗？不，一个纽约客，

翻开《泰晤士报》，看讣告栏。[2]

他的梦境早已过时，

醒来发现身边

满是激光，电脑，自助式性爱手册，

窃听电话，复杂的

武器系统，还有恶心的笑话。

已然是一只绕着轨道的无助的狗，

对着我们可怜而自负的〇眨眼，

这里许多人挨饿，极少人看上去不错，

我的日子还出现了施虐者，

他们在休息时间阅读里尔克。

1　此节出现的地名，均位于欧洲大陆，只有伊萨菲尔德（Isafjrödur）位于冰岛。

2　此节出现的地名，均位于美国纽约。

现在，"宇宙人"乘坐大型喷气式飞机

穿越时区，去参加联合会议：

我们的牧羊人不睡觉，也不拉屎，

由那些甚至不太清醒的首脑们

签订了条约（附带保密条款）。

在十六岁出头的少年看来，六十岁有意义吗？

我的野营地，和他们的纽扣徽章、胡须、

露天聚会有什么相同之处？

我希望有很多。《使徒行传》上写着

在圣灵降临节，品位不是问题。

说话是人性，因为倾听是人性，

在无可指望的第八天，生灵之像将成为神像：

生命的赐予者，请为我转化，

直到我最终成就了我的尸体。

1967 年 4 月

92
四十年后

波希米亚的轮廓，现在看起来

　　和我第一次见到时一样亲切，

除了那些高炉和发电站锋利的侧影

　　加入进来，或是被一条贯通的公路

横切而过（的确，她的海岸更温和了，

　　冷清的旅馆赶走了

凶猛的熊），她的菜肴也没有失去风味

　　自从弗洛里扎尔[1]被流放，

我们和西西里不和，在信念和政策上对立，

　　融合成相互竞争的混合物。

只有耳朵听得分明，某种巨变已经发生，

　　演说家不再谈论

长子继承权、年龄特权和王位：

　　（为了健康，我们不得不学习

新凡僧的兄弟行当，但那很容易）

　　我缺少有益的师傅的教导，

不懂打坐的繁文缛节：我所拥有的

　　只是朝臣的敏捷，让我的恶作剧

适应时代。这已足够。我活了下来，

1　弗洛里扎尔（Florizel），莎士比亚五幕戏剧《冬天的故事》(*The Winter's Tale*) 中的人物。

比过去萧条的经济时代

过得更好：已经很多年了

自打我头一次扒窃（那时我的手

多么灵巧！）或是唱歌挣零钱，或是徒步旅行。

（我怀念我的歌声，但今天的观众

会嘘我的民谣：他们需要抗议之歌，

希望歌曲淫秽直白

而不是偷偷摸摸）。我依然是个小贩，

出于显而易见的原因，我不再叫卖我的商品，

在昏暗的小巷里，我对可能的客人巧言低语：

你在商店里买不到的东西

我都可以供给，

英国鞋，尼龙袜，

或晶体管收音机；

找我来换瑞士法郎，

在银行里换不到；

只要你肯出钱，

我能造出任何官方文件，

工作许可证，驾照，

任何你想要的证明：

相信我，我知道所有的把戏，

没有我解决不了的问题。

那么，我为什么还要纠缠？

鼻炎没有改变我的步态，我的心肌和往常一样

没有动摇，我的细胞

完全胜任，现在我已经很富有了

　　想到刽子手的绞索

我也不会目瞪口呆。但是，我在周围看到的所有面孔

　　突然都变得那么油滑，

而我很少有在干草堆做爱的冲动。我连续三个晚上

　　做了同样的梦，

梦见秋天一个温和的下午。我站在高地上

　　向西眺望一片平原，

被美洲豹牧养人跑踏得平平整整。远处

　　刺眼的阳光中，一闪

一座光秃秃的悬崖终结了远景。在它的底部

　　我看到黑色的钟形帐篷形状，

一个洞口，我将从这里最后离开

　　（我在梦里知道），

洞顶很低，要像一只笨拙的鸭子才能通过。

　　"好吧，那很丢脸吗？"我醒来问道。

为什么会丢脸呢？奥托吕科斯 [1]

　　什么时候一本正经过？

1968 年

1　奥托吕科斯（Autolycus），古希腊神话中的窃贼和骗子，英雄奥德修斯（Odysseus）的外祖父。

93
忒耳弥诺斯 [1] 颂

望远镜和回旋加速器的大祭司们
不断发表关于所发生事件的声明，
　　这些事件的规模太大或太小，
　　以至于我的本能感官无法注意到。

这些发现，用优雅的代数委婉语
表达出来，看起来无辜无害，
　　但当翻译成粗俗的
　　拟人语言时，

就不会让园丁或家庭主妇们
发笑了：如果星系
　　像惊恐的暴民一样逃离，
　　如果介子像疯狂进食的鱼一样骚动，

它听起来太像政治史了，鼓舞不了
民众的士气，我们本该在早餐时幸灾乐祸的犯罪、
　　罢工和示威，
　　太具有象征意义。

1　忒耳弥诺斯（Terminus），古罗马神话中边界和地界的守护神。

然而我们的恐惧显得多么老套，
与这样的奇迹相比：我们来这里
　　战栗；一个对致命暴力上瘾的东西
　　竟以某种方式密藏起一个恰好带有

正确成分的宁静的土墩，来开启
并溺爱生命；这个天界的怪物，
　　在审判日，我们不得不供述
　　他的发迹，我们的中土世界，

在此，太阳之父
白天从东方移动到西方，
　　他的光线，让人感觉是友好的
　　存在，而不是光子轰击，

在此，所有看得见的东西，都紧紧地
依附于明确的轮廓，毫无疑问，
　　静止或运动时，恋人们
　　通过外表彼此辨认，

除了多嘴的，所有的物种
都分配到了合适的处所和膳食。
　　不管微生物学怎么认为，
　　这就是我们真正生活

并拯救了我们的理智世界，

我们再清楚不过，若是没有

可解释的周围环境，最博学的头脑

在黑暗中会如何表现，

抛弃了节奏、标点符号和隐喻，

它陷入一段废话连篇的独白，

停留在文字表面，读不懂笑话

也分不清铅笔和阴茎。

维纳斯[1]和玛斯[2]是过于自然的力量

不能缓和我们古怪放肆的言行，

只有你，忒耳弥诺斯，作为导师

才能教会我们如何改变姿态。

墙、门和沉默之神，复仇女神

收拾了亵渎神明的技术官僚，

但这座城市是有福的，感谢你

为我们提供了游戏、语法和格律。

由于你的恩典，每一次

两三个人的聚会，都会在信仰的亲密中

1　维纳斯（Venus），古罗马神话中的爱神。

2　玛斯（Mars），古罗马神话中的战神。

重复圣灵降临节的奇迹，

每个人都找到自己合适的传译。

在这个世界上，我们异常不谦虚

不停地掠夺毒害，你仍有可能

拯救我们，我们现在已经

知道：科学家们，说实话，

一定要提醒我们，他们所说的

都是无稽之谈。那些被天堂所憎恶的人

都自称是诗人，为了让观众惊叹，

说些能引起共鸣的谎言。

1968 年 5 月

94
1968 年 8 月

食人魔做了食人魔能做的事，
这对人类来说是不可能的，
但有个奖项他无法获取，
食人魔无法掌握言语：
在一片被征服的平原上，
在绝望和被杀的人群里，
食人魔双手按在屁股上，
嘴里涌出口水。

1968 年 9 月

95
新年致辞

（玛丽·J.马普尔斯1969年1月发表在《科学美国人》
上的文章读后）

（致瓦西里·亚诺夫斯基）

在这一天，按照传统
　　　要盘点我们的生活，
我向你们全体问好——酵母菌、
　　　细菌、病毒、
喜氧微生物和厌氧微生物：
　　　祝所有人新年快乐，
你们眼里我的外坯层
　　　是我心中的中土。

对于你们这样大小的生物，
　　　我让你们自由选择栖息地，
就在你们最适合的地方
　　　定居吧，在我毛孔的水潭里，
腋窝或胯部的
　　　热带雨林里，
在我前臂的沙漠里，
　　　或我头皮的凉爽树林里。

建立殖民地：我将供应

　　　足够的温度和湿度，

你所需要的皮脂和脂质，

　　　只要你的存在

不惹我生气，

　　　要表现得像个良好的客人，

不要闹事，不要结出粉刺、

　　　脚气或疖子。

我内在的天气

　　　会影响你居住的表层吗？

不可预知的变化

　　　记录下当心灵飞扬，

我从美丽事物火箭般陨落，

　　　思绪漂浮向丑陋的事物，

当什么也不会发生，

　　　无人来访，还下着雨。

我愿意认为我创造了

　　　一个并非不可能的世界，

但不会是伊甸园：

　　　我的游戏，我的有目的的行为，

可能会成为那里的灾难。

　　　如果你是宗教人士，

你的戏剧该如何解释

　　你不该承受的痛苦？

你的牧师，会用什么神话来说明

　　每二十四小时

刮来的两次飓风，

　　每次我穿衣或脱衣，

紧紧扒住角蛋白筷子，

　　整座城市都被卷走

消失于太空，或是突发洪水

　　在我洗澡时被烫死？

然后，或迟或早，天启

　　那天会来临，

我的衣钵突然变得冰凉，

　　让你作呕，

却让更凶猛的捕食者

　　胃口大开，

而我，被剥夺了借口和灵气，

　　成为过去，接受审判。

1969 年 5 月

536

96
登月

很自然，男孩们会为如此巨大的
阳具的胜利而欢呼雀跃，一次冒险
　　在女人们看来
　　并不值得，之所以成为可能

只是因为我们喜欢成群聚在一起，而且知道
确切的时间；是的，为公平起见，我们的性别
　　可能会为这一行为欢呼，尽管
　　引发这行为的动机不那么人道。

一个大动作。但它结束了什么时代？
预言了什么未来？我们总是在目标上
　　比在生命上更圆滑，在勇气上
　　比在仁慈上更轻率：自从第一块燧石

打出火花，登月就只是时间问题。
但我们的自我，就像亚当的自我，
　　仍然不完全适合我们，现代性
　　仅体现于——我们缺乏礼仪。

荷马笔下的英雄，当然不比我们的三人小组

更勇敢，但更幸运：赫克托耳 [1]

免于受辱，他的英勇事迹

没被电视转播。

值得去一趟看看吗？我可以这样相信。

值得一看吗？无所谓，我曾骑马穿过沙漠，

并没有被迷住：给我一座流水潺潺

生机勃勃的花园，远离喋喋不休的

新新人类，冯·布劳恩 [2] 之流，

在八月的清晨，我可以细数牵牛花，

那里的死亡是有意义的，

任何机器都不能改变我的观点。

感谢上帝，我未受玷污的月亮依然是苍穹女王

阴晴圆缺，一个煽情不已的存在，

她的老头，由沙砾而非蛋白质构成，

仍然以他一贯的超然态度

拜访我奥地利的那几位，而那些古老的警告

1　赫克托耳（Hector），荷马史诗《伊利亚特》中参加特洛伊战争的一个凡人英雄，特洛伊第一勇士。

2　沃纳·冯·布劳恩（Werhner von Braun, 1912—1977），德国火箭专家，曾是著名的 V2 火箭的总设计师。"二战"后，美国将他和他的设计小组带到美国，任美国国家航空航天局空间研究项目的主设计师，主持设计了阿波罗 4 号的运载火箭土星 5 号，1969 年 7 月首次实现人类登陆月球。

仍然会惊吓到我：狂妄自大的结局

是丑陋的，不敬

比迷信更加愚蠢。

我们的官员们将继续制造

被称为历史的脏烂摊子：

我们只能祈祷，艺术家、

厨师和圣人，看起来还很开心。

1969 年 8 月

97
养老院

　　所有人都有命数，但每个人各有自己
衰败的细微差别。精英们可以把自己打扮得体，
　　拄根拐杖行动自如，熟练地
把一本书从头读到尾，或者演奏简单奏鸣曲的
　　缓慢乐章。（是的，也许正是身体上的自由
才是他们精神上的祸根：他们知道发生了什么，
　　以及为什么，陷入一种令人不快的
哭不出来的抑郁）。然后是那些坐着轮椅的人，
　　他们是大多数，忍受着电视，在宽容的
治疗师的带领下，围在一起唱歌，然后是
　　孤独的人，在地狱的边缘喃喃自语，
最后是彻底失能的人，顾及不到未来，
　　无法开口说话，如同他们拙劣模仿的植物
无可指责。（植物可能会大量出汗，但绝不会
　　弄脏自己）。不过，有一条纽带把他们连在一起：
全都出现于世界更宽敞、看起来
　　更漂亮的时候，尽管有很多扭曲，
那些长者有其观众和世俗身份。一个孩子，
　　在妈妈那里感到沮丧，可以在奶奶那里躲避，
重新得到评价，还能听个故事。到目前为止，
　　我们都知道会发生什么，但他们这一代

是第一批这样消亡的人，不是在家里，而是

　　被分配到带编号的常住病房，出于良心

被当作不受欢迎的行李收起来。

　　　　　　　　当我乘坐地铁

　　为了和其中一位共度半小时，我回忆起

她风华正茂时的华丽与奢侈，

　　那时的周末拜访是多么快乐，

而非一件善意的工作。我是否过于冷酷？

　　如果我希望她能尽快无痛入睡，祈祷上帝或大自然

突然中断她尘世的机能，我知道她也同样祈祷。

　　　　　　　　　　　　1970 年 4 月

98
自言自语

（致奥利弗·萨克斯[1]）

今年，奥地利开春温和，

天空澄澈，气流平稳，

周遭宜于吸取养分，无论植物还是牲畜：

永恒的矿物看起来对自己的统治很满意，

没被禁止的便是强制的。

当然也有阴影，色情广告，入时的牧师，

还有隔壁邻居酗酒的老公，

但你保持了你的风度，奇怪的乡下人，

而我作为我，按上帝的形象塑造，但已扭曲，

一种厚脸皮的意志崇拜，必须向你鞠躬。

我在尘世的庄园，分配给我管理的

肉体领地，我的养子，

我必须挣钱养活，还有我的导师，

若无他的神经指令，我永远无法确认

什么存在，也无法想象什么不存在。

1　奥利弗·萨克斯（Oliver Sacks，1933—2015），英裔美国神经病学专家，具有诗人气质的科学家，在医学和文学领域均享有盛誉，被《纽约时报》誉为"医学桂冠诗人"。

我觉得生来就很被动，没有尖牙利爪，
没有蹄子，也没有毒液，因此
很容易让太阳落在你的恐惧上，
嗅觉很差，或确切地说，作为气味审查者，
有着杂食的味觉，可以吃辣的食物。

不可预料，几十年前，
你和大自然喷涌而出的无穷无尽的生物
一起到来。科学认为这是一个随机事件，
随机个屁！一个真正的奇迹，我说，
有谁不确定自己是命中注定？

你不断拓展自己的形象，
我斜视着你的模样。他的结构
应该更有气势：我太失望了！
不过，到如今我已习惯了你的比例，
从各方面考虑，我可能会过得更糟。

你很少给我添麻烦。很多年了，
我承认，你是色欲狂的殉道者：
（告诉你这事不好——但我真的不爱！）
你顽强地击退了所有细菌的入侵，
从未用偏头痛来惩罚我的坏脾气。

你是受伤害的一方，如果近视，
我就是劳累你的书呆子；

如果像烟瘾者一样气喘吁吁，我就是
让你上瘾的推手（要是我们都年轻一点，
我可能会用针头把你弄得更糟）。

我总是惊讶于我对你知之甚少。
我了解你的海岸和出口，因为我统治那里，
但内地发生了什么，仪式、社会规范、
你咸涩幽暗的激流，依然是谜：
我所相信的，只是从医生那儿来的道听途说。

我们的婚姻是一出戏，但不是舞台剧，
没被说出的就没被思考过：在我们的剧场
所有我无法念出的音节，你会用
我想不出存在理由的动作表演出来。为何
在我困乏时分泌液体，为何在我喜乐时张开嘴唇？

关闭或开放、接纳或驱逐，
指令必须来自你那里，而非我的领域
（我所做的只是提供按小时编制的时间表
到时由你安排）：但是当我摇摆在
忧郁和欢乐之间时，你又做了什么？

关于梦，我很不理智地责备你。
我只知道它们不是我选择的：如果可以，
我会让它们符合某种韵律规则，
词要达意。作为一个诗人，

我不赞同夜里的疯子提出的任何观点。

感谢你的与众不同，你风趣的和谐，
如此不同于我的不一致与愤怒的领域，
你可以作为我宇宙的象征：
虽然按霍布斯[1]所认为的，对于人类集会，
合适的标志是某个笨拙的怪物。

到底是谁造的"政治集体"这个词？
我们生活过的所有国家，或历史学家们所谈到的，
都有令人震惊的健康、身心疾病案例，
由虐待狂或昂贵的庸医治疗：
当我读报的时候，你就像个美男子。

时间，我们都知道，会腐蚀你，我已经开始
害怕我们的分离：我曾见过一些可怕的例子。
记住：当上帝说"离开他！"
为了他，也为了我，千万别在意
我可怜兮兮的"不"，赶紧走人就是了。

1971 年 4 月

---

1 托马斯·霍布斯（Thomas Hobbes，1588—1679），英国政治家、哲学家。

99
摇篮曲

工作的喧嚣已沉寂，

又一天西去

夜幕降临。

平静！平静！不要描绘它的

烦恼，休憩。

你的日常工作结束了，

垃圾也倒掉了，

回复了几封烦人的信

收到的账单也付了，

都忙活完了。

现在你可以躺倒，

光着身子，像只虾米蜷起来

躺在床上，享受

舒适的小气候：

唱吧，大宝贝，唱摇篮曲。

古希腊人完全搞错了：

那喀索斯是一位老人，

被时间驯服，最终

从对他人身体的欲望中

释放出来，理性地和解。

多年来，你一直嫉妒

颇有男性气概的多毛的男人。

不再是这样了：如今

你心满意足地抚摸着

自己近乎女性的身体，

想象自己无罪，自足，

舒服地待在自己窝里，

圣母玛利亚和婴儿：

唱吧，大宝贝，唱摇篮曲。

让你最后的想法皆是感恩：

赞美你的父母，他们给了你

超我的力量

省去你很多麻烦，

珍惜朋友，热爱他们所有人，

还要公平地归功于

你的年代，它和你

一起诞生。少年时期

你获准见到

美丽的古老装置，

鞍式水箱火车头，横梁发动机，

还有上射式水轮机

很快就被逐出尘世。

是的，亲爱的，你一直很幸运：

唱吧，大宝贝，唱摇篮曲。

现在为了遗忘：
让腹部的思想
接管隔膜以下
母亲们的领域，
她们守卫着神圣之门，
没有她们无言的警告
夸夸其谈的我，
很快就会变成恶毒的暴君，
下流，没有爱的能力，
倨傲，渴望地位。
如果梦纠缠你，不要理会它们，
所有甜蜜或可怕的梦
都是低级趣味的笑话，
不值得打交道。
唱吧，大宝贝，唱摇篮曲。

1972 年 4 月

100
感恩

青春期前，我觉得
荒原和林地是神圣的：
　而人看上去很世俗。

因此，当我开始写诗时，
我马上就坐在哈代[1]、
　托马斯[2]和弗罗斯特[3]的脚边。

坠入爱河改变了这一切，
现在至少某人很重要：
　叶芝[4]和格雷福斯[5]都帮了忙。

然后，毫无征兆，
整个经济突然崩溃：
　那时指导我的是布莱希特[6]。

1　托马斯·哈代（Thomas Hardy，1840—1928），英国诗人、小说家。
2　菲利普·爱德华·托马斯（Philip Edward Thomas，1878—1917），英国诗人、随笔作家。
3　罗伯特·弗罗斯特（Robert Frost，1874—1963），美国诗人。
4　威廉·巴特勒·叶芝（William Butler Yeats，1865—1939），爱尔兰诗人、剧作家、散文家。
5　罗伯特·格雷福斯（Robert Graves，1895—1985），英国诗人、小说家、评论家。
6　贝托尔特·布莱希特（Bertolt Brecht，1898—1956），德国戏剧家、诗人。

最后，希特勒和斯大林

所做的令人毛骨悚然的事情

　　迫使我思考上帝。

为什么我肯定他们错了？

狂热的克尔凯郭尔[1]、威廉斯[2]和刘易斯[3]

　　引导我重拾信念。

　　如今，当我年岁渐长

居住在丰饶的风景之中，

　　大自然再次吸引了我。

　　谁是我需要的导师？

贺拉斯，最灵巧的匠人

　　在蒂沃利[4]晒太阳，还有

　　歌德[5]，热衷于石头，

他猜想——却永远无法证实——

1　索伦·克尔凯郭尔（Søren Aabye Kierkegaard，1813—1855），
丹麦宗教哲学心理学家、诗人，现代存在主义哲学的创始人，后现
代主义的先驱，也是现代人本心理学的先驱。

2　威廉·卡洛斯·威廉斯（William Carlos Williams，1883—1963），
美国诗人。

3　C.S.刘易斯（C.S. Lewis，1898—1963），英国作家、批评家。

4　蒂沃利（Tivoli），意大利中部城市，度假胜地。

5　约翰·沃尔夫冈·冯·歌德（Johann Wolfgang von Goethe，
1749—1832），德国作家。

牛顿将科学引向歧途。

我深情地细想你们所有的人：
没有你们，我连最弱的诗句
都写不出来。

1973 年 5 月

101
考古学

考古学家的铲子
在空置已久的
住处挖掘，

出土的证据表明
那些生活方式
如今无人向往，

关于这一点，
他并没有什么可以证明：
幸运的人！

知识也许有它的用途，
但猜测
总比认知更有趣。

我们都知道，
人类出于恐惧或感情，
总是将死者铭记。

是什么摧毁了一座城市，
火山喷发，

河流泛滥，

还是渴望奴隶和荣耀的
游牧部落，
可以明显看出，

我们很肯定，
宫殿一旦建成，
它们的统治者

贪恋性爱，
对奉承无动于衷，
一定经常哈欠连天。

但粮仓是否意味着
一年的饥荒？
当一套硬币

逐渐消失，我们是否
可以推断出一些重大灾难？
也许。也许。

从壁画和雕像中
我们可以瞥见
古人向什么鞠躬，

但无法想象
他们在什么情况下
会脸红或耸肩。

诗人们把神话教给我们，
但他们又是如何获得的？
这是个难题。

当北欧人听到雷声，
他们真的相信
那是托尔[1]在捶打？

不，我想说：我敢发誓
人们总是懒洋洋地
躺在神话故事里，

他们真正关心的
是为仪式活动
提供借口。

只在仪式中
我们才能抛弃自身的怪癖，
真正完整。

---

1 托尔（Thor），北欧神话中司雷、战争及农业的神。

并不是所有的仪式
都应该受到同样的喜爱，
有些是可恶的。

被钉在十字架上的人
最不愿意看到
杀戮来讨好自己。

尾声

从考古学中，
至少可以得出一个教训，
即我们所有的学校

教科书都是骗人的。
他们所谓的历史
没有什么值得夸耀，

实际上，历史是由我们
内心的罪犯所创造：
善良是永恒的。

1973 年 8 月

图书在版编目（CIP）数据

迁徙的花园：奥登诗101首 /（英）W. H. 奥登著；
西蒙，水琴译 . -- 北京：中信出版社，2024.1
书名原文：Collected Shorter Poems
ISBN 978-7-5217-6177-1

I. ①迁⋯ II. ① W⋯ ②西⋯ ③水⋯ III. ①诗集－
英国－现代 IV. ① I561.25

中国国家版本馆 CIP 数据核字（2023）第 227276 号

迁徙的花园：奥登诗101首
著者： ［英］W.H. 奥登
译者： 西蒙 水琴
出版发行：中信出版集团股份有限公司
（北京市朝阳区东三环北路 27 号嘉铭中心 邮编 100020）
承印者： 山东临沂新华印刷物流集团有限责任公司

开本：787mm×1092mm 1/32 印张：17.75 字数：350 千字
版次：2024 年 1 月第 1 版 印次：2024 年 1 月第 1 次印刷
书号：ISBN 978-7-5217-6177-1
定价：98.00 元